MERLIN
OS ANOS PERDIDOS

T. A. BARRON

MERLIN
OS ANOS PERDIDOS

tradução
ANDRÉ GORDIRRO

1ª edição

GALERA RECORD
RIO DE JANEIRO • SÃO PAULO
2013

CIP-Brasil. Catalogação na fonte
Sindicato Nacional dos Editores de Livros, RJ.

Barron, T. A.
B272m Merlin: Os anos perdidos / T. A. Barron; tradução André Gordirro. – Rio de Janeiro: Galera Record, 2013.

Tradução de: *Merlin: The Lost Years*
ISBN 978-85-01-09909-9

1. Ficção americana. I. Gordirro, André. II. Título. III. Série.

13-01772 CDD: 028.5
CDU: 087.5

TÍTULO ORIGINAL EM INGLÊS:
Merlin: The Lost Years

Primeiramente publicado nos Estados Unidos por Philomel Books, que faz parte de Penguin Young Readers Group, sob o título de THE LOST YEARS OF MERLIN

Texto revisado segundo o novo Acordo Ortográfico da Língua Portuguesa.

Editoração eletrônica: Abreu's System

Direitos exclusivos de publicação em língua portuguesa somente para o Brasil adquiridos pela
EDITORA RECORD LTDA.
Rua Argentina, 171 – Rio de Janeiro, RJ – 20921-380 – Tel.: 2585-2000,
que se reserva a propriedade literária desta tradução.

Impresso no Brasil

ISBN 978-85-01-09909-9

EDITORA AFILIADA

Seja um leitor preferencial Record.
Cadastre-se e receba informações sobre nossos lançamentos e nossas promoções.

Atendimento e venda direta ao leitor:
mdireto@record.com.br ou (21) 2585-2002.

Este livro é dedicado a
Patricia Lee Gauch
amiga fiel, escritora apaixonada, editora exigente

com um agradecimento especial a
Ben
de 4 anos, que enxerga e voa alto como um falcão

O
L
S
TERRA
Ruínas de Varigal
existem gigantes?
Lago do Rosto
último sinal de anões
pedras vivas
Túmulo de Tuatha
passagem
Caverna de cristal da grande Elusa
pomares
MORROS BRUMOSOS
Rio incessante
O velho carvalho
Arbassa, lar de Rhia
FLORESTA DRUMA
Árvores falantes viviam aqui
Ilha Perdida
A última Shomorra
Aqui há problemas
Costas das conchas
dunas
Porto de Emrys

A LENDÁRIA ILHA DE FINCAYRA
povos estranhos vivem aqui
Slantos
cavernas
Castelo Oculto
Profecia da dança dos gigantes
FENDA DAS ÁGUIAS
TERRAS ARRUINADAS
Ruínas
Acampamento Goblin
CORDILHEIRAS NEGRAS
Lar de Cairpré
O Cume
existirão tesouros?
Teilan e Garlatha
O BREJO ASSOMBRADO
Covil de Domus
o galator pode estar aqui
Brumas eternas da ILHA

SUMÁRIO

PARTE TRÊS

NOTA DO AUTOR

Eu não entendo muito sobre magos, mas aprendi uma coisa: eles são cheios de surpresas.

Quando terminei de escrever *The Merlin effect* [O efeito Merlin], um livro que acompanha um único fio da lenda arturiana, desde a remota época dos druidas até quase o início do século XXI, me dei conta de que fiquei tão envolvido por aquele fio que não conseguia me desvencilhar. Quando eu o puxava, o fio fazia força de volta. Ao desembaraçá-lo, ele me prendeu mais ainda.

O fio era o próprio Merlin. Ele é um sujeito misterioso e cativante, o mago que consegue voltar no tempo, que ousa desafiar até mesmo a Morte Tríplice* e que é capaz de procurar pelo Cálice Sagrado ao mesmo tempo que mantém contato com os espíritos dos rios e das árvores. Eu me dei conta de que queria conhecê-lo melhor.

Estudiosos contemporâneos argumentam que o mito de Merlin pode ter sido inspirado por uma figura histórica, um profeta druida que viveu em algum lugar do País de Gales

---

* Condenação ritual em que a pessoa é enforcada, degolada e afogada. (*N. do T.*)

no século VI. Porém, essa é uma questão para os estudiosos debaterem, pois Merlin, tendo ou não existido no campo da história, certamente existe no campo da imaginação. Ele vive ali há muito tempo, onde continua a prosperar. Até mesmo recebe visitas de vez em quando. E como eu queria escrever uma obra de imaginação, não de história, a porta de Merlin estava escancarada.

Merlin traçou seus próprios planos para mim, antes mesmo que eu começasse a fazer objeções. Meus outros livros e projetos tiveram de esperar. Era hora de explorar outro aspecto de sua lenda, um aspecto profundamente pessoal ao próprio mago. Desconfiava que, como é o caso com a maioria das coisas na vida, quanto mais eu aprendesse sobre Merlin, menos realmente saberia. E, na verdade, tinha plena consciência desde o começo de que fazer até mesmo uma pequena contribuição para esse grande mito seria um desafio assustador. Mas a curiosidade pode ser um incentivo poderoso. E Merlin era insistente.

Aí veio a primeira surpresa do mago. Conforme eu mergulhava nas histórias tradicionais sobre Merlin, descobria um lapso inexplicável nas lendas. Sua juventude — o período crucial de formação quando ele provavelmente descobriu sua origem misteriosa, a própria identidade e seus poderes — era mencionada apenas por alto, isso quando era citada. O momento em que sentiu o gosto da tristeza pela primeira vez, a ocasião em que sentiu a primeira alegria, quando ganhou uma partícula ou duas de sabedoria eram território inexplorado.

A maioria das histórias tradicionais segue a mesma abordagem de Thomas Mallory e ignora completamente a juventude de Merlin. Algumas falam de seu nascimento, da mãe atormentada, do pai desconhecido e da infância precoce. (Em uma delas, ele fala fluentemente em defesa da mãe, com apenas 1 ano.) Depois não ouvimos mais nada sobre Merlin — até que, consideravelmente mais velho, ele é visto explicando ao traiçoeiro rei Vortigern os segredos para combater dragões. Nesse ínterim há um lapso de vários anos. Talvez, como alguns supõem, ele tenha perambulado solitário pelas florestas durante estes anos perdidos nas lendas. Ou talvez, simplesmente talvez... tenha viajado para outro lugar.

Este lapso na juventude de Merlin contrasta enormemente com os vários volumes de material sobre sua vida posterior. Como adulto, ele assume várias (e às vezes contraditórias) formas e é descrito variavelmente como profeta, mágico, Louco da Floresta, trapaceiro, sacerdote, vidente e bardo. Merlin aparece em alguns dos primeiros mitos da Britânia Céltica, alguns deles tão antigos que as fontes já eram obscuras quando os grandes épicos galeses do *Mabinogion* foram registrados pela primeira vez há mil anos. Em *Faerie Queene* [A rainha das fadas], de Spenser, e em *Orlando Furioso*, de Ariosto, o mago Merlin está presente. Ele aconselha o jovem rei em *Morte de Artur*, de Malory, monta as pedras de Stonehenge em *Merlin*, o poema do século XII de Robert de Boron, faz muitas profecias em *Historia Regnum Brittaniae* [História dos reis britânicos], de Geoffrey de Monmouth.

Mais recentemente, escritores tão diversos quanto Shakespeare, Tennyson, Thomas Hardy, T. H. White, Mary Stewart, C. S. Lewis, Nikolai Tolstoi e John Steinbeck dedicaram tempo a essa figura fascinante, assim como vários outros em muitas regiões. Ainda assim, com raras exceções como Mary Stewart, poucos lidaram com a juventude de Merlin.

E assim esse período de sua vida permanece estranhamente misterioso. Ficamos imaginando sobre seus primeiros medos, dificuldades e aspirações. Quais eram seus sonhos mais profundos? Suas paixões? Como desenvolveu os próprios talentos incomuns? Como lidou com a tragédia e a perda? Como descobriu, e talvez até mesmo aceitou, o próprio lado negro? Como conhece as obras espirituais dos druidas — e, por falar nisso, os antigos gregos? Como conciliou o próprio desejo pelo poder e o horror diante de seu abuso? Em suma, como Merlin se tornou o mago e o mentor do rei Artur que celebramos ainda hoje?

Perguntas como estas não são respondidas nas lendas tradicionais. Nem as palavras atribuídas ao próprio Merlin elucidam muita coisa. Na verdade, fica a impressão de que ele estava determinado a evitar falar do próprio passado. Um leitor das lendas tradicionais pode facilmente imaginar Merlin um velho sentado ao lado do menino Artur enquanto reflete distraidamente sobre os "anos perdidos" da juventude. No entanto, é inevitável especular se ele estaria comentando a respeito da curta duração da vida ou talvez se referindo a um capítulo desaparecido do próprio passado.

Minha opinião é que, durante seus anos perdidos, Merlin não apenas sumiu do mundo das histórias e canções. Ao contrário, acredito que ele se ausentou *fisicamente* do mundo como o conhecemos.

Esta história, que abrange alguns volumes, tentará cobrir esse lapso. Ela começa quando um menino, sem nome ou lembrança do passado, vai parar no litoral do País de Gales. E termina quando o mesmo menino, após muitas perdas e ganhos, está pronto para assumir um papel central na lenda arturiana.

Nesse ínterim, muita coisa acontece. Ele descobre sua segunda visão, mas paga caro pelo privilégio. Começa a falar com os animais, árvores e rios. Descobre a Stonehenge original, muito mais antiga do que o círculo de pedras creditado a Merlin, na planície de Salisbury, Inglaterra. Em primeiro lugar, no entanto, ele precisa descobrir o significado do nome druídico de Stonehenge, *Dança dos Gigantes*. Ele explora sua primeira caverna de cristal. Viaja para a ilha perdida de Fincayra (que se escreve *Fianchuivé* em galês), conhecida nos mitos celtas como uma ilha sob as ondas, uma ponte entre a Terra dos seres humanos e o Outromundo dos seres espirituais. Merlin encontra algumas figuras cujos nomes são familiares nas lendas antigas, incluindo o grande Dagda, o maligno Rhita Gawr, a trágica Elen, a misteriosa Domnu, o sábio Caipré e a cheia de vida Rhia. Ele também encontra outras figuras não tão familiares, como Shim, Stangmar, T'eilean e Garlatha, e a Grande Elusa. Merlin descobre que a visão verdadeira requer mais do que olhos; que a verdadeira sabedoria une qualidades geralmente separadas, como crença e descrença, masculino e feminino, luz e escuridão; que o verdadeiro amor mistura alegria e tristeza. E, mais importante de tudo, ele ganha o nome Merlin.

Alguns agradecimentos são necessários: a Currie, minha esposa e melhor amiga, por proteger tão bem meu isolamento; a nossos filhos pandemoníacos Denali, Brooks, Ben, Ross e Larkin, pelo senso de humor e deslumbramento abundante; a Patricia Lee Gauch, pela fé irredutível na capacidade de uma história ser verídica; a Victoria Acord e Patricia Waneka, pela valiosa assistência; a Cynthia Kreuz-Urh, por compreender as fontes entrelaçadas do mito; para aqueles que me encorajaram ao longo do caminho, especialmente Madeleine L'Engle, Dorothy Markinko e M. Jerry Weiss; para todos os bardos, poetas, contadores de histórias e estudiosos que contribuíram ao longo de muitos séculos para as histórias de Merlin; e, claro, para o elusivo mago em pessoa.

Venha comigo então, conforme Merlin nos revela a história de seus anos perdidos. Nesta jornada, você é a testemunha, eu sou o escriba, e o próprio Merlin é nosso guia. Mas tenhamos cuidado porque um mago, como sabemos, é cheio de surpresas.

T.A.B.

He that made with his hond
Wynd and water, wode and lond;
Geve heom alle good endyng
That wolon listne this talkyng,
And y schal telle, yow byfore,
How Merlyn was geten and bore
And of his wisdoms also
And othre happes mony mo
Sum whyle byfeol in Engelonde.

— Da balada do século XIII
DE ARTUR E
*DE MERLIN**

* Em tradução livre, sem rima, para respeitar o original em inglês arcaico: "Ele que criou com a própria mão/ Vento e água, madeira e terra/ Deu a eles boa finalidade/ E que está pronto para ouvir/ O que eu quero falar, diante dele/ Como Merlin foi concebido e nasceu/ E também de suas sabedorias/ E muitos outros acontecimentos/ E problemas que acometeram a Inglaterra." (*N. do T.*)

Prólogo

Se eu fechar meus olhos e respirar ao ritmo ondulante do mar ainda sou capaz de me lembrar daquele dia tão longínquo. Foi um dia implacável, frio e sem vida, tão vazio de perspectivas quanto meus pulmões estavam vazios de ar.

Desde aquele dia vi muitos outros, mais do que tenho forças para contar. No entanto, tal dia brilha tão intensamente quanto o próprio Galator, tão intensamente quanto o dia em que descobri meu próprio nome, ou aquele no qual embalei um bebê chamado Artur. Talvez eu me lembre tão claramente porque a dor, como uma cicatriz na alma, não desaparece. Ou porque marcou o fim de tanta coisa. Ou, talvez, porque aquele dia sinalizou um início, assim como um fim: o começo dos meus anos perdidos.

Uma onda escura surgiu no mar ondulante, e dali de dentro ergueu-se a mão.

Conforme a onda crescia e apontava para um céu tão cinzento quanto ela mesma, a mão também se estendia para o alto. Uma pulseira de espuma envolvia o pulso enquanto dedos desesperados tentavam pegar alguma coisa que não conseguiam encontrar. Era a mão de alguém pequeno. Era a mão de alguém fraco, fraco demais para continuar lutando.

Era a mão de um menino.

Com um som grave de sucção, a onda começou a formar uma crista e a pender gradativamente para a praia. Por um momento, ela cessou e pairou entre o oceano e a terra firme, entre o meditativo Atlântico e a costa rochosa e perigosa do País de Gales, conhecido naqueles dias como Gwynedd. Então o som virou um rugido quando a onda tombou e atirou o corpo inerte do menino sobre as rochas negras.

A cabeça bateu com tanta violência contra uma pedra que o crânio certamente teria se rachado não fosse pela espessa cabeleira. Ele ficou completamente imóvel, exceto quando o jato de ar da onda seguinte desgrenhou as mechas, negras sob as manchas de sangue.

Ao notar aquela forma imóvel, uma gaivota desmazelada pousou nas rochas para ver mais de perto. Ela baixou o bico na direção do rosto do menino e tentou puxar uma alga que estava enroscada na orelha. O pássaro repuxava e retorcia enquanto grasnava, furioso.

Finalmente a alga se soltou. Triunfante, o pássaro pulou sobre um dos braços nus do menino. Debaixo dos farrapos da túnica marrom ainda grudada ao corpo, ele parecia pequeno, mesmo para um menino de 7 anos. No entanto, havia algo no rosto — o formato da testa, talvez, ou as rugas em volta dos olhos — que o faziam parecer bem mais velho.

Naquele instante, ele tossiu, vomitou água do mar e tossiu novamente. Com um guincho, a gaivota soltou a alga e bateu asas até um poleiro de pedra.

O menino permaneceu imóvel por um momento. Só conseguia sentir gosto de areia, lama e vômito. Só conseguia sentir a dor latejante na cabeça e as rochas que lhe estocavam os ombros. Então veio outra tosse, outro efluxo de água do mar. Ele tomou fôlego com dificuldade e hesitação. Depois respirou uma segunda vez e uma terceira. Devagar, a mão magra foi cerrada em um punho.

Ondas surgiram e recuaram, surgiram e recuaram. Durante um longo tempo, a pequena chama de vida do menino oscilou à beira da escuridão. Sob a dor latejante, a mente parecia estranhamente vazia. Quase como se ele tivesse perdido um pedaço. Ou como se uma espécie de parede tivesse sido erguida, separando-o de uma parte de si, deixando nada além de uma sensação persistente de medo.

O ritmo da respiração diminuiu. O punho cerrado relaxou. Ele arfou, como se fosse tossir novamente, mas em vez disso ficou parado.

Com cautela, a gaivota se aproximou.

Então, de algum lugar, um pequeno fiapo de energia começou a se mover pelo corpo. Algo dentro dele ainda não estava disposto a morrer. O menino se remexeu novamente, respirou outra vez.

A gaivota congelou.

Ele abriu os olhos. Rolou para o lado, tremendo de frio. Ao sentir a areia áspera na boca, o menino tentou cuspir, mas só conseguiu se engasgar com o gosto rançoso de algas e água salgada.

Com esforço, ergueu o braço e limpou a boca usando os trapos da túnica. Depois fez uma careta ao sentir o galo em carne viva atrás da cabeça. Reunindo forças para se levantar, apoiou o cotovelo contra uma pedra e sentou-se com as costas eretas.

Ele ficou ali sentado enquanto ouvia o barulho do mar. Além da pulsação incansável das ondas, além da dor que latejava dentro da cabeça, por instante o menino pensou ter ouvido algo mais — uma voz, talvez. Uma voz vinda de outra época, de outro lugar, embora não fosse capaz de se lembrar de onde.

Com um estremecimento súbito, ele se deu conta de que não era capaz de se lembrar *de coisa alguma*. De onde tinha vindo. Da mãe. Do pai. De seu nome. *Do próprio nome*. Por mais que se esforçasse, não conseguia se lembrar *do próprio nome*.

— Quem sou eu?

Ao ouvir o grito, a gaivota grasnou e voou.

Ele parou para olhar quando notou seu reflexo em uma poça d'água. Um rosto estranho, que pertencia a um menino que não conhecia, devolveu o olhar. Os olhos, como o cabelo, eram negros como carvão, com pontinhos esparsos de dourado. As orelhas, que eram quase triangulares e pontiagudas, pareciam estranhamente grandes para o restante do rosto. Da mesma forma, a testa era alta acima dos olhos. No entanto, o nariz parecia estreito e fino, mais como um bico. No conjunto, o rosto não parecia pertencer a ele mesmo.

Reuniu forças e ficou de pé. A cabeça girou, e o menino se apoiou em uma rocha protuberante até que a tontura abrandasse.

Os olhos varreram a praia deserta. Rochas e mais rochas estavam espalhadas por toda parte e compunham uma implacável barreira negra contra o mar. As rochas só abriam espaço em um único ponto — e mesmo assim de má vontade — ao redor das raízes de um velho carvalho. Com a casca cinzenta lascada, o velho carvalho encarava o oceano em uma postura secular. Havia um antigo buraco fundo no tronco, provocado por fogo. A idade retorceu todos os galhos, formando nós em alguns. No entanto, a árvore continuava de pé com as raízes firmes, imutável contra a tempestade e o mar. Atrás do carvalho havia um bosque sombrio de árvores mais novas e, atrás delas, rochedos altos assomavam de forma ainda mais sombria.

Desesperadamente, o menino vasculhou a paisagem à procura de alguma coisa que reconhecesse, qualquer coisa que pudesse instigar a memória a voltar. Não reconheceu nada.

Ele se voltou para o mar aberto, apesar do jato de sal que incomodava. Ondas rolavam e se quebravam, uma atrás da outra. Nada além de infinitos vagalhões cinzentos até onde a vista alcançava. O menino prestou atenção para escutar novamente a voz misteriosa, mas ouviu apenas o chamado distante de uma gaivota empoleirada nos rochedos.

Será que viera de algum lugar lá fora, além do mar?

Ele esfregou vigorosamente os braços para dar fim aos arrepios. Pegou um pedaço solto de alga ao vê-lo sobre uma rocha. Sabia que aquela massa verde disforme dançara ao próprio ritmo gracioso antes de ser arrancada e ficar à deriva. Agora a alga estava caída em sua mão. O menino se perguntava por que ele próprio fora arrancado, e de onde.

O ouvido captou um gemido baixo. Aquela voz novamente! Ela veio das pedras atrás do velho carvalho.

O menino foi cambaleando na direção da voz. Pela primeira vez se deu conta de uma dor incômoda entre as omoplatas. Só podia presumir que as costas, assim como a cabeça, haviam batido contra as pedras. No entanto, a dor parecia mais profunda, como se alguma coisa embaixo dos ombros tivesse sido arrancada há muito tempo.

Após vários passos hesitantes, chegou à antiga árvore. Apoiou-se no enorme tronco enquanto o coração disparava. Novamente escutou o gemido misterioso. Novamente o seguiu.

Os pés descalços escorregaram nas pedras molhadas diversas vezes, fazendo-o cambalear. Enquanto prosseguia aos tropeços, com a túnica marrom esvoaçante sobre as pernas, ele se assemelhava a uma ave marinha desajeitada que avançava pela praia. No entanto, o tempo todo ele sabia o que realmente era: um menino solitário, sem nome e sem lar.

Então ele a viu. Caído entre as pedras estava o corpo de uma mulher, com o rosto ao lado de uma poça formada pelas ondas. O cabelo comprido e solto, da cor da lua amarela do verão, estava espalhado em volta da cabeça como raios de luz. Tinha maçãs do rosto salientes e uma tez que seria descrita como leitosa caso não estivesse azulada. O longo robe azul, rasgado em vários lugares, estava sujo de areia e algas. No entanto, a qualidade da fazenda, bem como o pingente de joias em um cordão de couro em volta do pescoço, revelava que ela outrora havia sido uma mulher de posses e status.

O menino correu à frente. A mulher gemeu novamente, um gemido de dor inextinguível. Ele quase foi capaz de sentir a agonia dela, ao mesmo tempo que ficava esperançoso. *Será que eu a conheço?* Se perguntou ao se debruçar sobre o corpo contorcido. Então, de um lugar de grande ansiedade, veio a pergunta: *será que ela me conhece?*

O menino tocou a face da mulher com um único dedo, estava tão fria quanto o mar gelado. Ele a observou respirar com dificuldade. Ouviu os terríveis gemidos. E, com um suspiro, admitiu para si mesmo que ela era uma completa estranha.

Ainda assim, enquanto a observava, o menino não conseguia conter a esperança de que ela pudesse ter ido parar naquela praia com ele. Se a mulher não veio na mesma onda, então pelo menos devia ter vindo do mesmo lugar. Talvez, se ela sobrevivesse, poderia preencher o vazio em sua memória. Talvez a mulher até soubesse o próprio nome! Ou os nomes da mãe e do pai dele. Ou talvez... ela pudesse *ser* na verdade sua mãe.

Uma onda gélida bateu nas pernas do menino. Os calafrios retornaram enquanto as esperanças desapareceram. Ela podia não sobreviver e, mesmo que sobrevivesse, provavelmente não o conhecia. E certamente não poderia ser mãe dele. Isso era esperar demais. Além disso, ele era muito diferente da mulher. Ela era realmente linda, mesmo à beira da morte, tão bela quanto um anjo. E o menino tinha visto o próprio reflexo. Sabia qual era a própria aparência. Estava mais para um demônio meio crescido, sujo e ensopado do que para um anjo.

Um rosnado surgiu às costas dele.

O menino deu meia-volta. O estômago se contraiu. Ali, na sombras do bosque escuro, estava um enorme javali.

Com um rosnado baixo e feroz que vibrava na garganta, o javali saiu do arvoredo. Uma pelagem eriçada marrom cobria o corpo inteiro, exceto os olhos e uma cicatriz cinzenta, que serpenteava pela pata dianteira esquerda. As presas, afiadas como adagas, estavam escurecidas pelo sangue de uma vítima anterior. Mais assustadores, porém, eram os olhos vermelhos, que brilhavam como carvões em brasa.

O javali andava suavemente, quase de leve, apesar da forma pesada. O menino deu um passo para trás. Aquela fera era dezenas de vezes mais pesada do que ele. Um coice o derrubaria. Uma estocada das presas rasgaria sua carne. Abruptamente, o javali parou e encolheu o tronco musculoso, pronto para avançar.

O menino olhou para trás e só conseguiu ver as ondas vindo do oceano. Não havia escapatória por aquela direção. Pegou um pedaço retorcido de madeira que boiava para usar como arma, embora soubesse que isso nem sequer começaria a perfurar a pele do javali. Mesmo assim, tentou firmar os pés nas pedras escorregadias e se preparou para o ataque.

Então o menino se lembrou. O buraco no velho carvalho! Embora a árvore estivesse a meio caminho entre ele e o javali, talvez conseguisse alcançá-la primeiro.

O menino começou a disparar para a árvore, então se deteve subitamente. A mulher. Ele não podia simplesmente deixá-la ali. Entretanto a própria chance de se salvar dependia de velocidade. Fazendo uma careta, jogou a madeira para o lado e pegou os braços inertes da mulher.

O menino fazia força com as pernas trêmulas e tentava soltá-la das pedras. Quer fosse pela água que ela havia engolido, quer pelo fardo da morte sobre si, a mulher parecia pesar tanto quanto as pedras. Finalmente, sob o olhar fixo do javali, ela se movimentou levemente.

Ele começou a arrastá-la em direção à árvore. Pedras afiadas cortavam os pés do menino. Com o coração disparado e a cabeça latejando, ele puxava com toda a força.

O javali rosnou novamente, desta vez mais como uma risada rouca. O corpo inteiro da fera se retesou, o animal franziu as narinas, e as presas brilharam. A seguir, disparou.

Embora o menino estivesse a apenas poucos passos da árvore, algo o impedia de correr. Ele pegou uma pedra meio quadrada no chão e a atirou na cabeça do javali. A apenas um instante antes de alcançá-lo, o animal mudou de direção. A pedra passou assobiando e bateu no chão.

Impressionado por talvez ter conseguido espantar a fera, o menino rapidamente se abaixou para pegar outra pedra. Então, ao sentir um movimento às suas costas, deu meia-volta.

Dos arbustos, atrás do velho carvalho, pulou um cervo imenso. Da cor de bronze, exceto pelas patas brancas que brilhavam como o mais puro quartzo, o cervo abaixou a enorme galhada. Com as sete pontas de cada lado apontadas como lanças, pulou em cima do javali. Mas a fera desviou bem a tempo de escapar do golpe.

Quando o javali derrapou e rosnou ferozmente, o cervo pulou outra vez. O menino aproveitou a oportunidade e arrastou a mulher inerte para o buraco na árvore. Após dobrar as pernas dela contra o peito, ele a enfiou inteiramente na cavidade. A madeira, ainda calcinada por algum fogo antigo, envolvia a mulher como uma grande concha negra. O menino se enfiou em um pequeno espaço ao lado dela enquanto o javali e o cervo se rodeavam, batiam as patas no chão e bufavam raivosos.

Com o olhar em chamas, o javali fingiu avançar contra o cervo, mas disparou contra a árvore. Encolhido no buraco, o menino recuou o quanto pôde. No entanto, o rosto permanecia tão próximo à casca retorcida da abertura que ele ainda foi capaz de sentir o bafo quente do javali quando as presas atacaram freneticamente o tronco. Uma das presas arranhou de raspão a face do menino e cortou bem embaixo do olho.

Naquele momento, o cervo penetrou no flanco do javali. A fera corpulenta voou e caiu de lado, perto dos arbustos. O javali se levantou com dificuldade enquanto sangue jorrava da coxa.

O cervo abaixou a cabeça, preparado para pular novamente. Após hesitar por uma fração de segundo, o javali rosnou pela última vez antes de recuar para o arvoredo.

Com uma lerdeza majestosa, o cervo se virou para o menino. Por um breve instante, os olhares se cruzaram. De alguma forma, o menino sabia que não se lembraria de nada daquele dia tão nitidamente quanto do reflexo castanho dos olhos vidrados do cervo, um olhar tão profundo e misterioso quanto o próprio oceano.

Então, da mesma forma rápida como surgiu, o cervo pulou sobre as raízes retorcidas do carvalho e sumiu de vista.

PARTE UM

I

Um Olho Vivo

Estou sozinho sob as estrelas.

O céu inteiro se incendeia como se um novo sol estivesse nascendo. As pessoas gritam e fogem correndo. Mas eu fico ali, incapaz de me mexer, incapaz de respirar. Então, vejo a árvore, mais escura do que uma sombra contra o céu em chamas. Os galhos que queimam se contorcem como serpentes mortais. Eles se estendem na minha direção. Os galhos em chamas se aproximam. Tento escapar, mas minhas pernas são feitas de pedra. Meu rosto está queimando! Escondo os olhos. Grito.

Meu rosto! Meu rosto está queimando!

Acordei. O suor irritava meus olhos. A palha da cama arranhava meu rosto.

Piscando, inspirei profundamente e esfreguei as mãos na face. Estas pareciam frias de encontro ao rosto.

Ao coçar os braços, senti novamente a dor entre as omoplatas. Ainda presente! Queria que a dor passasse. Por que isso ainda me incomodava agora, mais de cinco anos desde o dia em que apareci na praia? Os machucados na cabeça haviam sarado fazia muito tempo, embora ainda não me lembrasse de nada da minha vida antes de ser jogado contra as pedras. Então por que esse machucado deveria durar tanto tempo assim? Dei de ombros. Assim como tantas outras coisas, eu jamais saberia.

Comecei a enfiar um pouco de palha solta de volta ao colchão quando meus dedos encontraram uma formiga que arrastava o corpo de um verme várias vezes maior do que ela. Fiquei observando, quase rindo, enquanto a formiga tentava escalar a montanha de palha em miniatura. Ela podia facilmente ter dado a volta por um lado ou pelo outro, mas não; algum motivo misterioso levava a formiga a tentar, rolar de costas, tentar novamente, rolar outra vez. Por vários minutos, eu assisti ao desempenho repetitivo.

Finalmente, fiquei com pena da pequenina. Estiquei a mão para pegar uma das patas, depois me dei conta de que poderia arrancá-la, especialmente se a formiga se debatesse. Então, em vez disso, peguei o verme. Conforme eu já esperava, a formiga se manteve agarrada a ele e se debateu freneticamente.

Levei a formiga e sua presa sobre a palha e pousei com delicadeza do outro lado. Para minha surpresa, quando soltei o verme, a formiga fez o mesmo. Ela se virou para mim, sacudindo as antenas freneticamente. Fiquei com a nítida impressão de estar levando uma bronca.

— Desculpe — sussurrei, rindo.

A formiga me repreendeu por mais alguns segundos. Depois abocanhou o verme e começou a arrastar a carga pesada e ir embora. Para seu lar.

Meu sorriso desapareceu. Onde eu poderia encontrar meu próprio lar? Eu arrastaria esse colchão todo, a cabana inteira se necessário, se ao menos soubesse aonde ir.

Ao virar a cabeça para a janela aberta, vi a lua cheia que brilhava tão intensamente quanto um pote de prata derretida. O luar entrava pela janela e, através dos buracos no teto de palha, pintava o interior da cabana com seu pincel reluzente. Por um instante, o luar quase disfarçou a pobreza do ambiente ao cobrir o chão de terra com uma camada de prata, as paredes rústicas de barro com centelhas de luz, a forma ainda adormecida no canto com o brilho de um anjo.

No entanto, eu sabia que era tudo uma ilusão, não mais real do que meu sonho. O chão era apenas terra, a cama somente palha, a moradia uma mera choupana feita de ramos unidos por barro. O cercado coberto para os gansos que ficava ao lado tinha sido construído com mais capricho! Eu sabia porque às vezes me escondia ali quando o grasnar dos gansos parecia mais agradável do que a gritaria e falatório das pessoas. O cercado era mais quente do que a cabana em fevereiro e mais seco em maio. Mesmo que eu não merecesse algo melhor do que os gansos, ninguém questionava que Branwen merecia.

Eu observava seu corpo adormecido. A respiração, tão sutil que mal levantava o cobertor de lã, parecia calma e serena. Porém, eu sabia a verdade. Embora tivesse paz ao dormir, isso não acontecia quando ela estava acordada.

Branwen se remexeu enquanto dormia e rolou o rosto na direção do meu. Sob o luar, parecia ainda mais linda do que o normal, a face sedosa e a testa completamente relaxadas, do jeito que ficavam apenas nas noites em que dormia profundamente. Ou nos momentos de prece silenciosa, que ocorriam cada vez com maior frequência.

Franzia a testa para Branwen. Se ao menos ela falasse. Se me contasse o que sabia. Pois se sabia algo sobre o nosso passado, ela se recusava a discutir o assunto. Se fazia isso por realmente não saber ou simplesmente por não querer que eu soubesse, eu jamais seria capaz de dizer.

E, nos cinco anos em que dividimos esta cabana, ela revelou pouco a respeito de si mesma. Exceto pelo toque carinhoso de sua mão e pela tristeza sempre presente no fundo dos olhos, eu mal a conhecia. Só sabia que não era minha mãe, como ela alegava.

Como eu podia ter tanta certeza de que Branwen não era minha mãe? De algum modo, no fundo do coração, eu sabia. Ela era distante demais, reservada demais. Com certeza uma mãe, uma mãe de verdade, não esconderia tantas coisas do próprio filho. E se eu precisasse de mais convicção, bastava olhar para o rosto de Branwen. Tão lindo — e tão diferente do meu. Não havia sinal de negritude naqueles olhos, nem de pontas nas orelhas! Não, eu era tão seu filho quanto os gansos eram meus irmãos.

Eu tampouco podia acreditar que o nome dela era Branwen e que o meu era Emrys, como ela tentara me convencer. Fossem quais fossem os nomes que nós tínhamos antes de sermos cuspidos pelo mar sobre as rochas, de alguma forma eu achava que não eram aqueles. Por mais que ela me chamasse de Emrys, eu não conseguia afastar a sensação de que meu verdadeiro nome era... outro. No entanto, eu não fazia ideia de onde procurar a verdade, exceto talvez nas sombras agitadas dos meus sonhos.

Branwen, se é que esse era realmente seu nome, somente exibia um traço da verdadeira personalidade nas ocasiões em que me contava histórias. Especialmente as dos antigos gregos. Aqueles contos eram claramente seus favoritos. E meus, também. Quer ela tivesse noção disso, quer não, uma parte de Branwen parecia ganhar vida quando falava de gigantes e deuses, monstros e jornadas nos mitos gregos.

Verdade seja dita, ela também gostava de contar histórias dos druidas curandeiros ou do milagreiro da Galileia. Mas as histórias sobre os deuses e deusas gregos davam uma luz especial aos olhos cor de safira. Às vezes, eu quase tinha a impressão de que contar aquelas histórias era a maneira que Branwen tinha de falar sobre um lugar que acreditava realmente existir — um lugar onde criaturas estranhas perambulavam pela terra e grandes espíritos se misturavam aos humanos. Toda aquela ideia parecia tola a meu ver, mas aparentemente não para ela.

Um súbito clarão de luz na garganta de Branwen interrompeu meus pensamentos. Eu sabia que era apenas o luar sendo refletivo no pingente, ainda pendurado no cordão de couro em volta do pescoço, embora o tom de verde parecesse mais intenso hoje à noite do que jamais esteve. Percebi naquele momento que jamais tinha visto Branwen tirar o pingente, nem mesmo por um instante.

Algo bateu na terra atrás de mim. Eu me virei e vi um monte de folhas secas, delgadas e prateadas sob o luar, presas por um ramo de grama. Devia ter caído da viga acima, que sustentava não apenas o telhado de sapê mas também dezenas de ramalhetes de ervas, folhas, flores, raízes, nozes, lascas de caule de árvore e sementes. Isso era apenas uma parcela da coleção de Branwen, porque havia muitos ramalhetes pendurados no caixilho da janela, atrás da porta e na mesa bamba ao lado do seu colchão.

Por causa dos ramalhetes, a cabana inteira cheirava a tomilho, raiz de faia, semente de mostarda e mais. Eu adorava os aromas. Exceto o de endro, que me fazia espirrar. A casca do cedro, minha favorita, me elevava como se eu fosse um gigante, as pétalas de lavanda faziam cócegas nos pés, e a alga marinha me lembrava de alguma coisa que eu não conseguia recordar exatamente.

Ela usava todos esses ingredientes e apetrechos para fazer pós, pastas e cataplasmas de cura. A mesa continha uma enorme variedade de tigelas, facas, trituradores, pilões, coadores e outros utensílios. Frequentemente, eu via Branwen triturar folhas, misturar pós, espremer plantas ou aplicar uma mistura de remédios na ferida ou verruga de alguém. No entanto, eu sabia tão pouco a respeito de seu trabalho como curandeira quanto a seu respeito. Embora Branwen me permitisse assistir, ela não conversava ou contava histórias; simplesmente seguia trabalhando, geralmente enquanto entoava um ou outro cântico.

Onde ela havia aprendido tanto sobre a arte de curar? Onde havia descoberto as histórias de tantas terras e épocas distantes? Onde tinha encontrado pela primeira vez os ensinamentos do homem da Galileia que cada vez mais ocupavam seus pensamentos? Ela não revelava.

Eu não estava sozinho quando me irritava com o silêncio de Branwen. Geralmente os aldeões cochichavam pelas costas dela e se perguntavam a respeito de seus poderes de cura, da beleza fora do comum, dos estranhos cânticos. Ouvi até mesmo as palavras *feitiçaria* e *magia negra* uma vez ou outra, embora isso não parecesse desencorajar as pessoas a procurá-la quando precisavam tratar um furúnculo, curar uma tosse ou afastar um pesadelo.

A própria Branwen não parecia preocupada com os cochichos. Desde que a maioria das pessoas pagasse pela ajuda, de maneira que pudéssemos continuar a sobreviver, Branwen não parecia se importar com o que elas pudessem pensar ou dizer. Recentemente, ela atendera um velho monge que escorregara nas pedras molhadas da ponte do moinho e cortara o braço. Enquanto enfaixava a ferida, Branwen proferiu uma bênção cristã, o que pareceu deixá-lo satisfeito. Quando ela entoou a seguir um cântico druídico, porém, o monge a repreendeu e a alertou sobre blasfêmia. Branwen respondeu calmamente que o próprio Jesus foi tão dedicado a curar os outros que poderia ter sido bem capaz de se valer da sabedoria dos druidas, assim como a de outros agora chamados de pagãos. Naquele momento, o monge arrancou a bandagem com raiva e foi embora, mas não sem antes dizer para metade da vila que ela estava fazendo o trabalho de demônios.

Eu me voltei para o pingente. Parecia brilhar com a própria luz, não apenas a da lua. Pela primeira vez notei que o cristal no centro não era apenas uniformemente verde, como aparentava a distância. Quando me aproximei, descobri tons de violeta e azul que fluíam como córregos debaixo da superfície, enquanto lampejos vermelhos pulsavam como milhares de pequeninos corações. O pingente quase parecia um olho vivo.

Galator. A palavra surgiu subitamente na minha mente. *Ele é chamado de Galator.*

Balancei a cabeça, confuso. De onde veio aquela palavra? Eu não conseguia me lembrar de já tê-la ouvido. Devo ter escutado na praça do vilarejo, onde vários dialetos — celta, saxão, romano, gaélico e outros ainda mais estranhos — colidiam e se misturavam a cada dia. Ou talvez de uma das próprias histórias de Branwen, que eram repletas de palavras dos gregos, judeus, druidas e outros grupos ainda mais antigos.

— Emrys!

O sussurro agudo me assustou tanto, que dei um pulo. Encarei os olhos profundamente azuis da mulher que dividia a cabana e as refeições comigo, porém nada mais.

— Você está acordada.

— Estou. E você estava olhando de maneira estranha para mim.

— Não para você — respondi. — Para o pingente. — Em um impulso, acrescentei — Para seu *Galator*.

Branwen arfou. Com um gesto rápido, enfiou o pingente dentro do robe. Depois, enquanto tentava manter a voz calma, falou:

— Essa não é uma palavra que eu me lembre de ter dito para você.

Arregalei os olhos.

— Você quer dizer que é a palavra de verdade? A palavra certa?

Ela me observou de maneira cautelosa, quase começou a falar, depois se conteve.

— Você deveria estar dormindo, meu filho.

Como sempre, eu ficava arrepiado quando ela me chamava assim.

— Eu não consigo dormir.

— Será que uma história ajudaria? Eu podia terminar aquela sobre Apolo.

— Não. Agora não.

— Posso preparar uma poção para você, então.

— Não, obrigado. — Balancei a cabeça. — Quando você fez isso pelo filho do telhador, ele dormiu por três dias e meio.

Um sorriso surgiu nos lábios de Branwen.

— Ele bebeu a dose de uma semana de uma vez só, pobre tolo.

— Está quase amanhecendo, de qualquer forma.

Ela recolheu o cobertor rústico de lã.

— Bem, se você não quer dormir, eu quero.

— Antes que você durma, pode me contar mais sobre aquela palavra? Gala... Ah, como é mesmo?

Aparentemente sem me escutar, ela se envolveu no costumeiro manto de silêncio enquanto se cobria com o cobertor de lã e fechava os olhos novamente. Em segundos, Branwen parecia estar dormindo outra vez. No entanto, a paz que eu tinha visto em seu rosto parecia ter ido embora.

— Pode me contar?

Ela não se mexeu.

— Por que você nunca me ajuda? — reclamei. — Eu preciso da sua ajuda.

Ainda assim, ela não se mexeu.

Eu a observei com tristeza por um tempo, depois rolei para fora do colchão, fiquei de pé e joguei água de uma grande tigela de madeira ao lado da porta no rosto. Olhei novamente para Branwen e senti uma onda de raiva renovada. Por que ela não me respondia? Por que não me ajudava? No entanto, enquanto eu a olhava, senti uma pequena pontada de culpa por nunca ter sido capaz de chamá-la de Mãe, embora soubesse como isso iria deixá-la contente. E, no entanto... que espécie de mãe se recusaria a ajudar o filho?

Peguei o puxador de corda da porta. Ela raspou a terra ao se abrir, e eu saí da cabana.

II

UMA CORUJA ESTÁ CHEGANDO

O céu escurecia a oeste conforme a lua quase desaparecia. Veios de prata, que se tornavam cinzentos, riscavam as nuvens espessas acima do vilarejo de Caer Vedwyd. Na luz fraca, os telhados salientes de sapê se assemelhavam a um grupo de rochas nas sombras. Em algum lugar próximo, ouvi cordeiros balindo. E meus amigos, os gansos, começaram a acordar. Um cuco em uma samambaia piou duas vezes. Debaixo do carvalho e dos freixos que pingavam, o revigorante cheiro dos jacintos se misturava ao cheiro do sapê molhado.

Era maio, e em maio até mesmo um vilarejo lúgubre conseguia parecer lindo antes da alvorada. Puxei uma rebarba da manga da túnica enquanto ouvia os movimentos silenciosos. Esse mês me animava como nenhum outro. Flores desabrochavam para o céu, cordeiros nasciam, folhas brotavam. E, assim como as flores, meus sonhos também floresciam. Às vezes, em maio, eu engolia as dúvidas e acreditava que um dia descobriria a verdade. Quem eu era, de onde realmente vim. Se eu não era fruto de Branwen, então era de outra pessoa.

Em maio, tudo parecia possível. Se ao menos eu pudesse aprender a controlar o tempo. Fazer todos os meses iguais a maio! Ou, talvez, *voltar* no tempo, de maneira que sempre que chegasse o fim do mês, eu pudesse retornar a maio e vivê-lo novamente.

Mordi o lábio. Não importa o mês, esse vilarejo jamais seria meu lugar favorito. Nem meu lar. Eu sabia que o alvorecer seria a melhor hora do dia, antes que os raios do sol revelassem as cabanas desmazeladas e rostos pavorosos. Como a maioria dos vilarejos nesse terreno acidentado, grosseiro e cheio de florestas, Caer Vedwyd só existia por causa de uma velha estrada romana. A nossa acompanhava a margem norte do rio Tywy, que fluía para o sul até o mar. Embora a estrada um dia tivesse transportado torrentes de soldados romanos, agora transportava, em sua maioria, vagabundos e comerciantes errantes. Era um caminho de sirga para cavalos que puxavam barcaças de grãos rio abaixo, uma rota para aqueles que procuravam a igreja de São Pedro na cidade de Caer Myrddin ao sul e, também, como eu bem me lembrava, uma passagem para o mar.

Uma ferramenta de metal retiniu na ferraria debaixo do grande carvalho. Eu ouvi um cavalo e sua rédea tilintando em algum ponto do caminho de sirga. Dali a uma hora, as pessoas se reuniriam na praça debaixo da árvore, onde as três principais ruas do vilarejo convergiam. Em breve, os sons de gente negociando, discutindo, persuadindo através de falsos elogios e, é claro, roubando tomariam conta do ar.

Cinco anos neste lugar e ainda assim não parecia um lar. Por quê? Talvez porque tudo, dos deuses locais aos nomes locais, estava mudando. Rapidamente. Os recém-chegados saxões já tratavam Y Myddfa, cuja cordilheira de gelo era maior do que qualquer coisa, por Snow Hill ou Snowdon.

Da mesma forma, as pessoas agora chamavam essa região, há muito tempo conhecida como Gwynedd, de País de Gales. Contudo, intitulá-la de país implicava uma ideia de unidade que realmente não existia. Dado o número de viajantes e dialetos que passava apenas por nosso pequeno vilarejo todo dia, o País de Gales parecia mais uma estação de passagem do que um país.

Enquanto eu seguia pelo caminho até o moinho, vi o último vestígio do luar tocar as encostas de Y Wyddfa. Os sons do vilarejo que despertava se misturavam ao barulho do rio que fluía sob a ponte de pedra perto do moinho. Um sapo coaxou em algum lugar próximo à casa do moinho, o único prédio no vilarejo feito de tijolos de verdade.

Sem aviso prévio, uma voz serena dentro de mim sussurrou *uma coruja está chegando.*

Dei meia-volta a tempo de ver a cabeça quadrada e as enormes asas marrons passarem por mim tão velozes quanto o vento e tão silenciosas quanto a morte. Dois segundo depois, ela desceu na grama atrás do moinho, e as garras esmagaram uma presa.

Arminho para o jantar. Ri para mim mesmo, contente por ter sabido de alguma forma que a coruja se aproximava e que sua presa invisível era um arminho. Como eu sabia? Não fazia ideia. Simplesmente sabia, só isso. E presumia que qualquer pessoa razoavelmente observadora teria sabido também.

Mais e mais, porém, eu ficava me perguntando. Às vezes, realmente parecia estar um passo à frente das outras pessoas em relação a sentir o que iria acontecer. Esse talento, se é que se pode chamar de talento, havia surgido apenas fazia algumas semanas, então nem comecei a compreendê-lo. E não contei para Branwen ou para qualquer outra pessoa. Podia ser nada mais do que uma série de palpites afortunados. Porém se, na verdade, fosse algo mais, pelo menos poderia ser divertido. Ou até mesmo útil em uma enrascada.

Ontem mesmo vi alguns meninos do vilarejo perseguindo uns aos outros com espadas imaginárias. Por um breve instante, quis ser um deles. Aí o líder do grupo, Dinatius, me viu e veio para cima de mim antes que eu pudesse escapar. Nunca gostei de Dinatius, que havia passado os anos como aprendiz do ferreiro desde a morte da mãe. Ele me dava a impressão de ser mau, burro e esquentado, mas eu tentava jamais ofendê-lo, mais pelo fato de ele ser mais velho e maior do que eu — ou do que qualquer outro menino no vilarejo — do que por bondade. Mais de uma vez, vi Dinatius apanhar da mão pesada do ferreiro por fazer corpo mole no trabalho e, com a mesma frequência, eu o via fazer o mesmo com alguém menor. Certa vez, ele queimou seriamente o braço de outro menino que ousou duvidar de sua ascendência romana.

Tudo isso passou pela minha mente enquanto tentava fugir dele. Então, por acaso, vi uma gaivota que voava baixo. Apontei para o pássaro e gritei: "Olhe! Tesouro do céu!" Dinatius virou o rosto para cima no momento em que a ave soltou um tipo de tesouro especialmente pungente, que lhe acertou bem no olho. Enquanto Dinatius praguejava e tentava limpar o rosto, os outros meninos riam, e eu escapei.

Sorrindo, pensei na fuga do dia anterior, que foi por um triz. Pela primeira vez, me perguntei se eu possuía um talento — um poder — ainda mais precioso do que prever acontecimentos. Imagine, apenas imagine... que eu na verdade pudesse *controlar* eventos. Fazer algo acontecer. Não com as mãos, os pés ou a voz. Com nada além dos pensamentos.

Que empolgante! Provavelmente era apenas outro sonho de maio. Porém, e se fosse algo a mais? Eu iria experimentar.

Ao me aproximar da ponte de pedra sobre o rio, me ajoelhei ao lado de uma pequena flor bem fechadinha. Concentrei nela todos os pensamentos e me esqueci de tudo o mais. O ar frio, os cordeiros que baliam, os barulhos da ferraria, tudo sumiu.

Analisei o tom violeta da flor, tocada a leste pela luz dourada do sol que surgia. Minúsculos pelos com gotículas de orvalho ornamentavam as bordas de cada pétala enquanto um pequenino pulgão marrom cruzava correndo o colar franjado de folhas no topo do talo. O aroma era refrescante, mas não era doce. De alguma forma eu sabia que o centro escondido deveria ser da cor de queijo prato maturado.

Finalmente pronto, comecei a desejar que a flor se abrisse. *Mostre-se*, ordenei. *Abra suas pétalas.*

Esperei por um longo momento. Nada aconteceu.

Novamente me concentrei na flor. *Abra. Abra suas pétalas.*

Ainda assim, nada aconteceu.

Comecei a me levantar. Então, bem devagar, a coroa de folhas começou a tremer como se tivesse sido tocada pela menor das brisas. Um momento depois, uma das pétalas violeta se mexeu e desdobrou levemente uma ponta, antes de se abrir aos poucos. Outra pétala a acompanhou, e outra, e mais outra, até que a flor inteira recebeu a aurora que chegava de pétalas abertas. E do centro surgiram seis brotos, mais parecidos com penas do que pétalas. A cor? De queijo prato maturado.

Um chute violento acertou minhas costas. Uma risada rouca tomou conta do ar e estragou o momento tão rapidamente quanto a pisada opressiva que esmagou a flor.

III

Encarando a Tempestade

Com um gemido, fiz força para ficar de pé.

— Dinatius, seu porco.

O garoto mais velho, de ombros largos e espessa cabeleira castanha, deu um sorriso malicioso.

— Você é que tem as orelhas pontudas como um porco. Ou como um demônio! De qualquer forma, melhor ser um porco do que um bastardo.

Meu rosto ficou quente, mas mantive a calma. Encarei Dinatius — seus olhos acinzentados como as costas de um ganso. Isso exigiu que eu jogasse a cabeça para trás, uma vez que ele era bem mais alto. Realmente, os ombros de Dinatius já conseguiam erguer cargas que faziam homens adultos cambalearem. Além de manter a fornalha do ferreiro — uma tarefa quente e pesada por si só —, ele cortava e carregava lenha, trabalhava no fole e erguia quase um quintal de minério de ferro. Pelo serviço, o ferreiro dava a Dinatius uma refeição ou duas por dia, um saco de palha para dormir e muitos golpes na cabeça.

— Eu não sou um bastardo.

Dinatius coçou lentamente a barba rala no queixo.

— Onde seu pai se esconde? Talvez ele seja um porco! Ou talvez seja um daqueles ratos que moram com você e sua mãe.

— Nós não temos ratos em nossa casa.

— Casa! Você chama aquilo de casa? É apenas um buraco imundo onde sua mãe se esconde e faz a feitiçaria dela.

Meus punhos se cerraram. As provocações me cortaram profundamente, mas foi a menção ofensiva a *ela* que fez meu sangue ferver. Ainda assim, sabia que Dinatius queria que eu lutasse com ele. Também sabia qual seria o resultado. Melhor ficar calmo, se possível. Seria muito difícil manter meus braços quietos, mas e a língua? Mais ainda.

— Aquele que é feito de ar não deve acusar o vento.

— O que você quer dizer com isso, seu bastardo desprezível?

Eu não tinha ideia de onde tinham vindo as palavras que falei a seguir.

— Quero dizer que você não deveria chamar outra pessoa de bastardo, uma vez que seu pai foi apenas um mercenário saxão que passou por este vilarejo uma noite e não deixou nada para trás além de você e de um cantil vazio.

A boca de Dinatius se abriu e se fechou sem nada dizer. Percebi que falei palavras que ele sempre temeu, mas que jamais admitiu serem verdade. Palavras que bateram com mais violência do que porretes.

O rosto dele ficou vermelho.

— Nada disso! Meu pai era um romano e um soldado! Todo mundo sabe disso. — Dinatius olhou feio para mim. — Vou mostrar para você quem é o bastardo.

Dei um passo para trás.

Dinatius avançou contra mim.

— Você não é nada, bastardo. Nada! Você não tem pai. Não tem lar. Não tem nome! De onde você roubou o nome Emrys, bastardo? Você não é nada! E nunca será algo mais!

Fiz uma careta ao ouvir tais palavras, ao mesmo tempo que via os olhos dele inflarem de fúria. Olhei ao redor para buscar alguma rota de fuga. Era impossível correr mais do que ele. Não sem uma vantagem. Porém, não havia pássaros nos sobrevoando hoje. Um pensamento me atingiu. *Sem pássaros voando.*

Assim como tinha feito no dia anterior, apontei para o céu e gritei:

— Olhe! Tesouro no céu!

Dinatius, que tinha acabado de avançar contra mim, não olhou para cima desta vez. Em vez disso, se abaixou como se para proteger a cabeça de um golpe. Foi o máximo que eu podia esperar que acontecesse. Dei meia-volta e corri tão depressa quanto um coelho assustado pelo pátio do moinho, que estava molhado de chuva.

Dinatius voou atrás de mim e rugiu de raiva

— Volte, covarde!

Atravessei o gramado, pulei por cima de uma mó quebrada e alguns restos de madeira, e passei correndo pela ponte, com as botas batendo nas pedras. Antes mesmo de eu chegar ao outro lado, ouvi os passos de Dinatius mais altos do que minha própria respiração ofegante. Fiz uma curva fechada e dobrei na velha estrada romana que acompanhava a margem do rio. À minha direita, havia as águas encrespadas do Tywy. À esquerda, uma floresta densa se estendia sem interrupções, a não ser pelas trilhas de cervos e lobos, até as encostas de Y Wyddfa.

Corri pelo caminho de pedras por sessenta ou setenta passos enquanto ouvia Dinatius se aproximar. Ao subir uma pequena elevação, saí da trilha e me atirei nas moitas de samambaias que delimitavam a floresta. Apesar dos espinhos que arranhavam minhas panturrilhas e coxas, avancei freneticamente. Então, me desvencilhando de uma samambaia, pulei sobre um galho caído e um córrego, e subi o conjunto de rochas cobertas de musgo do outro lado. Ao encontrar uma estreita trilha de cervos, que serpenteava como uma cobra sem fim pelo solo da floresta, disparei até me ver em um bosque de árvores imensas.

Pausei tempo suficiente para ouvir Dinatius atravessar os galhos atrás de mim. Sem parar para pensar, me abaixei no canteiro de agulhas e pulei no galho mais baixo de um grande pinheiro. Como um esquilo, fui subindo de galho em galho até chegar à altura de três homens.

Naquele mesmo instante, Dinatius entrou no bosque. Diretamente acima dele, eu me agarrava ao galho, o coração disparava, os pulmões doíam, as pernas sangravam. Tentei permanecer imóvel, respirar silenciosamente, embora os pulmões gritassem por mais ar.

Dinatius olhava para os lados enquanto tentava enxergar no bosque mal iluminado. Em dado momento, olhou para cima, mas uma lasca de casca de árvore caiu em seu olho e Dinatius trovejou:

— Maldita floresta! — Ao ouvir algum farfalhar além do bosque, ele se lançou naquela direção.

Durante a maior parte da manhã, esperei naquele galho, observando a lenta passagem da luz pelas agulhas nos ramos e o movimento ainda mais lento do vento entre as árvores. Finalmente, convencido de que havia escapado de Dinatius, ousei me mexer, mas não desci da árvore.

Eu subi.

Ao subir pelos degraus dos galhos, me dei conta de que o coração ainda disparava, porém não por medo, nem por cansaço. Ele batia forte por expectativa. Algo a respeito daquela árvore, naquele instante, me deixava empolgado de uma forma inexplicável. Cada vez que eu impulsionava o corpo a um galho mais alto, também sentia o ânimo subir. Era quase como se eu fosse capaz de ver mais longe, ouvir com mais clareza e apurar mais o olfato, quanto mais alto subia. Eu me imaginei voando ao lado do pequeno falcão que vi dando círculos sobre as árvores.

A vista abaixo de mim se expandiu. Segui o curso do rio conforme ele descia sinuosamente das colinas ao norte. O rio me lembrava uma enorme serpente, algo saído das histórias de Branwen. E as colinas estavam dispostas em fileiras enrugadas, como as dobras de um velho cérebro exposto. Que ideias, me perguntava, aquele cérebro tivera ao longo do grande período de tempo? Será que a floresta era uma delas? Será que o dia de hoje era uma delas?

Das brumas que envolviam as encostas mais íngremes surgia a grande massa do Y Wyddfa, com o cume reluzente envolto por um manto branco. Sombras de nuvens, escuras e redondas, passavam pelas cordilheiras como as pegadas de gigantes. Se ao menos eu pudesse ver os gigantes em pessoa! Se ao menos pudesse testemunhar sua dança!

No céu a oeste, as nuvens se reuniam, embora eu ainda conseguisse enxergar um ocasional lampejo de luz sobre o mar banhado pelo sol. A visão do oceano infinito me preenchia com uma saudade vaga e indefinida. De alguma forma, eu sabia. Meu verdadeiro lar, meu verdadeiro nome estavam lá... em algum lugar. Correntezas tão profundas quanto o próprio mar se agitavam dentro de mim.

Estiquei o braço para o próximo galho e fiz um esforço para subir mais. Agarrei a base do galho com as duas mãos e passei a perna por cima dele. Vários raminhos se soltaram e caíram em graciosas espirais. Com um grunhido, fiz o máximo de força possível e montei no galho.

Pronto para descansar, me enfiei no chanfro do galho e me recostei no tronco. Senti as mãos muito grudentas de seiva de pinheiro e as levei ao rosto. Enchi os pulmões com o cheiro doce e resinoso.

De repente, algo roçou minha orelha direita. Virei a cabeça. Um rabo marrom eriçado desapareceu em volta do tronco. Quando me estiquei para dar uma espiada atrás da madeira, ouvi um assobio alto. No instante seguinte, senti pequeninas patinhas cruzarem meu peito e descerem pela minha perna.

Eu me sentei com as costas retas novamente, bem a tempo de ver o esquilo pular do meu pé para um galho mais baixo. Sorrindo, eu observava o animal agitado chilrear e guinchar. O esquilo desceu e subiu pelo tronco velozmente enquanto balançava o rabo peludo e mascava uma pinha tão grande quanto a própria cabeça. Então, como se tivesse acabado de me notar, parou imediatamente. O esquilo me estudou por alguns segundos, guinchou uma vez e pulou para um ramo de uma árvore vizinha. Dali ele desceu correndo e sumiu de vista. Eu me perguntava se tinha soado tão engraçado para o esquilo quanto ele soou para mim.

A empolgação cresceu novamente e me levou a continuar subindo. Conforme o vento aumentava, o mesmo ocorria com os elixires dos cheiros das árvores. Resinas do atrito com os galhos pingavam em mim, e eu mergulhava em um rio de aromas.

Vi novamente o falcão, que continuava voando em círculos no céu. Não podia ter certeza, mas achava de alguma forma que ele estava me observando, por motivos particulares.

O primeiro rugido de trovão surgiu quando trepei no galho mais alto que conseguiria aguentar meu peso. Com ele veio um ribombar ainda mais forte, o grito coletivo de milhares de árvores sendo dobradas pelo mesmo vento. Contemplei o mar de árvores e seus galhos que encrespavam como ondas na água. Descobri que, sob o rugido, era possível ouvir as variadas vozes do arvoredo: o suspiro profundo do carvalho e o estalar agudo do espinheiro, o sopro do pinheiro e o rachar do freixo. As agulhas estalavam, e as folhas batiam. Troncos gemiam, e cavidades sopravam. Todas estas vozes e outras se juntavam para formar um imenso coral sinuoso, que cantava em uma língua não muito diferente da minha

Conforme o vento aumentava, minha árvore começava a balançar. Quase como um corpo humano, ia para a frente e para trás, delicadamente a princípio, depois cada vez mais freneticamente. Enquanto o balanço aumentava, também crescia meu medo de que o tronco se partisse e me jogasse no chão. Porém, com o tempo, minha confiança retornou.

Espantado por perceber como a árvore podia ser ao mesmo tempo flexível e firme, eu me segurei com força enquanto o pinheiro se dobrava e ondulava, se contorcia e girava, e fazia curvas e arcos no ar. A cada delicado balanço, eu me sentia menos uma criatura da terra e mais uma parte do próprio vento.

A chuva começou a cair, e seu som se misturou ao chapinhar do rio e à cantoria das árvores. Os galhos fluíam como cachoeiras de grama. Pequenos rios caíam em cascatas em cada tronco e passavam por bosques de musgo e desfiladeiros de casca de árvore. Durante todo o tempo, encarei a tempestade. Eu não poderia me sentir mais molhado. Eu não poderia me sentir mais livre.

Quando finalmente a tempestade cedeu, o mundo inteiro parecia recém-nascido. Raios de sol dançavam nas folhas lavadas pela chuva. Colunas sinuosas de névoa subiam de cada clareira. As cores da floresta brilharam com mais vida, os cheiros pareciam mais refrescantes. E compreendi, pela primeira vez na vida, que a Terra sempre se refazia, que a vida sempre se renovava. Que podia até ter sido a tarde desse dia em especial, mas ainda era o início da manhã da Criação.

IV

A Pilha de Trapos

A luz do fim da tarde destacou os tons e aumentou as sombras antes que eu sentisse uma súbita pontada no estômago. Rapidamente a dor cresceu. Eu estava com fome. Uma fome de leão.

Ao dar uma última olhada para a paisagem, vi uma teia dourada de luz surgir nas colinas. Então comecei a descer do meu poleiro. Quando finalmente cheguei ao galho mais baixo, ainda molhado da chuva, abracei o tronco e me deixei cair para o lado. Por um momento, fiquei ali pendurado, balançando como a árvore na tempestade. Por alguma razão, me dei conta de que a dor de sempre entre as omoplatas não me incomodava desde que eu trepara nos galhos pela primeira vez. Eu me soltei e caí no canteiro de folhas de pinheiro.

Com delicadeza, coloquei a mão no tronco enrugado da velha árvore. Quase fui capaz de sentir as resinas correrem pela estrutura alta em forma de coluna, do mesmo jeito que o sangue corria pelo meu corpo. Com um simples tapinha no tronco agradeci.

Meu olhar notou um buquê de cogumelos marrons com barbas espessas entre as agulhas da base do pinheiro. Em minhas incursões com Branwen, aprendi que os cogumelos prestavam para comer. Avancei. Em pouco tempo, comi todos — assim como as raízes de uma planta de folhas arroxeadas que crescia por perto.

Encontrei a trilha dos cervos e a segui até voltar ao córrego. Juntando as mãos em concha, e bebi um pouco da água fria. Ela gelou meus dentes e despertou minha língua. Com a alma lavada, voltei ao caminho de sirga que levava ao vilarejo.

Cruzei a ponte. Atrás do moinho, os telhados de sapê de Caer Vedwyd se agrupavam como vários ramalhetes de grama seca. Em um deles, uma mulher que se dizia minha mãe provavelmente misturava poções ou cuidava dos ferimentos de alguém, sempre reservada e calada. Para minha surpresa, me vi torcendo que um dia me sentisse em casa naquele lugar.

Quando entrei no vilarejo, ouvi os gritos alegres dos outros meninos. Meu primeiro impulso foi procurar um dos meus esconderijos de sempre. No entanto... senti uma nova onda de confiança. Hoje era o dia de me juntar às brincadeiras!

Hesitei. E se Dinatius estivesse por perto? Eu teria de ficar de olho na ferraria. Ainda assim, talvez até mesmo Dinatius pudesse amansar com o tempo.

Eu me aproximei devagar. Debaixo do grande carvalho, onde as três ruas principais convergiam, vi os fazendeiros e comerciantes reunidos para oferecer suas mercadorias. Cavalos e burricos estavam amarrados aos postes, abanando os rabos para afastar as moscas. Ali perto, um bardo com uma expressão triste entretinha alguns poucos ouvintes com uma balada — até que um rabo bateu bem em sua boca. Quando ele parou de engasgar e se recompôs, já tinha perdido a plateia.

Quatro meninos estavam no outro lado da praça e praticavam a pontaria atirando pedras e paus em um alvo — uma pilha de trapos enfiada na base do carvalho. Quando vi que Dinatius não estava entre eles, respirei com mais tranquilidade. Rapidamente, me aproximei o suficiente para chamar um dos garotos.

— Como está a mira hoje, Lud?

Um lourinho atarracado se virou na minha direção. O rosto redondo e os olhos pequenos lhe conferiam uma expressão de confusão eterna. Embora Lud não tivesse sido hostil comigo no passado, agora parecia cauteloso. Eu não sabia dizer se era por causa de Dinatius — ou por minha causa.

Parei mais perto.

— Não se preocupe. Nenhum pássaro vai se aliviar na sua cabeça.

Lud me observou por um momento e então começou a rir.

— Aquele foi um belo tiro!

Devolvi o sorriso.

— Um belíssimo tiro.

Ele jogou uma pedrinha para mim.

— Por que não testa a pontaria?

— Você tem certeza? — perguntou um dos outros garotos. — Dinatius não vai gostar disso.

Lud deu de ombros.

— Ande, Emrys. Queremos ver você atirar.

Os meninos se entreolharam enquanto eu erguia a pedra na palma da mão. Com um movimento do braço, atirei na pilha de trapos. A pedra voou alto e passou longe, atingindo o cercado dos gansos e causando uma grande comoção de grasnidos e bater de asas.

Murmurei, encabulado:

— Não foi muito bom.

— Talvez você deva chegar mais perto — debochou um dos garotos. — Como bem debaixo da árvore.

Os demais riram.

Lud fez um gesto para calá-los e jogou outra pedra para mim.

— Tente de novo. Você precisa de um pouco de prática.

Algo em seu tom de voz devolveu minha confiança. Enquanto todos assistiam, mirei novamente. Desta vez, enquanto tomava posição, dediquei um momento para medir a distância ao alvo e sentir o peso da pedra na mão. Com o olho na pilha de trapos, joguei o braço para trás e soltei a pedra.

Ela atingiu em cheio o alvo. Lud riu de satisfação. Eu não consegui evitar o sorriso orgulhoso.

Então algo estranho chamou minha atenção. Em vez de atravessar os trapos e acertar o tronco da árvore atrás, a pedra quicou, como se os próprios trapos fossem feitos de algo sólido. Ao examinar mais de perto, meu coração teve um sobressalto. Enquanto eu observava, a pilha de trapos se remexeu. De lá veio um gemido de dar pena.

— É uma pessoa! — exclamei, sem acreditar.

Lud balançou a cabeça.

— Aquilo não é uma pessoa. — Ele fez um gesto de menosprezo para a pilha. — Aquilo é um judeu.

— Um judeu imundo — acrescentou um dos outros garotos. Ele atirou uma pedra nos trapos. Outro acerto. Outro gemido.

— Mas... vocês não podem. — Eu comecei a dizer mais, então me contive. Isso arriscaria qualquer chance que eu teria de ser aceito pelo grupo.

— Por que não? — Lud chegou para trás a fim de lançar um pau pesado. — Os judeus jamais deveriam ter passado por aqui. Eles são como demônios, com chifres e rabos. Eles carregam doenças. Eles trazem má sorte.

A pilha de trapos gemeu, depois começou a se levantar.

Eu engoli em seco.

— Não acredito nessa besteira. Deixe o mendigo ir embora e mire em outra coisa.

Lud me lançou um olhar esquisito.

— É melhor você não defender o judeu. As pessoas podem se perguntar se... — Ele fez uma pausa, escolhendo as palavras. — Se você vem da mesma linhagem.

— Mas nós somos todos da mesma linhagem! O judeu é uma pessoa, assim como eu ou você. — Dei uma olhadela para o maltrapilho, que começou a ir embora, e rosnei: — Deixe-o em paz.

Lud simplesmente deu um risinho e atirou o pesado pau.

Com um movimento do braço, eu gritei:

— Não! Não o acerte!

O pau parou abruptamente em pleno ar e caiu no chão.

Foi como se ele tivesse atingido uma parede invisível de ar. Os meninos ficaram atônitos. Meu queixo caiu. Eu estava tão surpreso quanto eles.

— Um feitiço — murmurou um menino.

— Feitiçaria — disse outro.

O rosto redondo de Lud ficou branco. Lentamente, ele se afastou de mim.

— Vá embora, seu... seu...

— Filho do demônio — concluiu outra voz.

Eu dei meia-volta e me vi cara a cara com Dinatius, com a túnica rasgada e suja de lama devido à longa jornada através da floresta. Apesar da cara fechada, ele parecia satisfeito por finalmente ter encurralado sua presa.

Aprumei as costas, o que apenas me deixou mais ciente da considerável vantagem de altura que Dinatius levava.

— Não precisamos virar inimigos.

Ele cuspiu no meu rosto.

— Você acha que eu não seria amigo de um filhote de demônio como você?

Eu franzi os olhos enquanto limpava o rosto. Foi só o que pude fazer para conter a raiva antes de tentar de novo. Com a voz trêmula, declarei:

— Eu não sou demônio. Sou um menino como você.

— Eu sei o que você é. — A voz de Dinatius passou por cima de mim como uma avalanche. — Seu pai era um demônio. E sua mãe faz o trabalho sinistro dos demônios. De um jeito ou de outro, você é o filho do capeta!

Com um grito, avancei contra ele.

Com agilidade, Dinatius deu um passo para o lado, girou meu corpo no ar e me atirou no chão com força. Para completar o serviço ele me deu um chute ao lado do corpo, que me fez rolar na terra.

Eu mal consegui me sentar por causa da dor nas costelas. Acima de mim estava a figura de Dinatius, com a cabeleira jogada para trás enquanto ria. Os outros meninos também riam e o incentivavam.

— Qual o problema, filho do demônio? — provocou Dinatius.

Embora a dor fosse grande, meu ódio era maior. Com a mão ao lado do corpo, lutei para ficar de joelhos, depois para me levantar. Rosnei como uma fera ferida, então avancei novamente agitando os braços.

Um instante depois, me flagrei com a cara na grama, mal era capaz de respirar. Senti gosto de sangue na boca. A ideia de me fingir de morto passou pela mente, na esperança de que meu algoz perdesse o interesse, mas eu sabia que não deveria fazer isso.

A risada de Dinatius parou assim que me obriguei a ficar de pé. O sangue escorria pelo meu queixo. Plantei os pés inseguros no chão e o encarei. O que encontrei me pegou desprevenido.

Debaixo da beligerância, ele estava claramente surpreso.

— Deus meu, você é teimoso.

— Teimoso o suficiente para enfrentar você — respondi com a voz rouca. Cerrei os punhos.

Naquele momento, outra figura surgiu do nada e ficou entre nós. Os meninos, exceto Dinatius, deram um passo para trás. E eu contive um grito de surpresa.

Era Branwen.

Embora uma sombra de medo tivesse cruzado seu rosto, Dinatius cuspiu aos pés dela.

— Afaste-se, demônio.

Com o olhar vidrado, ela o encarou.

— Vá embora.

— Vá para o inferno — respondeu Dinatius. — É o lugar de vocês dois.

— É mesmo? Então é melhor você fugir. — Ela ergueu os braços de maneira ameaçadora. — Ou vou jogar o fogo do inferno em você.

Dinatius balançou a cabeça.

— É você que vai queimar, não eu.

— Mas eu não tenho medo do fogo! Eu não posso ser queimada!

Lud, que estava observando Branwen de maneira tensa, puxou o ombro de Dinatius.

— E se ela estiver falando a verdade? Vamos.

— Não até eu acabar com o filhote dela.

Os olhos azuis de Branwen brilharam.

— Vá embora agora ou você queimará.

Ele deu um passo para trás.

Branwen se inclinou para ele e depois falou uma única palavra de ordem.

— Agora.

Os outros meninos deram meia-volta e correram. Ao vê-los fugir, Dinatius pareceu inseguro. Com as duas mãos, ele fez o gesto em cruz evocando proteção.

— Agora! — repetiu Branwen.

Dinatius olhou feio para ela por um instante e depois recuou.

Segurei o braço de Branwen. Juntos caminhamos em lenta procissão de volta a nossa cabana.

V

TEMPO SAGRADO

Esticado no colchão de palha, fiz uma careta quando Branwen massageou minhas costelas. Raios irregulares de luz que entravam pelos buracos do telhado de sapê caíam sobre a mão e o ombro esquerdos de Branwen. Sua testa estava franzida de preocupação. Aqueles olhos azuis me examinavam com tanta intensidade que eu quase sentia o olhar perfurar minha pele.

— Obrigado por ter me ajudado.

— De nada.

— Você foi maravilhosa. Realmente maravilhosa! E apareceu bem na hora, do nada. Como um de seus deuses gregos... Atenas ou alguma outra.

Branwen franziu ainda mais a testa.

— Estava mais para Zeus, infelizmente.

Eu ri e me arrependi porque isso fez a lateral do corpo doer.

— Você quer dizer que jogou raios e trovões sobre eles.

— Em vez de sabedoria. — Ela soltou um suspiro mal-humorado. — Só fiz o que uma mãe faria. Mesmo que você nunca...

— O quê?

Branwen balançou a cabeça.

— Não tem importância.

Ela se levantou para preparar um cataplasma que cheirava a fumaça e cedro. Ouvi Branwen cortar e triturar por vários minutos antes de voltar ao meu lado. Então, colocando o cataplasma em minhas costelas, fez pressão suave com as mãos. Aos poucos, senti um calor constante fluir para dentro dos ossos, como se o próprio tutano tivesse virado carvão.

Com o tempo, Branwen fechou os olhos e começou a entoar baixinho um cântico lento que eu a tinha ouvido usar antes em seu trabalho como curandeira. No passado, nunca tive certeza se ela cantava para curar a pessoa sob seus cuidados ou, de alguma forma que eu não compreendia, para curar a si mesma. Desta vez, ao estudar o rosto de Branwen, não tive dúvida: o cântico era para ela, não para mim.

Hy gododin catann hue
Hud a lledrith mal wyddan
Gaunce ae bellawn wen cabri
Varigal don Fincayra
Dravia, dravia Fincayra.

Tive a sensação que as palavras vinham de outro mundo, a um oceano de distância. Esperei até que ela abrisse os olhos, depois fiz a pergunta que quis efetuar tantas vezes antes, sem esperar receber uma resposta.

— O que isso quer dizer?

Novamente ela me examinou com olhos que pareciam varar minha alma. Então, após escolher as palavras com cuidado, Branwen respondeu:

— É sobre um lugar, um lugar mágico. Uma terra de encantamento e também de ilusão. Uma terra chamada Fincayra.

— E o que essas palavras no fim querem dizer? *Dravia, dravia Fincayra.*

A voz dela virou um sussurro.

— Vida longa, vida longa Fincayra. — Branwen abaixou o olhar. — Fincayra. Uma terra de muitas maravilhas, celebrada por bardos de muitas línguas. Dizem que o lugar fica a meio caminho do nosso mundo e do mundo dos espíritos, nem totalmente da Terra, nem totalmente do Céu, mas como uma ponte que liga os dois. Ah, as histórias que eu poderia contar para você! Suas cores são mais brilhantes do que o nascer do sol mais brilhante; o ar é mais cheiroso do que o jardim mais abundante. Muitas criaturas misteriosas são encontradas lá, incluindo, reza a lenda, os primeiros gigantes.

Virando os quadris na palha, rolei de maneira que meu rosto ficasse próximo ao dela.

— Você faz parecer que o lugar existe de verdade.

As mãos de Branwen apertaram minhas costelas.

— Ele é tão real quanto qualquer outro lugar sobre o qual tenha contado histórias para você. Histórias podem não ser reais da mesma maneira que o cataplasma, meu filho, mas são reais ainda assim! Reais o suficiente para me ajudar a viver. E a trabalhar. E encontrar o significado oculto em cada sonho, cada folha, cada gota de orvalho.

— Você não quer dizer que as histórias, como aquelas sobre os deuses gregos, são verdadeiras?

— Ah, sim. — Ela pensou por um momento. — Histórias exigem fé, não fatos. Você não percebe? Elas se passam no tempo sagrado, que flui em círculo. Não no tempo histórico, que corre linearmente. No entanto, as histórias são verdadeiras, meu filho. Mais verdadeiras em muitos aspectos do que a vida cotidiana nesse pequeno vilarejo desprezível.

Confuso, franzi a testa.

— Mas certamente o monte Olimpo dos gregos não é o mesmo que a nossa montanha Y Wyddfa.

Os dedos de Branwen relaxaram um pouco.

— Elas não são tão diferentes quanto você pensa. O monte Olimpo existe na terra e na história. No tempo histórico e no sagrado. De qualquer forma, Zeus e Atenas e os outros podem ser encontrados lá. É um *lugar intermediário*, nem bem nosso mundo, nem tanto o Outromundo, mas algo interposto. Da mesma forma que a bruma não é realmente ar, nem realmente água, mas um pouco dos dois. Outro lugar como aquele é a ilha de Delos, a ilha grega onde Apolo nasceu e fez seu lar.

— Na história, com certeza, mas não na realidade.

Ela me olhou de maneira esquisita.

— Você tem certeza?

— Bem... Não, creio que não. Jamais estive na Grécia, mas vi Y Wyddfa uma centena de vezes, bem ali por aquela janela. Não existem Apolos andando por lá! Não naquela montanha e não nesse vilarejo.

Novamente ela me olhou de maneira esquisita.

— Você tem certeza?

— Claro que tenho certeza. — Peguei um punhado de palha do colchão e joguei para o alto. — É disso que é feito o vilarejo! Palha suja, paredes rachadas, pessoas cheias de ódio. E ignorantes também. Ora, metade deles pensa que você realmente é uma feiticeira!

Erguendo o cataplasma, Branwen examinou o hematoma que descia pelas minhas costelas.

— E ainda assim eles vêm aqui para ser curados. — Ela pegou uma tigela de madeira com uma pasta esverdeada que tinha um cheiro pungente, como frutinhas passadas. Com delicadeza, Branwen começou a aplicar a pasta no machucado, usando dois dedos da mão esquerda.

— Diga-me uma coisa — disse Branwen, sem tirar os olhos do ferimento. — Você já saiu por aí andando, para longe do agito do vilarejo, quando sentiu a presença de um espírito ou algo que não conseguia enxergar muito bem? Rio abaixo talvez ou em algum lugar na floresta?

Meus pensamentos se voltaram para o grande pinheiro balançando na tempestade. Quase fui capaz de ouvir o assobio dos galhos, o cheiro das resinas, a sensação da casca da árvore nas mãos.

— Bem, às vezes, na floresta...

— Sim?

— Eu tive a impressão de que as árvores, especialmente as mais velhas, estavam vivas. Não apenas como uma planta, mas como uma pessoa. Com um rosto. Com um espírito.

Branwen concordou com a cabeça.

— Como as dríades e hamadríades. — Ela me encarou com um olhar melancólico. — Eu gostaria de poder ler para você algumas das histórias sobre elas, nas próprias palavras dos gregos. Eles contam tão melhor do que eu! E aqueles livros... Emrys, vi uma sala cheia de livros tão grossos, antigos e convidativos que eu ficaria sentada com um deles no colo e não faria mais nada o dia inteiro. Ficaria lendo até bem tarde da noite, até adormecer. E então, ao dormir, seria visitada pelas dríades ou por Apolo em pessoa.

Ela parou imediatamente.

— Já contei alguma história sobre Dagda?

Balancei a cabeça.

— O que isso tem a ver com Apolo?

— Paciência. — Ela pegou outro punhado de pasta e continuou a trabalhar. — Os celtas, que moraram durante muito tempo em Gwynedd, a ponto de saber sobre o tempo sagrado, têm seus próprios Apolos. Ouvi falar deles quando criança, bem antes de aprender a ler.

Eu tive um sobressalto.

— Você é celta? Achei que você tivesse vindo... de onde quer que eu vim, depois do mar.

Branwen retesou as mãos.

— Eu vim, mas antes de ir para lá, vivi aqui, em Gwynedd. Não nesse vilarejo, mas em Caer Myrddin, que não era tão apinhado de gente quanto hoje. Agora me deixe continuar.

Assenti obedientemente, fiquei alegre pelo que Branwen disse. Não era muita coisa, mas era a primeira vez que me contava algo sobre sua infância.

Branwen voltou ao trabalho e à história.

— Dagda é um daqueles Apolos. Um dos espíritos celtas mais poderosos, o deus do pleno conhecimento.

— Como é a aparência de Dagda? Nas histórias, quero dizer.

Branwen pegou o restante da pasta da tigela.

— Ah, essa é uma boa pergunta. Uma pergunta muito boa. Por algum motivo que compete apenas a ele, o verdadeiro rosto de Dagda nunca foi visto. Ele assume várias formas em várias ocasiões.

— Como o quê?

— Uma vez, em uma famosa batalha com seu inimigo supremo, um espírito do mal chamado Rhita Gawr, ambos tomaram a forma de feras poderosas. Rhita Gawr virou um imenso javali, com presas terríveis e olhos da cor de sangue. — Ela fez uma pausa enquanto tentava se lembrar. — Ah, sim. E uma cicatriz que descia por uma das patas dianteiras.

Fiquei tenso. A cicatriz embaixo do meu olho, onde há cinco anos a presa do javali arranhou, começou a latejar. Em muitas noites escuras desde aquele dia, o mesmo javali aparecia e me atacava novamente nos sonhos.

— E, naquela batalha, Dagda virou...

— Um grande cervo — completei. — Da cor do bronze, exceto pelas patas brancas. Sete pontas em cada lado da galhada. E olhos tão profundos quanto o espaço entre as estrelas.

Surpresa, ela concordou com a cabeça.

— Então você ouviu a história?

— Não — confessei.

— Então como você sabe?

Suspirei longa e demoradamente.

— Eu vi aqueles olhos.

Ela enrijeceu-se.

— Viu?

— Eu vi o cervo. E também o javali.

— Quando?

— No dia em que fomos parar na praia.

Branwen me observou com atenção.

— Eles lutaram?

— Sim! O javali tentou nos matar. Especialmente você, creio eu, se realmente era alguma espécie de espírito do mal.

— Por que diz isso?

— Bem, porque você era... você! E eu só era um menininho magricelo naquela ocasião. — Olhei para mim mesmo e ri. — Diferente do meninão magricelo que sou agora. De qualquer forma, aquele javali com certeza teria nos matado. Mas então o cervo apareceu e o afugentou. — Toquei o ponto embaixo do meu olho. — Foi assim que ganhei isso.

— Você nunca me contou.

Lancei um olhar sério para Branwen.

— Tem muita coisa que você não me contou.

— Você está certo — disse ela, com pesar. — Nós podemos ter compartilhado algumas histórias sobre outras pessoas, mas muito pouco a respeito de nós mesmos. A culpa é minha, na verdade.

Não falei nada.

— Mas vou revelar uma coisa para você. Se aquele javali, Ritha Gawr, só pudesse matar um de nós, não teria sido eu. Teria sido *você*.

— O quê? Que absurdo! É você que tem o conhecimento, os poderes de cura.

— E você tem poderes muito maiores! — Branwen me olhou fixamente. — Você já começou a senti-los? Seu avô me contou que os poderes dele se manifestaram aos 12 anos. — Ela prendeu o fôlego. — Eu não tinha intenção de mencioná-lo.

— Mas você mencionou! Agora pode me contar mais?

Com uma expressão séria, ela balançou a cabeça.

— Não vamos falar sobre isso.

— Por favor, ah, por favor! Conte alguma coisa, pelo menos. Como ele era?

— Não posso.

Meu rosto corou.

— Você tem de contar! Por que chegou a mencionar meu avô... a não ser que houvesse algo a respeito dele que eu deveria saber?

Branwen passou a mão pelos cabelos louros.

— Seu avô era um mago formidável, mas vou contar apenas o que ele falou a seu respeito, antes de você nascer. Ele me disse que os poderes que possuía geralmente pulavam uma geração e que eu teria um filho que...

— Que o quê?

— Que teria poderes ainda maiores do que os dele. Um filho cuja magia brotaria das fontes mais profundas. Tão profundas que, se você aprendesse a dominá-las, poderia mudar o curso do mundo para sempre.

Meu queixo caiu.

— Isso não é verdade. E você sabe disso. Olhe só para mim!

— Estou olhando — falou Branwen, baixinho. — Embora hoje você não seja o que seu avô descreveu, talvez um dia ainda seja.

— Não. — protestei. — Eu não quero isso. Só quero minha memória de volta. Quero saber quem eu sou realmente.

— E se ser você envolva tais poderes?

— Como poderia? — Dei um muxoxo de desdém. — Não sou mago.

Ela inclinou a cabeça para o lado.

— Um dia você pode se surpreender.

De repente, me lembrei do que aconteceu com o pedaço de pau e Lud.

— Bem... eu *fui* surpreendido. Lá fora, antes de você chegar. Aconteceu algo estranho. Não sei se fiz alguma coisa, mas também não tenho certeza se não fiz.

Sem dizer uma palavra, Branwen pegou um pedaço de pano rasgado e começou a enfaixar minhas costelas. Parecia me observar com um novo respeito, talvez até mesmo um pouco de medo. As mãos se movimentavam com mais cautela, como se eu estivesse quase quente demais para ser tocado. O que quer que ela estivesse sentindo, o que quer que estivesse percebendo, aquilo me deixava muito incomodado. No mesmo momento em que passei a me sentir mais próximo de Branwen, ela também pareceu mais distante do que nunca.

Finalmente, Branwen falou.

— O que quer que você tenha feito, fez com seus poderes. São seus para serem usados, um dom do céu. Do maior dos deuses, daquele a quem eu rezo mais do que para qualquer outro; daquele que deu a cada um de nós todos os dons que possuímos. Eu não tenho ideia de quais sejam seus poderes, meu filho. Só sei que Deus não deu poderes a você sem esperar que sejam usados. Tudo que Deus pede é que use *bem* os poderes, mas primeiro você precisa, como disse seu avô, dominá-los. E isso significa aprender a usá-los com sabedoria e amor.

— Mas eu não pedi que tivesse poderes!

— Nem eu. Assim como não pedi que fosse chamada de feiticeira, mas todo dom vem com o risco de não ser compreendido pelos demais.

— Mas você não tem medo? No ano passado eles queimaram alguém em Llen, que disseram ser uma feiticeira.

Branwen ergueu os olhos para os fachos de luz que entravam pelos buracos acima de nós.

— O Deus todo-poderoso sabe que não sou uma feiticeira. Apenas tento usar qualquer que seja o dom que possua da melhor maneira possível.

— Você tenta misturar o velho conhecimento ao novo. E isso assusta as pessoas.

Ela abrandou o olhar cor de safira.

— Você compreende mais do que eu imaginava. Sim, isso assusta as pessoas. Assim como quase tudo hoje em dia.

Branwen tirou a bandagem com delicadeza.

— O mundo inteiro está mudando, Emrys. Eu nunca vi uma época como essa, nem... naquele lugar. Invasões do outro extremo do mar. Mercenários cuja lealdade muda da noite para o dia. Cristãos em guerra com as velhas crenças. Velhas crenças em guerra com os cristãos. As pessoas estão com medo. Medo mortal. Qualquer coisa desconhecida vira uma coisa do demônio.

Eu me sentei, tenso.

— Você às vezes não deseja... — A voz sumiu, e eu engoli em seco. — Que não possuísse seus poderes? Que não fosse tão diferente? Que ninguém pensasse que você é um demônio?

Ela mordeu o lábio, pensativa.

— Claro, mas é aí que entra minha fé. Veja bem, o novo conhecimento é poderoso. Muito poderoso. Veja o que ele fez por Santa Brígida e São Columbo! No entanto, sei bastante a respeito do antigo conhecimento a ponto de entender que ele também tem um grande poder. É querer muito que os dois possam coexistir, o novo e o antigo? Que possam fortalecer um ao outro? Porque mesmo que as palavras de Jesus toquem minha alma, eu não consigo esquecer as palavras de outras pessoas. Os judeus. Os gregos. Os druidas. Outras pessoas, até mais velhos.

Olhei Branwen com uma expressão melancólica.

— Você sabe tanto. Não como eu.

— Aí é que você se engana. Eu sei muito pouco. Muitíssimo pouco. — Uma expressão súbita de dor cruzou o rosto dela. — Como... por que você nunca me chama de *mãe*?

Uma flecha acertou meu coração.

— É porque...

— Sim?

— Porque eu realmente não acredito que você o seja.

Branwen respirou profundamente.

— E você acredita que seu verdadeiro nome seja Emrys?

— Não.

— Ou que meu verdadeiro nome seja Branwen?

— Não.

Ela virou a cabeça para cima. Por um longo instante, encarou o telhado de sapê, escurecido pela fuligem de incontáveis fogueiras. Finalmente, Branwen me olhou novamente.

— Quanto ao meu nome, você está certo. Depois que chegamos aqui, peguei emprestado o nome de uma velha lenda.

— Aquela que você me contou? Sobre Branwen, filha de Llyr?

Ela assentiu.

— Você se lembra? Então se recorda como Branwen veio de outra terra para se casar com alguém da Irlanda. A vida dela começou com enormes esperanças e beleza.

— E terminou — continuei — em tanta tragédia. Suas últimas palavras foram *ó dia triste! Assim nunca eu nascesse.*

Ela pegou minha mão.

— Mas isso diz respeito ao meu nome, não ao seu. À minha vida, não à sua. Por favor, acredite no que estou lhe dizendo! Emrys é seu nome. E eu sou sua mãe.

Um soluço subiu pela minha garganta.

— Se você realmente é minha mãe, não pode me dizer onde é minha casa? Minha verdadeira casa, o lugar que realmente é meu lar?

— Não, não posso! Estas lembranças são muito dolorosas para mim. E perigosas demais para você.

— Então como espera que eu acredite em você?

— Escute o que digo, por favor. Eu não conto porque me importo com você! Você perdeu sua memória por um motivo. É uma bênção.

Fechei a cara.

— É uma maldição!

Branwen me observou com olhos marejados. Fiquei com a impressão de que ela estava prestes a falar, de que finalmente me contaria o que eu mais desejava saber. Então sua mão apertou a minha — não por empatia, mas por medo.

VI

CHAMAS

Uma silhueta tomou conta da porta, bloqueando a luz.

Pulei do colchão e derrubei a tigela de madeira de Branwen.

— Dinatius!

Um braço forte apontou para nós.

— Saiam, vocês dois.

— Nós não sairemos. — Branwen ficou de pé e parou ao meu lado.

Os olhos cinzentos de Dinatius brilhavam com raiva. Ele gritou por cima do ombro. — Peguem a mulher primeiro.

Dinatius entrou na cabana seguido por dois meninos da praça do vilarejo. Lud não estava com eles.

Peguei Dinatius pelo braço. Ele se livrou de mim como se eu fosse uma mosca e me jogou de costas contra a mesa que continha os utensílios e ingredientes de Branwen. Colheres, facas, coadores e tigelas foram espalhados pelo chão de terra da cabana quando a mesa cedeu com o meu peso. Líquidos e pastas espirraram nas paredes de barro, e sementes e folhas voaram para o alto.

Ao vê-lo lutar com Branwen, fiquei de pé imediatamente e pulei em cima de Dinatius. Ele girou o corpo e me acertou com tanta força que voei na parede. Fiquei caído ali, momentaneamente atordoado.

Quando recuperei os sentidos, notei que estava sozinho na cabana. A princípio, não tinha certeza do que havia acontecido. Depois, ao ouvir gritos lá fora, fui cambaleando até a porta.

Branwen estava caída a vinte ou trinta passos de distância, no meio da rua. As mãos e pernas estavam presas por uma corda trançada. Um pedaço de pano, rasgado do vestido dela, fora enfiado na boca para que não gritasse. Aparentemente os comerciantes e os aldeões na praça, ocupados com o trabalho, não se deram conta — ou decidiram não intervir.

— Olhem para ela! — Riu um menino magro de cara suja enquanto apontava para a figura caída na rua. — Ela não é tão assustadora agora.

O companheiro, que ainda segurava um pouco de corda, se juntou ao coro de gargalhadas.

— É o que esse demônio merece!

Comecei a correr para a socorrê-la. De repente, avistei Dinatius, que estava abaixado sobre uma pilha de arbustos soltos, empilhada sob os longos galhos do carvalho. Quando ele enfiou ali uma pá cheia de carvão em brasa retirado da ferraria, senti uma onda de medo. *Uma fogueira. Ele está acendendo uma fogueira.*

As chamas começaram a estalar no arbusto. Uma coluna de fumaça subiu rapidamente para os galhos da árvore. Neste momento, Dinatius aprumou as costas e inspecionou o trabalho com as mãos na cintura. Delineado diante do fogo, o próprio Dinatius me pareceu com um demônio.

— Ela disse que não tem medo do fogo! — declarou ele diante dos outros meninos, que concordaram. — Disse que não pode ser queimada!

— Vamos descobrir — gritou o menino com a corda.

— Fogo! — gritou um dos comerciantes, que de repente notou as chamas.

— Apaguem o fogo! — gritou uma mulher, saindo de sua cabana.

Antes que alguém pudesse se mexer, os dois meninos já haviam agarrado Branwen pelas pernas. Começaram a arrastá-la em direção à árvore em chamas, onde Dinatius esperava.

Corri para fora da cabana, com o olhar fixo em Dinatius. A fúria crescia dentro de mim como nunca tinha sentido. Incontrolável e implacável, ela percorria meu corpo como uma onda enorme, derrubando todos os demais sentidos e sensações.

Ao sentir minha aproximação, Dinatius sorriu.

— Bem na hora, filhote. Vamos cozinhar vocês dois juntos.

Um único desejo tomou conta de mim: *Ele deveria queimar. Queimar no inferno.*

Naquele instante, a árvore estremeceu e se rompeu, como se tivesse sido cortada por um raio. Dinatius deu meia-volta bem na hora em que um dos maiores galhos, talvez enfraquecido pelo fogo, se soltou. Antes que pudesse escapar, o galho caiu bem em cima dele, imobilizou seu peito e esmagou-lhe os braços. Como a baforada de uma dúzia de dragões, as labaredas cresceram. Os aldeões e comerciantes debandaram. Galhos explodiram em chamas, o som dos estalos e do romper da madeira quase abafando os gritos do menino preso.

Corri na direção de Branwen. Ela fora deixada no chão a apenas alguns passos da árvore que queimava. O fogo lambeu as bordas de seu robe. Rapidamente a puxei para longe das chamas e desatei a corda. Ela tirou o pano da boca e me encarou com gratidão e medo.

— Você fez isso?

— E-eu acho que sim. Uma espécie de magia.

Os olhos de safira estavam fixos em mim.

— Sua magia. Seu poder.

Antes que eu pudesse responder, um grito de arrepiar irrompeu do inferno. Continuou sem parar, um berro de absoluta agonia. Ao ouvir aquela voz — aquela voz humana e indefesa —, meu sangue gelou dentro das veias. Eu imediatamente soube o que tinha feito. E também soube o que devia fazer.

— Não! — Branwen protestou e agarrou minha túnica.

Mas era tarde demais. Eu já havia mergulhado nas chamas.

VII

ESCONDIDO

Vozes. Vozes angelicais.

Eu me sentei de supetão. Será que eram mesmo anjos? Eu realmente estava morto? A escuridão me envolvia. Mais negra do que qualquer noite que eu já havia visto.

Então veio a dor. A dor no rosto e na mão direita dizia que eu realmente devia estar vivo. Era uma dor lancinante. Cortante. Como se a pele estivesse sendo arrancada.

Sob a dor, comecei a perceber um peso estranho na testa. Com cuidado, levei as mãos ao rosto. Notei que os dedos da mão direita estavam enfaixados. Assim como a testa, as bochechas, os olhos — todos envolvidos em panos frios e úmidos que cheiravam a ervas pungentes. Até mesmo o mais leve dos toques me cortava com adagas de dor.

Uma porta pesada rangeu ao ser aberta. Do outro lado de um amplo chão de pedra, passos se aproximaram e ecoaram de um teto alto acima de mim. Passos cujo ritmo eu pensei reconhecer.

— Branwen?

— Sim, meu filho — respondeu a voz na escuridão. — Você acordou. Estou contente. — No entanto, ela soava mais abatida do que contente enquanto acariciava suavemente minha nuca. — Tenho de trocar suas bandagens. Infelizmente vai doer.

— Não. Não toque em mim.

— Mas eu preciso, para você se curar.

— Não.

— Emrys, eu preciso.

— Tudo bem, mas tenha cuidado! Já está doendo demais.

— Eu sei, eu sei.

Fiz o melhor que pude para permanecer imóvel enquanto Branwen cuidadosamente removia as bandagens com um toque tão delicado como o de uma borboleta. Enquanto trabalhava, ela derramava uma coisa sobre meu rosto que tinha um cheiro tão refrescante quanto a floresta depois da chuva e parecia aliviar um pouco a dor. Eu me senti um pouco melhor, e perguntas começaram a jorrar de mim como água de um chafariz.

— Por quanto tempo eu dormi? Que lugar é esse? De quem são essas vozes?

— Perdoe-me se isso arder. Você e eu estamos na igreja de São Pedro, somos hóspedes das freiras que vivem aqui. É o canto delas que você está ouvindo.

— São Pedro! Isso fica em Caer Myrddin.

— Sim, fica.

Sentindo uma corrente de ar vinda de uma porta ou janela em algum lugar, puxei meu cobertor esfarrapado de lã até os ombros.

— Mas fica a muitos dias de viagem de Y Wyddfa, mesmo a cavalo.

— Sim, fica.

— Mas...

— Fique parado, Emrys, enquanto solto isso aqui.

— Mas...

— Parado agora... assim. Só um instante. Ah, pronto.

Quando a bandagem foi embora, o mesmo aconteceu com as minhas perguntas sobre como havíamos chegado ali. Uma nova pergunta comprimiu todas as outras, porque embora meus olhos estivessem descobertos, eu não podia mais enxergar.

— Por que está tão escuro?

Branwen não respondeu.

— Você não trouxe uma vela?

Novamente ela não respondeu.

— É noite?

Branwen continuava sem responder. Porém, ela não precisava, porque a resposta veio de um cuco que cantava animado nas proximidades.

Os dedos da minha mão sem bandagens tremeram ao tocar na área delicada em volta dos olhos. Fiz uma careta ao sentir as bolhas e as crostas de feridas, a pele que ainda queimava por baixo. Sem pelos nas sobrancelhas. Sem cílios também. Pisquei para afastar a dor e passei o dedo pelo contorno das pálpebras cheias de crostas e cicatrizes.

Eu sabia que meus olhos estavam bem abertos. Sabia que não enxergava nada. E, com um arrepio, soube de mais uma coisa.

Eu estava cego.

Berrei de angústia. De repente, ao ouvir novamente o som do cuco, atirei longe o cobertor. Apesar da fraqueza nas pernas, me obriguei a sair do colchão de palha e afastei a mão de Branwen quando ela tentou me deter. Cambaleei pelas pedras e segui o som.

Tropecei em alguma coisa e caí sobre o ombro no chão. Estiquei os braços e não senti nada além do piso de pedras debaixo de mim. Elas pareciam duras e frias como uma tumba.

Fiquei zonzo. Senti Branwen me ajudar a ficar de pé enquanto ouvia seus soluços abafados. Eu a afastei novamente. Fui à frente cambaleando, e as mãos tocaram uma parede de rocha sólida. O som do cuco me atraiu para a esquerda. Os dedos da mão sem bandagem tatearam e pegaram a beirada de uma janela.

Agarrei o peitoril e me puxei para perto. O ar fresco irritava o rosto. O cuco cantava tão perto de mim, que eu poderia esticar o braço e tocar sua asa. Parecia que pela primeira vez em semanas eu sentia o sol bater no rosto. Porém, por mais que tentasse encontrar o sol, não conseguia vê-lo.

Escondido. O mundo inteiro está escondido.

As pernas cederam. Caí no chão, bati a cabeça nas pedras. E chorei.

VIII

O Dom

Durante as semanas, que logo viraram meses, meu sofrimento tomou conta dos salões da igreja de São Pedro. As freiras que moravam ali, comovidas pela força da piedade de Branwen e da gravidade das minhas queimaduras, abriram os portões do santuário. Deve ter sido difícil para elas sentir algo além de compaixão por aquela mulher que só fazia rezar o dia inteiro e cuidar do filho machucado. Quanto ao menino, na maioria das vezes elas me evitavam, o que para mim estava ótimo.

Para mim, todo dia era escuro — tanto em clima quanto em visão. Eu me sentia como um bebê, somente capaz de engatinhar pela fria câmara de pedra que dividia com Branwen. Meus dedos passaram a conhecer bem os quatro cantos rígidos, as linhas irregulares de argamassa entre as pedras, a única janela onde eu costumava ficar por horas tentando enxergar. Porém, em vez de me animar, a janela apenas me torturava com o canto jovial do cuco e a agitação distante do mercado de Caer Myrddin. Ocasionalmente, o cheiro da panela de alguma pessoa ou de uma árvore florindo chegava até mim e se misturava aos odores de tomilho e raiz de faia que vinham da mesinha de Branwen ao lado de seu catre. Porém, eu não podia sair para encontrar tais coisas. Era um prisioneiro, confinado à masmorra da minha cegueira.

Duas ou três vezes arrumei coragem para andar, passei tateando pela porta de madeira pesada e entrei no labirinto de corredores e câmaras. Ao ouvir com cuidado o eco dos meus passos, descobri que podia calcular o comprimento e a altura das passagens, e o tamanho dos aposentos.

Um dia encontrei uma escada cujos degraus de pedra foram desgastados e viraram tigelas rasas ao longo dos anos. Desci tateando a parede cautelosamente, abri uma porta ao pé da escada e parei em um pátio cheiroso. Grama molhada tocou meu pé; vento quente soprou meu rosto. Eu me lembrei, tudo de uma vez só, como era boa a sensação de estar ao ar livre, na grama, ao sol. Então ouvi as freiras cantando nos claustros próximos. Comecei a andar mais depressa, ansioso para encontrá-las. Sem aviso prévio, colidi contra uma coluna de pedra com tanta força, que caí de costas em uma poça rasa de água. Ao fazer esforço para ficar de pé, pisei em uma pedra solta e rolei de lado. A parte esquerda do rosto bateu contra a base da coluna. Machucado e sangrando, com as bandagens rasgadas, fiquei caído ali soluçando até Branwen me encontrar.

Depois disso não saí do catre em meu quarto, convencido de que passaria o restante da vida sendo um fardo impotente para Branwen. Mesmo quando eu tentava pensar em outras coisas, a mente sempre voltava ao dia que foi minha ruína. A imagem de Branwen, amarrada e amordaçada perto da árvore. A raiva que fervia com tanta violência. A risada de Dinatius, que se transformou em berros. As chamas ardentes por toda parte. Os braços esmagados e o corpo quebrado debaixo dos galhos. O som de meus próprios gritos quando percebi que meu rosto estava queimando.

Não conseguia me lembrar da nossa jornada às muralhas de Caer Myddin, embora pela esparsa descrição de Branwen eu pudesse imaginar muito bem. Quase fui capaz de enxergar o rosto redondo de Lud quando nos viu passar pela colina na carroça do comerciante em trânsito, que ficou com pena da mulher com olhos de safira e do filho gravemente queimado. Quase pude sentir o balanço da carroça puxada a cavalo, quase ouvi o ranger das rodas e o bater dos cascos no caminho de sirga. Quase senti o gosto da minha própria carne queimada, quase ouvi o lamento delirante enquanto viajamos por aqueles longos dias e noites.

Agora pouca coisa quebrava a rotina dos meus dias. A cantoria das freiras. O barulho de seus passos em direção aos claustros, às refeições, aos momentos de meditação. As preces e os cânticos silenciosos de Branwen enquanto ela fazia o possível para curar minha pele. O canto contínuo do cuco, empoleirado em uma árvore farfalhante, que eu não sabia dizer qual era.

E a escuridão. Sempre a escuridão.

Às vezes, quando ficava sentado no catre, eu passava os dedos delicadamente pelas cicatrizes na face e debaixo dos olhos. As rugas na pele pareciam terrivelmente profundas, como a casca de um pinheiro. Eu sabia que, apesar das habilidades de Branwen, meu rosto ficaria marcado para sempre. Mesmo que, por algum milagre, a visão um dia voltasse, aquelas cicatrizes revelariam ao mundo meu ato de insensatez. Sabia, é claro, que tais pensamentos eram uma tolice sem fundamento. No entanto, eles surgiam mesmo assim.

Uma vez me flagrei ansiando para deixar crescer uma barba. Imaginei uma barba imensa e fluente — do tipo que um velho sábio de 100 anos usaria. Que barba era aquela! Toda branca e cacheada, ela cobria meu rosto como uma massa de nuvens. Eu até suspeitava que um ou dois pássaros poderiam tentar se aninhar ali.

Contudo, esses devaneios jamais duravam muito tempo. Cada vez mais eu me sentia tomado pelo desespero. Nunca voltaria a subir em uma árvore. Jamais correria livremente por um campo. Nunca veria novamente o rosto de Branwen, apenas na memória.

Comecei a não tocar na comida. Apesar da insistência de Branwen para que eu comesse mais, não tinha vontade. Em uma manhã, ela se ajoelhou ao meu lado nas pedras do nosso quarto e fez os curativos sem falar nada. Quando tentou trocar a bandagem, eu me afastei dela e balancei a cabeça.

— Queria que você tivesse me deixado morrer.

— Não era sua hora de morrer.

— Como você sabe? — disparei. — Já me sinto morto! Isso não é vida! Isso é uma tortura infinita. Prefiro morar no inferno a morar aqui.

Ela me agarrou pelos ombros.

— Não fale dessa maneira! É blasfêmia.

— É a verdade! Viu só o que seus poderes, aqueles que você chamou de dom de Deus, fizeram por mim? Malditos sejam esses poderes! Era melhor eu ter morrido.

— Pare com isso!

Eu me soltei, com o coração disparado.

— Eu não tenho vida! Não tenho nome! Não tenho nada!

Branwen engoliu os soluços e começou a rezar.

— Meu Senhor, Salvador da minha alma, Autor de tudo que está escrito no Grande Livro do Céu e da Terra, por favor, ajude esse menino! Por favor! Perdoe-o. Ele não sabe o que diz. Se ao menos o Senhor devolvesse sua visão, mesmo que um pouco, mesmo que por um tempo, juro que ele vai merecer Seu perdão. Ele jamais usará seus poderes novamente, se isso for preciso! Apenas o ajude. Por favor, ajude-o.

— Jamais usar meus poderes? — Soltei um muxoxo de desprezo. — Eu ficaria contente em trocá-los pela visão! Nunca quis poderes, afinal.

Magoado, mexi na bandagem na testa.

— E que vida é essa que você leva agora? Não é muito melhor do que a minha! É verdade. Você pode adotar um discurso corajoso. Pode enganar essas freiras por aí, mas não a mim. Sei que é infeliz.

— Estou em paz.

— Isso é mentira.

— Estou em paz — repetiu Branwen.

— Em paz! — berrei. — Em paz! Então por que suas mãos estão tão irritadas de tanto torcê-las? Por que suas bo chechas estão manchadas com suas...

Não cheguei a terminar a frase.

— Bom Deus... — sussurrou ela.

— Eu... não compreendo. — Com hesitação, estiquei a mão na direção do rosto de Branwen e toquei de leve sua bochecha.

Naquele momento, nós dois nos demos conta de que eu podia, de alguma forma, *sentir* as manchas de lágrimas. Embora não pudesse enxergá-las com os olhos, ainda assim sabia que elas estavam ali.

— É outro dom. — A voz de Branwen estava cheia de admiração. Ela pegou minha mão com força. — Você tem a *segunda visão.*

Eu não sabia o que pensar. Era a mesma habilidade que eu uma vez usei para abrir as pétalas de uma flor? Não. Ela parecia diferente. Menos voluntariosa de alguma forma. E quanto a ver as cores dentro da flor antes que abrisse? Talvez. Mas isso parecia ser diferente também. Mais parecido com... uma resposta à prece de Branwen. Um dom de Deus.

— Será que é? — falei, humildemente. — Será que é mesmo?

— Graças a Deus, é.

— Faça um teste — exigi. — Mostre alguns dedos.

Ela obedeceu.

Mordi o lábio inferior e tentei percebê-los.

— Dois?

— Não. Tente novamente.

— Três?

— Tente de novo.

Concentrei os pensamentos e fechei os olhos por instinto, embora, é claro, isso não fizesse diferença. Após uma longa pausa, falei.

— Duas mãos, não uma. Acertei?

— Acertou! Agora... quantos dedos?

Minutos se passaram. O suor brotou na minha testa cheia de cicatrizes e irritou a pele sensível, mas não hesitei. Finalmente, fiz uma pergunta vacilante.

— Poderiam ser sete?

Branwen suspirou de alívio.

— São sete.

Nós nos abraçamos. Eu sabia, naquele momento, que minha vida havia mudado completamente. E suspeitei que, pelo restante dos meus dias, eu continuaria a dar uma importância especial ao número sete.

Mais importante acima de tudo, porém, eu sabia que uma promessa fora feita. Não importava que tivesse sido feita por mim, por Branwen ou por nós dois. Eu nunca mais moveria objetos com a minha mente. Nem mesmo uma pétala de flor. Nem leria o futuro ou tentaria dominar qualquer poder que um dia tivesse sido meu. Contudo, eu enxergava novamente. Podia viver outra vez.

Imediatamente, comecei a comer. E praticamente não parei — especialmente se conseguisse pão ao leite, meu favorito. Ou geleia de amora-preta em casquinha de pão. Ou mostarda misturada a ovos crus de ganso, que me dava a alegria adicional de deixar as freiras enojadas. Em uma tarde, Branwen foi à feira e encontrou uma única e suculenta tâmara — o que era, para nós, tão esplêndido quanto um banquete real.

E meu espírito se revigorou juntamente ao apetite. Comecei a explorar os corredores, os claustros, os pátios da igreja de São Pedro. A igreja inteira era minha. Meu castelo! Uma vez, quando não havia freiras por perto, entrei escondido no pátio e tomei um banho no laguinho. A parte mais difícil foi resistir a gritar a plenos pulmões.

Enquanto isso, eu e Branwen trabalhávamos juntos todos os dias durante longas horas para tentar apurar minha segunda visão. Para as primeiras sessões de treinamento, nós utilizamos colheres, tigelas de cerâmica e outros utensílios comuns que ela encontrou em algum lugar na igreja. Com o tempo, progredi para um pequeno altar com contornos sutis e texturas na madeira. Finalmente, passei para um cálice de duas alças com entalhes complexos na superfície. Embora tivesse levado quase uma semana, finalmente consegui ler as palavras gravadas na borda: *pedi e recebereis*.

Enquanto praticava, notei que conseguia enxergar melhor objetos que estavam parados e próximos. Caso se movessem muito depressa ou ficassem muito longe, eu geralmente os perdia. Um pássaro em voo simplesmente se misturava ao céu.

Além disso, conforme a luz ficava mais fraca ao redor, o mesmo acontecia com a segunda visão. Ao anoitecer, eu só conseguia ver a silhueta borrada das coisas. Não era capaz de enxergar nada à noite, a não ser que uma tocha ou a lua afastassem a escuridão. Eu só podia imaginar por que a segunda visão nem mesmo precisava de luz. Não era, afinal de contas, como a visão normal. Então por que a escuridão a apagava? Por outro lado, a segunda visão parecia ser parcialmente interna e parcialmente externa. Talvez dependesse do que restava dos meus olhos, de alguma forma que eu não compreendia. Ou talvez exigisse algo mais, algo dentro de mim, que falhou no teste.

Portanto, embora a segunda visão fosse certamente melhor do que nenhuma visão, não era tão boa quanto a visão que perdi. Mesmo à luz do dia, eu só conseguia discernir um mínimo vestígio de cores, e a maior parte do mundo ficava pintado em variações de cinza. Portanto, embora eu fosse capaz de dizer que agora Branwen usava um véu em volta do pescoço e da cabeça, e que ele era de uma cor mais clara do que o robe solto, não conseguia dizer se o véu era cinza ou marrom. Comecei a me esquecer da maior parte do que aprendi sobre as cores das coisas desde que cheguei a Gwynedd.

No entanto, eu era capaz de aceitar tais limitações. Ah, sim — e com prazer. Com a habilidade emergente, ia aos claustros ou às refeições com Branwen. Eu me sentava ao lado de uma freira e conversava por algum tempo, parecia encará-la com meus olhos sem que ela suspeitasse que eles permaneciam inúteis. E em uma manhã até corri pelo pátio, dei voltas pelas colunas e pulei no laguinho.

Naquela vez eu não contive a cantoria.

IX

O Jovem Pássaro

Conforme a segunda visão melhorava, Branwen me ajudou a ler as inscrições em latim nos manuscritos religiosos da igreja. Odores fortes de couro e pergaminho me envolviam sempre que eu abria um daqueles volumes. E as imagens, mais fortes ainda, me faziam viajar — à carruagem flamejante de Elias, à última ceia de Jesus, às tábuas de pedra de Moisés.

Às vezes, conforme eu estudava aqueles textos, meus problemas sumiam. Eu praticamente me fundia às palavras, via os feitos e as cores com uma riqueza e clareza que jamais conseguiria enxergar com meus olhos. E acabei por entender, de uma forma como jamais antes, que os livros são realmente milagrosos. Até ousei sonhar que um dia, de algum modo, eu conseguiria me cercar de livros de muitas épocas e muitas línguas, do mesmo modo como Branwen fizera um dia.

Com o passar de cada dia, a visão ficava um pouco mais forte. Em uma manhã descobri que podia ler a expressão de Branwen pelo lábio torcido e pelo brilho nos olhos. Em outra manhã, quando estava na janela observando o vento balançar os galhos, percebi que a árvore onde o cuco cantava era um espinheiro, grosso e escuro. E em uma noite, vislumbrei, pela primeira vez desde antes do incêndio, uma estrela brilhando no céu.

Na noite seguinte, me posicionei no meio do pátio, longe das tochas. Baixa no horizonte ao norte, uma segunda estrela reluzia. Na noite seguinte, mais três estrelas. Depois mais cinco. Mais oito. Mais 12.

Branwen se juntou a mim na noite seguinte. Ficamos deitados de barriga para cima nas pedras. Com um gesto amplo da mão, ela apontou a constelação de Pégaso. Depois, devagar e com ritmo, me contou a lenda do grande cavalo alado. Enquanto ela falava, me sentia voando pelo céu no largo dorso do Pégaso. Pulamos de uma estrela para outra, passamos pela lua, galopamos pelo horizonte.

Em todas as noites seguintes, a não ser que as nuvens cobrissem completamente o céu, Branwen e eu nos deitávamos sob o domo de escuridão. Por mais que eu adorasse ler os manuscritos da igreja, ler os manuscritos do céu me empolgava ainda mais. Com Branwen como minha guia, eu passava as noites na companhia de Cisne, Aquário, Ursa — cujas garras arranharam minhas costas várias vezes. Amarrava o velame de Vela, nadava longe com Peixes, marchava ao lado de Hércules.

Às vezes, ao explorar as estrelas, imaginava que o céu se encolhia até virar uma única e gloriosa capa. Instantaneamente, a colocava. Num tom azul-escuro e cravejada de estrelas, a capa caía sobre as costas e cintilava quando me mexia. As estrelas cavalgavam nos meus ombros. Os planetas davam a volta na cintura. Como adoraria ter uma capa como essa um dia!

No entanto, apesar da comemoração, não podia me esquecer de quanta coisa permanecia oculta de mim. O céu nublado obscurecia algumas estrelas; minha visão nublada obscurecia mais. Ainda assim, a emoção de tudo o que conseguia ver superava em muito a frustração pelo que não podia enxergar. Apesar das nuvens, de alguma forma as estrelas jamais pareceram tão brilhantes.

E no entanto... ainda restava um lugar sombrio dentro de mim que até mesmo a luz das estrelas não conseguia alcançar. Os fantasmas do passado continuavam a me atormentar, especialmente o que eu fizera a Dinatius. Eu ainda ouvia seus gritos, ainda via o terror nos olhos, ainda sentia o que restou dos braços, retorcidos e inutilizados. Quando perguntei a Branwen se ele tinha sobrevivido, ela não soube dizer. Só sabia que Dinatius ainda permanecia à beira da morte quando saímos do vilarejo. Ainda assim, uma coisa estava clara. Apesar de ele ter feito muita coisa para provocar minha ira, a brutalidade de Dinatius não era capaz de obscurecer a minha.

Além disso, uma outra coisa continuava a me atormentar, algo mais profundo do que a culpa. Medo. De mim e de meus terríveis poderes. O simples pensamento a respeito deles erguia uma parede de chamas na mente, chamas que cauterizavam minha alma. Se não tivesse forças para manter minha promessa, será que usaria esses poderes ou seria usado por eles? Se tomado por uma fúria incontrolável, era capaz de destruir tanto uma pessoa quanto uma árvore com tanta facilidade, o que mais poderia destruir um dia? Será que me aniquilaria completamente, como fiz com meus olhos?

Que tipo de criatura eu sou, realmente? Talvez Dinatius tivesse razão, afinal de contas. Talvez o sangue de um demônio realmente fluísse em minhas veias, de maneira que aquela magia terrível pudesse surgir de mim a qualquer momento, como uma serpente monstruosa se erguendo das profundezas mais escuras do mar.

E assim, mesmo sob a nova claridade dos meus dias, eu permanecia preocupado com a escuridão dos meus próprios temores. Conforme as semanas passavam, minha vitalidade, assim como a visão, continuava a crescer. No entanto, a preocupação também continuava a aumentar. Lá no fundo, eu sabia que jamais deixaria de ter medo, até que de algum modo descobrisse minha verdadeira identidade.

Então veio uma tarde em que ouvi um novo som do lado de fora da janela do quarto. Ansioso, me aproximei. Ao estender a segunda visão, encontrei a fonte do som, aninhada entre os galhos do espinheiro. Observei e escutei por um tempo. Depois me voltei para Branwen, que estava sentada em seu lugar de sempre no chão enquanto triturava ervas.

— A fêmea de cuco fez um ninho no espinheiro — falei, com uma mistura de certeza e tristeza que fez Branwen pousar o triturador e o pilão. — Eu a tenho observado, visto, sentada no ninho todos os dias. Ela pôs um ovo ali. Protegeu o ovo dos inimigos. E agora ele chocou, finalmente. O jovem pássaro surgiu das trevas.

Branwen observou meu rosto com cuidado antes de responder.

— E — perguntou com a voz trêmula — o pássaro voou?

Devagar, balancei a cabeça.

— Não ainda, mas logo em breve ele precisará voar.

— Será que... — Branwen engoliu em seco antes de tentar novamente. — Será que ele não pode ficar com a mãe, dividindo o ninho por um pouco mais de tempo?

Eu franzi a testa.

— Todos os seres devem voar quando forem capazes.

— Mas para onde? Para onde ele irá?

— Nesse caso, ele deve encontrar a si mesmo. — Após uma pausa, acrescentei: — Para fazer isso, ele precisa encontrar o próprio passado.

Branwen levou a mão apertada ao coração.

— Não. Você não está falando sério. Sua vida não valerá nada se você voltar... para lá.

— Minha vida não valerá nada se eu ficar aqui. — Dei um passo em direção a ela. Embora meus olhos estivessem inutilizados, eu sondava Branwen com meu novo olhar. — Se você não puder ou não quiser me dizer de onde vim, então terei de descobrir sozinho. Por favor, entenda! Tenho de descobrir meu verdadeiro nome. Preciso encontrar meus verdadeiros pais. Tenho de descobrir meu verdadeiro lar.

— Fique — implorou Branwen, em desespero. — Você é apenas um menino de 12 anos! E também meio cego! Não tem ideia dos riscos. Preste atenção, Emrys. Se ficar comigo por apenas mais alguns anos, você atingirá a maturidade. Então poderá escolher seja lá o que queira ser. Um bardo. Um monge. O que quiser.

Ao ver meu rosto inexpressivo, Branwen tentou uma abordagem diferente.

— Não importa o que você faça, não decida agora. Posso contar uma história, algo que lhe ajude a pensar melhor sobre essa loucura. Que tal uma de suas favoritas? Aquela sobre o druida errante que salvou Santa Brígida da escravidão? — Sem esperar pela minha resposta, ela começou: — Um dia na vida da jovem Brígida, quando ela...

— Pare. — Balancei a cabeça. — Eu preciso aprender minha própria história.

Com fraqueza, Branwen ficou de pé.

— Abandonei mais coisas do que você jamais saberá. Sabe por quê? Para que nós ficássemos a salvo, eu e você. Isso não é suficiente?

Não falei nada.

— Realmente precisa fazer isso?

— Você pode vir comigo.

Ela se encostou na parede para não cair.

— Não! Não posso.

— Então me diga como voltar para lá.

— Não.

— Ou pelo menos por onde começar.

— Não.

Senti uma súbita vontade de explorar o interior da mente dela, como se fosse o interior de uma flor. Então as chamas se acenderam e dominaram os pensamentos. Eu me lembrei da promessa — e também dos meus temores.

— Só me diga uma coisa — implorei. — Uma vez você me contou que conheceu meu avô. Você também conheceu meu pai?

Ela estremeceu.

— Sim, eu o conheci.

— Ele não era, bem, humano? Ele era... um demônio?

O corpo inteiro de Branwen se enrijeceu. Após um longo silêncio, ela falou em um tom de voz que parecia ser de outra vida.

— Só digo isso: se você um dia o encontrar, apenas se lembre de que ele não é o que parece.

— Vou me lembrar, mas você não pode me contar mais nada?

Ela balançou a cabeça.

— Meu próprio pai! Eu só quero conhecê-lo.

— É melhor que não conheça.

— Por quê?

Em vez de responder, Branwen balançou a cabeça com tristeza. Ela foi para a mesa baixa que continha sua coleção de ervas curativas. Agilmente, pegou algumas e depois as triturou em um pó grosso que colocou em uma bolsa de couro presa a uma corda. Ao me entregá-la, disse, resignada:

— Isso talvez o ajude a viver por mais tempo.

Comecei a responder, mas Branwen falou novamente.

— E leve isto, da mulher que gostaria que você a chamasse de Mãe. — Lentamente, ela enfiou a mão dentro do robe e tirou o precioso pingente.

Apesar de minha visão limitada, consegui ver o lampejo do brilho esverdeado.

— Mas é seu!

— Você vai precisar mais do que eu.

Ela retirou o pingente e apertou a joia no centro pela última vez antes de colocar o cordão de couro em volta do meu pescoço.

— Ele é chamado de... *Galator*.

Prendi a respiração ao ouvir a palavra.

— Guarde bem — continuou Branwen. — O poder do Galator é grande. Se ele não puder proteger você, simplesmente nada além do Céu poderá.

— Você me protegeu. Construiu um bom ninho.

— Por um tempo, talvez, mas agora... — Lágrimas encheram seus olhos. — Agora você precisa voar.

— Sim. Agora eu preciso voar.

Com delicadeza, Branwen tocou meu rosto.

Eu me virei e saí do quarto, os passos ecoando no corredor de pedra.

X

O Velho Carvalho

Ao passar pelos portões de madeira entalhada da igreja de São Pedro, entrei na agitação e confusão de Caer Myrddin. Foi preciso um tempo para minha visão turva se ajustar a toda a comoção. Carroças e cavalos seguiam fazendo barulho pelas ruas de pedra, assim como burricos, porcos, cordeiros e alguns cães peludos. Comerciantes anunciavam produtos aos berros, mendigos puxavam os robes dos transeuntes, espectadores se reuniam em volta de um homem que fazia malabarismo com bolas, e pessoas de todas as descrições passavam carregando cestos, pacotes, verduras frescas e pilhas de roupas.

Olhei para trás na direção do espinheiro, cujos galhos eu mal conseguia distinguir acima da muralha da igreja. Apesar de toda a dor que passei naquele lugar, iria sentir falta da quietude do meu quarto, da cantoria lenta das freiras, dos pássaros nos galhos daquela árvore. E, mais do que jamais esperei, iria sentir saudade de Branwen.

Ao ver a mistura de pessoas, animais e mercadorias, notei uma espécie de altar do outro lado da rua. Curioso, decidi me aproximar, embora isso exigisse nadar no caudaloso rio de tráfego. Mordi o lábio e comecei a atravessar.

Imediatamente fui empurrado e chutado, virado e esbofeteado. Uma vez que eu não conseguia enxergar bem o suficiente para ficar fora do caminho, colidi contra um homem que carregava lenha. Os gravetos voaram para todos os lados, assim como os xingamentos. A seguir, meti a cara no flanco de um cavalo. Segundos depois, quase perdi os dedos do pé debaixo da roda de uma carroça. De algum jeito, porém, consegui chegar ao outro lado. Eu me aproximei do altar.

Ele não era lá essas coisas como monumento, era apenas a imagem entalhada de um falcão sobre uma tigela de água barrenta. Se alguém tomava conta do altar, essa pessoa não fazia isso havia anos. As asas do falcão estavam quebradas. As pedras em torno da base estavam desmoronando. Provavelmente apenas um punhado das pessoas que passava por ali todos os dias ao menos o notava. No entanto, algo a respeito daquele velho e esquecido santuário intrigava. Eu me aproximei, toquei o bico gasto do falcão. Pelas descrições de Branwen que eu conhecia bem, imaginei que o altar provavelmente fora feito em homenagem a Myrddin, um dos deuses mais reverenciados dos velhos celtas, que às vezes assumia a forma de um falcão. Um dos Apolos dos celtas, como ela diria. Embora eu ainda não aceitasse exatamente a opinião de Branwen de que tais espíritos ainda caminhavam pela terra, novamente pensei no cervo e no javali que lutaram por nós há tanto tempo. Se eles realmente eram Dagda e Ritha Gawr, seria possível que o espírito de Myrddin ainda estivesse vivo também?

Um burrico carregado de sacos pesados trombou em mim. Eu caí no altar e enfiei a mão na água barrenta. Enquanto me levantava e sacudia a mão para secá-la, tentei imaginar como devia ser a aparência de Caer Myrddin há séculos. Branwen me contou que, em vez de uma cidade agitada, ela era apenas um pacato morro com uma fonte onde os pastores errantes paravam para descansar. Então, com o tempo, Caer Myrddin virou um centro de comércio, que recebia mercadorias das fazendas de Gwynedd e de regiões tão distantes como Gwent, Brycheiniog e Powys Fadog. Quando vieram os romanos, eles construíram uma fortaleza nas margens altas do rio Tywy. E agora as velhas estradas militares, tais como aquela que ia a Caer Vedwyd, ligavam a cidade aos vales verdejantes e às florestas cheias de cervos do norte, e também levavam ao mar, rio abaixo. Caso hoje em dia alguém se desse ao trabalho de se lembrar de tais coisas, aquele altar decrépito — e o próprio nome da cidade — ainda ligavam Caer Myrddin ao seu passado distante.

Eu me dei conta de que este era o objetivo da minha jornada. Fazer uma ligação entre mim e meu passado. Encontrar meu nome. Meu lar. Meus pais. Embora não fizesse ideia de onde a jornada me levaria, nem de onde acabaria, de repente eu soube onde esta deveria começar.

O mar. Eu devia retornar ao mar. Ao lugar exato onde caí na praia rochosa há mais de cinco anos.

Talvez, quando chegasse àquela praia sinistra, não encontrasse nada além de pedras pontudas, gaivotas grasnando e ondas pulsando. Ou talvez encontrasse a pista que procurava. Ou, pelo menos, uma pista para a pista. Não era lá uma grande esperança, mas era a única que eu tinha.

Pelo que me pareceu horas, perambulei pela cidade e tentei me ater às pequenas ruas laterais para evitar ser atropelado pelo tráfego. Como já não estivesse ciente dos limites da minha visão, tropecei e esbarrei tantas vezes que os dedos ficaram muito doloridos dentro das botas de couro. Mesmo assim, consegui andar. Embora tenha certeza de que muitas pessoas concluíram — corretamente — que eu era um trapalhão desajeitado, também tenho certeza de que nenhuma delas adivinhou que meus olhos eram completamente inúteis. As ocasionais palavras de compaixão que recebi foram pelas cicatrizes, não pela cegueira.

Finalmente, achei o caminho para a estrada que acompanhava o rio Tywy. Sabia que, se rumasse o suficiente para o extremo norte, eu voltaria ao velho vilarejo; dali, prosseguiria para o mar.

Quando cheguei às muralhas da cidade, que possuía dez passos de largura e o dobro dessa medida em altura, cruzei a larga ponte, tomando cuidado para não tropeçar nas pedras irregulares, depois continuei pelo vale arborizado adiante.

Ao caminhar com dificuldade ao longo do rio, me concentrei em cada passo. Se deixasse de prestar atenção mesmo que momentaneamente, acabaria caindo no chão. Muitas vezes caí. Uma vez, tropecei no meio da praça de um vilarejo, onde um burrico quase pisou nas minhas costas.

Ainda assim, consegui prosseguir bem o suficiente. Andei por três dias, comendo framboesas e amoras com uma rodela de queijo que recebi de uma das freiras. Durante aquele período, não falei com ninguém, e ninguém falou comigo. Um dia, ao anoitecer, ajudei um pastor a puxar seu cordeiro de um buraco e recebi um pedaço de pão como agradecimento, mas aquele foi meu único contato com outras pessoas.

Com o tempo, a estrada se transformou no velho caminho de sirga que atravessava Caer Vedwyd. Barcaças seguiam rio abaixo e passavam por famílias de patos e cisnes. Conforme me aproximava do vilarejo, me mantinha sob a cobertura das árvores, seguindo paralelamente ao caminho, sem andar nele exatamente. Dessa maneira, ninguém me via. De vez em quando, comia raízes, bagas e folhas comestíveis. Novamente bebi água do córrego embaixo do grande pinheiro onde encarei a tempestade, mas desejei nunca ter descido da árvore. De um jeito estranho, me sentia mais em casa ali, na floresta selvagem, do que em qualquer lugar em Gwynedd.

Mais tarde, parei perto da ponte em Caer Vedwyd. Vislumbrei uma silhueta alta, porém retorcida, na outra extremidade da ponte. Fiz um esforço para distinguir mais claramente enquanto o vento aumentava ao redor. Podia ser uma velha árvore, mas nunca tinha notado uma árvore naquele ponto antes. Não consegui evitar a impressão de ser o corpo curvado de uma pessoa — uma pessoa que só tinha cotocos como braços.

Não me demorei ali. Apesar dos obstáculos, andei com passos firmes pela floresta por uma boa distância e também evitei os diversos vilarejos seguintes. Conforme as sombras cresciam, minha visão piorava e o avanço diminuiu. Finalmente, após deixar nenhum sinal de pessoas para trás, entrei em uma larga campina. Arranhado pelas quedas e cansado da jornada, encontrei uma depressão na grama macia e me encolhi para dormir.

O sol no rosto me acordou. Cruzei a campina e voltei à estrada no ponto onde ela deixava o rio para trás. Porém, exceto por um velhote com uma barba branca desgrenhada que quicava no peito quando ele andava, não encontrei mais ninguém nesse trecho. Observei o velho e novamente desejei que também pudesse deixar uma barba crescer para esconder aquelas terríveis cicatrizes. Um dia talvez. Se eu vivesse tanto tempo assim.

Apesar da falta de povoados, não me senti desorientado. Minhas lembranças do caminho para o mar eram surpreendentemente claras. Porque embora eu tivesse feito essa jornada apenas uma vez na vida, andei por ali muitas vezes nos sonhos. Meu passo lento e arrastado começou a ganhar velocidade. Quase conseguia ouvir o som distante das ondas quebrando.

De vez em quando, tocava no Galator dentro da túnica. Por mais que soubesse pouco a respeito dele, sentia um estranho alívio na noção de que estava ali. O mesmo era válido sobre a bolsa de couro de Branwen pendurada no ombro.

A velha estrada foi se deteriorando progressivamente até virar pouco mais do que uma trilha de grama. Então, ela atravessou uma fenda no paredão de rochedos ruindo. Senti um leve cheiro de maresia no ar. Eu conhecia esse lugar, conhecia no fundo da alma.

A rocha negra subia em um paredão que tinha vinte vezes minha altura. Gaivotas guinchavam e arremetiam entre os rochedos. A trilha fazia uma curva fechada à direita e terminava onde eu sabia que terminaria.

No oceano.

Diante de mim as águas azuis acinzentadas se espalhavam, sem fim e sem fundo. O cheiro de algas atiçava as narinas. As ondas avançavam e recuavam, trituravam a areia contra a pedra. Gaivotas voavam em círculos sobre a praia e grasnavam ruidosamente.

Cruzei a barreira de rochas negras, passei por cima de poças formadas pela maré e pedaços de madeira flutuante. Nada mudou, falei para mim mesmo. Quando as ondas lavaram meus pés, olhei para oeste. Minha visão enevoada se misturou à névoa sobre a água. Fiz um esforço para enxergar mais claramente, mas foi impossível.

Nada mudou. As rochas negras, a brisa suave, o ritmo eterno das ondas. Igualzinho ao que era antes. Será que escondiam alguma pista em algum lugar? Se escondessem, como conseguiria encontrá-la? O mar era tão grande, e eu era tão... minúsculo. Abaixei a cabeça. Comecei a andar a esmo, as botas de couro chapinhavam na água fria.

Então vi uma forma que tinha mudado. O velho carvalho, embora ainda mastodôntico, havia perdido a maior parte da casca, que estava caída em pedaços entre as raízes. Vários galhos, quebrados e estilhaçados, se encontravam espalhados pela praia rochosa. Até mesmo o buraco no tronco, onde sofri o ataque do javali, havia sido perfurado, as paredes estavam rachadas e amassadas. A velha árvore finalmente havia morrido.

Ao me aproximar dos restos do carvalho, tropecei e cortei o queixo em uma rocha pontuda. No entanto interrompi o grito de dor, pois não queria chamar a atenção de algum javali que pudesse estar por perto. Se o animal que encontrei fosse realmente Rhita Gawr ou não, ele certamente queria sangue nas presas. Se um javali aparecesse agora, eu não teria lugar para me esconder. E tinha quase certeza de que não haveria nenhum Dadga para me resgatar.

Os ombros doíam, assim como as pernas. Eu me sentei nas raízes sem vida. Ao passar a mão pela borda do buraco, ainda pude sentir as marcas das presas. Aquela experiência pareceu tão próxima. Tão recente. E, no entanto, aquela velha árvore, cuja força parecera eterna, agora não era nada mais do que um esqueleto.

Chutei um pedaço da casca do carvalho perto do meu pé; sabia que eu mesmo tinha me saído pouco melhor do que ele. Voltei àquele lugar e, se ainda não estava morto, pelo menos me encontrava perigosamente próximo disso. Estava quase cego. E completamente perdido.

Fiquei sentado ali com as mãos na cabeça. Olhei para a praia, distraído. A maré, pude perceber, começava a baixar. Aos poucos, a fronteira entre as rochas e o mar crescia e deixava uma faixa de areia cujos contornos continham seus próprios oceanos e montanhas minúsculos.

Um caranguejo ermitão andou rápido pela areia. Eu observei enquanto ele lutava para tirar uma concha meio enterrada na beira de uma poça cheia de água da maré. Depois de muito puxar com as pinças, ele finalmente recuperou seu tesouro: uma concha com listras de uma cor que parecia vagamente alaranjada. Imaginei o ermitão comemorando por ter finalmente encontrado um novo lar. Porém, antes que ele pudesse apreciar o sucesso, uma repentina brisa do mar lhe arrancou a concha das pinças. Ela caiu na poça rasa e flutuou como uma pequena barcaça, se agitando na ondulação.

Ao observar o pobre caranguejo ver o tesouro conquistado a duras penas ir embora flutuando, me permiti um sorriso sardônico. É assim que funciona. A pessoa acha que conquistou seu sonho e depois o perde para sempre. Acha que encontrou seu lar e o vê ir embora flutuando.

Ir embora flutuando. Apesar de ir contra o bom senso, me senti possuído por uma ideia. Uma ideia maluca e desesperada.

Eu iria construir uma jangada! Talvez essa própria árvore, que me ajudou antes, pudesse me ajudar outra vez. Talvez essa mesma maré, que um dia me trouxe à praia, pudesse me levar mar afora. Eu confiaria. Simplesmente confiaria. Na árvore. Na maré.

Não tinha nada a perder, exceto minha vida.

XI

NAVEGANDO

Usando os galhos quebrados do velho carvalho, amarrados por tiras da casca que pareciam cordas, construí minha jangada. Por confiar apenas na segunda visão, muitas vezes calculei mal o encaixe dos galhos e a força dos nós. No entanto, tábua, por tábua a jangada foi sendo completada. No centro, coloquei um grande pedaço do buraco da árvore, que serviu como um assento ligeiramente côncavo de onde eu poderia pilotá-la. Por fim, prendi as pontas com vários pedaços longos de alga que encontrei entre as rochas.

Quando terminei, o sol começava a se pôr. Arrastei a modesta embarcação até o limite das ondas. Em um rompante, antes de empurrá-la, voltei correndo para a poça onde a concha ainda flutuava. Peguei-a e a deixei cair na areia, onde o caranguejo pudesse encontrar seu lar novamente.

As gaivotas guinchavam e aparentemente riam conforme eu furava as ondas frias. Antes de subir na frágil embarcação, hesitei. Mundos opostos me puxavam dos dois lados. Eu estava exatamente no limite — da terra e do mar, do passado e do futuro. Por um instante, perdi a determinação. A água batia nas coxas, a mesma água que quase me afogou antes. Talvez eu estivesse agindo precipitadamente.

Talvez devesse retornar à praia para pensar em um plano melhor.

Foi então que notei um vislumbre dourado que brilhava nos restos da velha árvore. O pôr do sol bateu no tronco e fez o carvalho pegar fogo. Isso me lembrou de outra árvore em chamas, uma árvore cujas labaredas ainda me queimavam profundamente. E soube que deveria tentar procurar as respostas para minhas perguntas.

Subi na jangada. Instalando-me no centro côncavo, dobrei as pernas em frente ao corpo. Olhei novamente para os rochedos negros, então desviei o olhar da praia. Enfiei a mão na água gelada e remei por uma certa distância até os braços ficarem cansados. O sol que sumia, ainda forte o suficiente para aquecer a pele molhada, fazia a água cintilar com muito mais cores do que eu era capaz de perceber. No entanto, embora realmente não conseguisse enxergar, eu podia sentir a teia de luzes róseas e douradas que dançavam logo abaixo das ondas.

Quando a maré me carregou para longe da praia, uma brisa bateu nas minhas costas. Aonde o mar me levaria, eu não sabia. Tudo o que podia fazer era confiar.

Pensei em antigos navegantes como Bran, o Abençoado, Odisseu e Jonas, cujas histórias eu ouvira de Branwen. E me perguntei se um dia alguém, além dela, iria se importar com minha própria viagem pelo oceano. Torci para que algum dia eu pudesse descrever a jornada para Branwen, mas no fundo do coração eu sabia que jamais a veria novamente.

Uma gaivota de cabeça preta passou por mim e deu um rasante sobre a superfície das ondas à procura do jantar. Com um grasnado alto, ela se voltou para a jangada e pousou em um dos pedaços de alga que pendiam ao lado. Enganchando o bico em um conjunto de folhas verdes, a gaivota começou a puxar e torcer freneticamente.

— Fora! — Agitei as mãos no bico da gaivota. A última coisa de que precisava nesse momento era que minha pequena embarcação fosse desmontada por um pássaro com fome.

A gaivota soltou a alga e decolou com um guincho, depois circulou em volta da jangada. Alguns segundos depois, pousou novamente — desta vez no meu joelho. O olho do pássaro, que parecia tão amarelo quanto o sol, me examinou. Ao concluir, aparentemente, que eu parecia grande demais (ou duro demais) para ser uma refeição, a gaivota inclinou a cabeça preta e levantou voo na direção da praia.

Ao ver a gaivota ir embora, bocejei. O balanço contínuo das ondas me deixava sonolento, mais ainda porque eu estava esgotado em função dos dias de jornada por Caer Myrddin. No entanto, como era possível dormir? Eu podia cair da jangada, ou pior, perder alguma coisa importante.

Tentei descansar sem dormir. Curvando as costas, apoiei a cabeça nos joelhos. Para me manter acordado, me concentrei no sol que aos poucos se punha. Agora o grande globo incandescente estava repousando bem acima da água e mandava um facho de luz pelas ondas, diretamente para a jangada. Podia ser uma avenida de ouro, um caminho através da água.

Eu me perguntava aonde aquele caminho me levaria. Assim como me perguntava aonde meu próprio caminho me levaria.

Ao olhar para trás, fui capaz de dizer que tinha me afastado uma boa distância da praia. Embora a brisa houvesse diminuído, notei que a jangada talvez tivesse pegado uma corrente. Eu flutuava sobre as ondas, que constantemente espirravam em mim. Apesar dos solavancos, as amarras e a madeira continuavam inalteráveis. Lambi os lábios e senti o gosto do sal. Ao apoiar novamente a cabeça nos joelhos, foi inevitável bocejar outra vez.

O sol, inchado e escarlate, acendia as nuvens com cores, cores que eu só notava sutilmente. Já o formato do sol eu detectava mais claramente, conforme ele ficava mais achatado no horizonte. Um instante depois, como se fosse uma bolha que finalmente estourava, o sol desapareceu debaixo das ondas.

Mas não notei a chegada da escuridão, pois tinha adormecido.

Um repentino espirro de água fria me acordou. A noite havia chegado. Um bando de estrelas se amontoava em volta da menor lua crescente que eu já tinha visto. Prestei atenção ao incessante oscilar das ondas, à batida da água contra a madeira. Não dormi mais durante aquela noite. Recolhi bem as pernas para o peito porque tremia de frio. Só podia esperar pelo que o mar queria me mostrar.

Quando o sol nasceu atrás de mim, descobri que a costa de Gwynedd havia desaparecido. Nem mesmo os rochedos imponentes estavam mais visíveis. Apenas um fiapo de nuvem se estendia como uma flâmula daquilo que eu imaginava ser o cume do Y Wyddfa, embora não pudesse ter certeza.

Percebi que uma tábua tinha se soltado da amarra e rapidamente a prendi de volta. Conforme o dia foi se arrastando, minhas costas e pernas foram ficando rígidas e doloridas, mas eu não podia ficar de pé e me alongar sem cair da jangada. As ondas batiam implacavelmente na embarcação e em mim. O sol quente queimava a nuca. Enquanto isso, a boca e a garganta sentiam uma ardência cada vez maior, que aumentava à medida que o dia passava. Nunca antes tivera tanta sede.

Exatamente ao pôr do sol, notei um grupo de corpos grandes e longilíneos que pulavam sobre a superfície do oceano. Embora o grupo fosse composto de sete ou oito indivíduos, eles nadavam em perfeita harmonia. Moviam-se como uma única onda que subia e descia. Quando passaram pela jangada, mudaram a direção e nadaram em um círculo perfeito ao meu redor. Uma, duas, três vezes eles deram a volta, pulando para dentro e para fora das bolhas do próprio rastro.

Será que eram golfinhos? Ou o *povo do mar*, talvez? Era assim que Branwen chamava as pessoas que as lendas diziam ser meio humanas, meio peixes. Eu não conseguia enxergar direito a ponto de discernir. No entanto, o vislumbre me deixou admirado. Quando eles foram embora com os corpos reluzindo sob a luz dourada, prometi a mim que, caso vivesse tanto assim, faria o possível para explorar as misteriosas profundezas do mar.

Outra noite se passou, tão fria quanto a anterior. A lua crescente sumiu completamente, engolida pelas estrelas. De repente, me lembrei das constelações e das histórias de Branwen sobre suas origens. Após muita procura, consegui encontrar algumas, incluindo minha favorita, a constelação alada de Pégaso. Imaginei que o balanço constante da jangada era o galope do corcel pelo céu.

Adormeci e sonhei que voava nas costas de alguma grande criatura alada, embora não soubesse dizer com certeza se era ou não Pégaso. De repente, mergulhamos em uma batalha. Um castelo escuro, guarnecido por sentinelas fantasmagóricos, surgiu diante de nós. E sim! O castelo girava nas fundações. Fomos atraídos para baixo, na direção do edifício giratório. Tentei com toda a força mudar de direção, mas não consegui. Em segundos bateríamos diretamente nas muralhas do castelo.

Naquele momento, acordei. Tremi, mais do que pelo frio. O sonho tomou conta dos pensamentos no dia seguinte, embora o significado continuasse a me escapar.

Mais tarde, o horizonte a oeste escureceu. As ondas ficavam mais altas e jogavam a embarcação de um lado para o outro enquanto os ventos espirravam água. A jangada gemia e estalava. Várias amarras de alga se romperam, e surgiu uma rachadura no grande pedaço de madeira do buraco do velho carvalho. Ainda assim, em grande parte a tempestade passou sem me afetar. Com o crepúsculo, voltaram as águas mais calmas. Eu estava ensopado, certamente, e com uma sede terrível, mas tanto eu quanto a embarcação permanecemos intactos.

Naquela noite, fiz o possível para consertar as amarras rompidas. Depois, quando fiquei sentado de pernas cruzadas, um vento cortante atingiu meu rosto. Outra sombra, mais escura que a anterior, passou pelas estrelas. Ela rapidamente encobriu o céu ao sul, depois o domo acima de mim, até que finalmente o céu inteiro ficou negro.

Conforme as trevas me engoliam, a segunda visão se apagava, inútil em uma escuridão tão absoluta. Eu não conseguia enxergar! Estava tão cego quanto no dia em que cheguei pela primeira vez à igreja.

Ondas poderosas começaram a se encrespar e a se agitar, jogando a jangada de um lado para o outro como se fosse um mero graveto. A água encharcou meu rosto, as costas, os braços e as pernas. E desta vez a tempestade não se dissipou; em vez disso, cresceu, ganhando força a cada minuto que passava. Eu me abaixei no assento e me encolhi o máximo possível, como um porco-espinho temendo por sua vida. Agarrei as bordas da jangada e abracei os pedaços de madeira que me mantinham flutuando.

Meus poderes! Por um instante, considerei apelar para eles. Talvez eu conseguisse amarrar a jangada ou mesmo acalmar as ondas! Mas não. Eu tinha prometido. Além disso, aqueles poderes me assustavam muito, até mesmo mais do que aquela terrível tempestade. A verdade é que eu não conhecia nada de magia além de suas terríveis consequências — o cheiro de carne queimada, os gritos de outra pessoa, a agonia dos meus olhos queimando. Por mais que meus poderes pudessem me ajudar, sabia que jamais os usaria novamente.

Durante toda a noite escura, a tempestade rugiu e se enfureceu. Cortinas de água caíram sobre mim. Ondas enormes me acertaram. Em dado momento, me lembrei da história de Bran, o Abençoado, que sobreviveu a uma intensa tempestade no mar, e aquilo me deu uma breve esperança de que eu também poderia sobreviver. Porém, essa esperança logo foi afogada pela fúria do oceano.

As mãos ficaram dormentes com o frio, porém não me arrisquei a largar a jangada para tentar aquecê-las. Mais amarras se soltaram. Uma tábua se partiu ao meio. As costas doíam, embora não tanto quanto o coração, porque algo dentro de mim sabia que aquela tempestade determinaria o fim da viagem.

O sol nascente clareou o céu apenas um pouco, mas foi o suficiente para que eu conseguisse perceber formas novamente. A segunda visão mal havia retornado quando uma onda poderosa bateu com tanta força que tirou meu fôlego. A jangada se dobrou e finalmente se rompeu.

Naquele momento assustador, fui jogado no mar revolto, agitado pelas correntes. Por sorte, toquei em uma tábua flutuante e a agarrei. Uma onda me encobriu, e outra, e mais outra.

Minha força diminuiu, e comecei a me soltar da tábua. A tempestade selvagem continuava a me surrar. Conforme o novo dia nascia, eu tinha certeza de que seria o meu último. Mal notei a nuvem de formato estranho que pairava baixa sobre a água, embora parecesse quase uma ilha feita de bruma.

Com um grito melancólico, me soltei. A água invadiu meus pulmões.

PARTE DOIS

XII

GUERREIRO CAÍDO

Eu parei de balançar.

Parei de me afogar.

Novamente acordei e me vi em uma praia desconhecida. O mesmo som da arrebentação preenchia meus ouvidos. O mesmo gosto salobro azedava minha boca. A mesma sensação de medo me dava um nó no estômago.

Será que o sofrimento dos anos em Gwynedd fora apenas um sonho? Um sonho terrível e cruel?

Eu sabia a resposta, antes mesmo de meus dedos cheios de areia tocarem as bochechas desfiguradas e os olhos inúteis. E o Galator pendurado no pescoço. Gwynedd fora real. Tão real quanto o cheiro forte e estranho que permeava o ar daquele lugar, fosse lá qual fosse.

Rolei de lado e esmaguei uma concha com o quadril. Fiquei sentado e sorvi o ar. Tinha um sabor tão doce quanto uma campina no verão, porém mais aguçado. Mais intenso. Mais autêntico.

Embora fosse possível escutar as ondas baterem e quebrarem não muito longe, eu não conseguia enxergá-las com a segunda visão. Entretanto, a culpa não era da visão ruim. As ondas estavam escondidas atrás de uma muralha ondulante de bruma, uma névoa tão espessa que obscurecia tudo atrás dela.

Dentro da muralha da bruma, várias formas pareciam se aglutinar por alguns segundos e depois desapareciam. Vi algo parecido com uma grande arcada, com uma porta sendo fechada. Quando a arcada se desmanchou, ela foi substituída por um rabo com espinhos, grande o suficiente para ser de um dragão. Então, conforme eu observava, o rabo se transformava em uma cabeça enorme com um nariz bulboso. Como um gigante feito de névoa, a cabeça se virou lentamente na minha direção e mexeu a boca para falar antes de se dissolver nas nuvens mutantes.

Virei as costas doloridas e dei uma olhada em volta. Aquela praia, ao contrário do litoral ao norte de Gwynedd, formava um encontro suave entre a terra e o mar. Não havia pilhas de pedras lascadas espalhadas pela costa, apenas conchas rosas, brancas e purpúreas pela areia fina. Perto do meu pé, uma trepadeira cheia de folhas serpenteava pela praia como uma reluzente cobra verde.

Rosa. Púrpura. Verde. Meu coração teve um sobressalto. Eu conseguia enxergar as cores! Não tão bem quanto nas lembranças antes do fogo, talvez, mas muito melhor do que antes de o mar ter feito a jangada em pedaços.

Mas espere. Isso não podia ser verdade. Ao examinar a própria pele e as dobras da túnica, percebi que não eram mais coloridas do que antes.

Com uma olhadela para a praia de novo, compreendi. Não era questão de eu enxergar melhor; era que a paisagem simplesmente emanava cor. As conchas, as folhas reluzentes, até mesmo a areia dali pareciam mais radiantes e intensas de alguma forma. Se pareciam cheias de vida com apenas a segunda visão, imagine como seriam caso meus olhos pudessem ver de fato!

Peguei uma das conchas espiraladas. Linhas purpúreas davam a volta pelo corpo branco e reluzente. Ela parecia à vontade na mão, como um amigo que encontrava outro.

Levei a concha ao ouvido e esperei ouvir o som de água dentro das câmaras. Em vez disso, escutei um som estranho de respiração, como a voz de alguém ao longe que sussurrava para mim em uma língua que eu não compreendia! Tentando me dizer alguma coisa.

Prendi o fôlego. Abaixei a concha e olhei o interior. Parecia bastante comum. Devo ter imaginado aquilo. Levei a concha ao ouvido outra vez. A voz novamente! Desta vez mais clara do que antes. Em contrassenso, pensei ter ouvido a voz dizer *cuidaaado... cuidaaado.*

Pousei a concha rapidamente. As palmas estavam suadas, meu estômago deu um nó. Fiquei de pé. As pernas, os braços e as costas estavam doloridos. Olhei para a concha, depois balancei a cabeça. Água do mar nos ouvidos. Talvez fosse isso.

Água. Preciso encontrar água doce. Se ao menos conseguisse encontrar um pouco de água para beber, me sentiria mais vivo.

Subi ao topo de uma duna que formava um arco acima da praia. O que vi me fez perder o ar.

Uma floresta densa, com pássaros coloridos que voavam entre árvores muito altas, se espalhava até o oeste. Perto do horizonte surgiam ondas de morros enevoados, onde o verde da floresta ficava mais escuro e virava azul. Entre aqui e ali, um vale verdejante se desdobrava como um tapete macio.

Córregos que brilhavam sob o sol saíam das florestas para as campinas e se juntavam a um grande rio que corria para o mar. Ao longe, mais árvores cresciam, embora em fileiras regulares que pareciam menos selvagens do que a floresta, elas lembravam mais um pomar que alguém havia plantado fazia muito tempo.

Eu estava prestes a descer para o vale e matar a sede quando outra coisa chamou minha atenção. Embora só conseguisse enxergar um pouco da margem oriental do rio, ela dava a impressão de ser bem menos verde do que o outro lado. Na verdade, parecia um vermelho-amarronzado, a cor de folhas secas. Ou de ferrugem. A princípio, aquilo me deu uma sensação perturbadora, mas depois percebi que provavelmente era apenas uma estranha espécie de vegetação ou talvez um truque de luz, causado pela massa de nuvens escuras que pairava no horizonte a leste.

Sentindo a garganta seca, me voltei para o vale verdejante e a floresta diante de mim. Hora de beber! Depois investigaria aquela ilha envolta em brumas, se realmente fosse uma ilha. Embora não soubesse definir exatamente o que era, algo naquele lugar me fazia querer ficar e explorar — apesar da estranha experiência com aquela concha. Talvez fossem as cores vibrantes. Ou simplesmente o fato de ter confiado nas ondas e elas terem me levado até ali. Seja lá o motivo, permaneceria por um tempo — mas apenas por um tempo. Se não descobrisse pistas do meu passado, iria embora imediatamente. Construiria outro barco para mim, mais sólido do que o último, e continuaria a jornada.

Comecei a descer a duna. A areia logo cedeu espaço para a grama, os talos esguios balançando na brisa perfumada.

Embora ainda estivesse dolorido da viagem, ganhei velocidade ao descer. Logo estava correndo pelo campo aberto. Ao sentir o vento no rosto, percebi que era a primeira vez que eu corria desde que saí de Caer Myrddin.

Quando me aproximei de um córrego de águas claras, me ajoelhei nas pedras cobertas por musgo ao longo da margem. Imediatamente, enfiei a cabeça inteira no riacho. A água fria e límpida bateu na pele e causou um choque tão grande quanto aquele primeiro, provocado pelas cores e pelos aromas dessa terra. Engoli o suficiente para me sentir inchado, arrotei e engoli um pouco mais.

Finalmente satisfeito, me apoiei no cotovelo e então sorvi não a água, mas sim o ar fresco e cheiroso. A grama fazia cócegas na pele. Com tanta grama alta ao redor, quem passasse por perto pensaria que eu era apenas um tronco marrom próximo ao leito do rio. Ouvi o sutil farfalhar dos talos, a oscilação do vento na floresta, a dança constante do córrego. Um besouro de patas compridas, de tom vermelho, rastejou calmamente pelas dobras da minha túnica.

Uma repentina rajada de ar bem acima de mim me despertou do devaneio. O que quer que tivesse sido passou veloz como uma flecha, tão depressa que não fiz ideia do que seria. Com cuidado, levantei mais o corpo. A segunda visão detectou algum movimento na grama rio abaixo. Fiquei de pé.

Um pio agudo surgiu da grama, seguido por guinchos e rosnados. Os sons raivosos aumentavam conforme me aproximava. Após alguns passos parei, surpreso.

O maior rato que já vi na vida, tão grande quanto minha coxa, com patas fortes e dentes tão afiados quanto adagas, lutava diante de mim. O adversário era um pequeno gavião com listras marrons na cauda. Um esmerilhão.* Apesar do fato de o rato ter pelo menos três vezes o tamanho do pássaro, os dois pareciam estar em pé de igualdade.

Eles lutavam furiosamente. As longas garras do esmerilhão pegavam com firmeza a nuca do rato. O rato se debatia, tentava morder e arranhar a cabeça do inimigo, batia no chão com ele, porém a coragem do falcão compensava seu corpo compacto, pois ele simplesmente guinchou e enfiou as garras mais profundamente, arrancando sangue do couro grosso do rato. Penas voavam e sangue espirrava na grama. Com arranhões, mordidas e rosnados, os dois rolavam um por cima do outro em um agitado frenesi.

A luta poderia ter continuado durante algum tempo sem um vencedor, mas outro rato surgiu de uma moita perto do córrego. Fosse por lealdade à espécie ou mais provavelmente pelo desejo de uma presa fácil, o novo rato se juntou à confusão. Ele meteu a boca em uma das asas do esmerilhão e dilacerou com violência.

O esmerilhão guinchou de dor, mas aguentou de alguma forma. O segundo rato, com o rosto rasgado pelo bico, soltou a ave e deu a volta pelo outro lado. Enquanto isso, a asa dilacerada do esmerilhão ficou caída de lado, pendia inutilmente, e uma das garras se soltou. O segundo rato sentiu que a vitória estava próxima e cuspiu algumas penas que ficaram presas nos dentes. As patas se retesaram quando se preparou para pular na ave enfraquecida.

Naquele momento, corri e chutei o segundo rato no peito com tanta força que ele rolou para a moita. Ao ver isso, o

---

* Em inglês, um *merlin*. (*N. do T.*)

primeiro rato parou de se debater e me encarou com olhos vermelhos como sangue. Com um gesto violento, ele jogou o esmerilhão na grama. O pássaro ficou caído de barriga para cima, fraco demais para se mexer.

O rato soltou um guincho agudo. Eu dei um passo à frente, depois ergui a mão como se fosse atacar. Ele, aparentemente cansado de lutar por enquanto, deu meia-volta e foi embora em meio à grama.

Parei para examinar o esmerilhão. Embora os olhos, dois pontos pretos envoltos por um círculo amarelo, mal estivessem abertos, me encaravam intensamente. Quando estiquei a mão para o pássaro, ele piou e atacou com uma das garras, que cortou a pele do meu pulso.

— O que está fazendo, seu pássaro idiota? — berrei, enquanto chupava o sangue do pulso. — Estou tentando ajudar, não machucar você.

Novamente estiquei a mão para o guerreiro caído. Novamente o pássaro piou e atacou com a garra.

— Chega disso! — Balancei a cabeça desapontado e me levantei para ir embora.

Ao sair dali, olhei novamente para o esmerilhão. Seus olhos finalmente se fecharam. Ele ficou caído ali na grama, tremendo.

Respirei profundamente e voltei. Com cuidado, peguei o pássaro e evitei as garras caso ele se animasse outra vez. Segurei o corpo quente e coberto de penas na mão e me perguntei como uma criatura tão feroz também podia ser tão macia. Fiz carinho na asa ferida e notei que, embora a pele e os músculos tivessem sido dilacerados, nenhum osso fora quebrado. Meti a mão na bolsa que Branwen me deu, peguei uma pitada das ervas secas e juntei com algumas gotas da água do córrego. Limpei os cortes feitos pelos dentes do rato com a borda da túnica. Havia vários talhos profundos, especialmente ao longo da parte de cima da asa. Cuidadosamente apliquei as ervas como um cataplasma.

O esmerilhão se enrijeceu e abriu um olho. Desta vez, porém, não me atacou. Aparentemente fraco demais até mesmo para piar, ele só conseguia me observar, desconfiado.

Quando terminei, fiquei com a pequena ave na mão e pensei no que faria a seguir. Deixar o esmerilhão ali, perto do córrego? Não, os ratos certamente voltariam e terminariam o serviço. Levá-lo comigo? Não, não precisava de um passageiro, e certamente não de um tão perigoso.

Ao ver um carvalho com galhos largos na beira da floresta, tive uma ideia. Pousei o pássaro no chão pelo tempo necessário para arrancar algumas folhas de grama e amarrá-las em um ninho tosco. Com o ninho e a ave debaixo do braço, escalei a árvore até um galho baixo abundantemente coberto por musgo. Enfiei o ninho na junção entre o galho e o tronco, depois coloquei o pássaro indefeso ali dentro.

Encarei os olhos hostis de borda amarela por um momento, depois desci da árvore e entrei na floresta.

XIII

Um Monte de Folhas

Conforme eu andava entre as árvores altas e os galhos entrelaçados dessa antiga floresta era tomado por uma estranha sensação.

Não tinha nada a ver com a segunda visão, embora a luz realmente estivesse difusa naqueles bosques escuros onde apenas ocasionalmente os raios de luz atingiam o solo da floresta. Não tinha nada a ver com os aromas no ar, mais intensos do que eu jamais havia sentido, embora eles trouxessem lembranças do dia em que resisti à tempestade nos braços do grande pinheiro ao pé de Y Wyddfa. Não tinha nada a ver com os sons ao redor — ventos que corriam entre as folhas, galhos que batiam e estalavam, agulhas de pinheiro sendo pisoteadas.

A sensação estranha não vinha de nada daquelas coisas. Ou talvez viesse de todas elas combinadas. Um som. Um cheiro. Um bosque mal iluminado. Acima de tudo, era uma sensação de que algo na floresta sabia que eu estava ali, de que algo me observava. De que um sussurro estranho, muito parecido com aquele que ouvi na concha, agora acontecia por toda a minha volta. Vi uma vara nodosa, quase tão alta quanto eu, encostada no tronco de um velho cedro. Um bom cajado poderia me ajudar a atravessar os bosques mal iluminados da floresta. Estiquei a mão para pegá-la. Assim que estava prestes a agarrá-la pelo meio, onde um grupo de gravetos se destacava, contive um grito e recolhi a mão.

A vara se mexeu! Os gravetos, em conjunto com outros em cima e embaixo, começaram a se mexer como pequenas patas. A vara nodosa se dobrou ao descer pela casca escamosa do cedro, passou pelas raízes e entrou em um trecho de samambaias. Em poucos segundos, a criatura em formato de pau desapareceu, assim como o meu desejo de encontrar um cajado.

Então senti uma vontade conhecida: escalar uma daquelas árvores! Não até o topo, talvez, mas a uma altura suficiente para ver a cobertura dos galhos mais altos. Escolhi uma tília magricela, cujas folhas em formato de coração tremiam como a superfície de um rio fluente, e comecei a subir. Os pés e as mãos encontraram muitos apoios, e eu escalei rapidamente.

A uma altura equivalente a cinco vezes a minha, a vista mudou drasticamente. Muito mais luz penetrava a malha de galhos, o que melhorou minha visão. Através das folhas trêmulas da tília, notei uma moita de musgo redonda e verde perto da cabeça — porém, dada a experiência com o cajado, optei por não tocá-la. Depois vi um par de borboletas em tons azul e laranja que flutuava entre os galhos. Uma aranha, com a teia cheia de gotas de orvalho, balançava livremente de um galho próximo. Esquilos com olhos grandes chiavam ruidosamente. Um pássaro de plumas douradas voava de galho em galho. No entanto, um detalhe do chão da floresta não mudou: o estranho sussurro continuou.

Eu me virei para o limite da floresta e percebi o gramado onde encontrei o esmerilhão. Depois do gramado, vi a água reluzente do grande rio que fluía em direção à muralha de bruma que indicava o mar, conforme eu sabia. Para minha surpresa uma estranha onda surgiu na correnteza, uma onda parecia com uma mão gigante. Eu sabia que não podia ser isso. No entanto, quando a mão feita de água surgiu do rio, com gotas pingando dos dedos grandes, e depois mergulhou de volta, senti uma pontada de espanto e medo.

Então, bem acima de mim, um monte de folhas se soltou. Em vez de cair diretamente para o chão, porém, ele voou para outra árvore. Milagrosamente, os galhos firmes da segunda árvore pegaram e aninharam o monte de folhas antes de jogá-lo para longe novamente. Outro galho o pegou, se dobrou com o peso e depois o atirou de volta. O monte de folhas girou no ar, passou pelos galhos e entre os troncos, e rodopiou como um dançarino. Parecia que as árvores do bosque estavam brincando umas com as outras, elas jogavam as folhas como crianças atiravam uma bola de barbante.

Com o tempo, o monte de folhas foi descendo cada vez mais entre os galhos. Finalmente, rolou para o chão da floresta e parou em um canteiro de agulhas marrons.

Contive um grito. Do monte de folhas saiu de repente um longo galho frondoso. Não, não um galho. Um braço vestindo uma manga de vinhas entrelaçadas. Depois outro braço. Uma perna, depois outra. Uma cabeça com o cabelo adornado por folhas brilhantes. Dois olhos, tão acinzentados quanto a casca de uma faia, com um toque de azul.

A figura vestida de folhas se levantou e riu alto. A gargalhada, encorpada e clara, ecoou pelas árvores com toda a beleza de um sino.

Eu me debrucei para a frente no galho e tentei enxergar mais detalhes, porque já era capaz de dizer que aquele monte de folhas era, na verdade, uma menina.

XIV

RHIA

Sem aviso prévio, o galho cedeu. Eu caí no chão, a queda amortecida por vários galhos ao longo do caminho. O peito bateu com força em um galho, assim como a lombar, o ombro e as duas coxas. Com um baque, aterrissei em uma moita de agulhas.

Rolei para o lado, gemendo. Além da dor da viagem e daquele costumeiro incômodo entre as omoplatas, o corpo inteiro doía. Fiquei de pé lentamente — e me vi cara a cara com a menina.

Ela parou de rir.

Por um longo momento, nenhum de nós se mexeu. Embora a luz estivesse difusa, pude observar que ela era mais ou menos da minha idade. A menina me observava, tão imóvel quanto uma das árvores. Exceto pelo leve tom de azul nos olhos, a roupa de vinhas entrelaçadas tinha tanto verde e marrom que ela quase podia se passar por uma árvore. No entanto, era impossível não notar os olhos. Eles estavam furiosos.

Ela deu uma ordem em uma estranha língua sussurrante e moveu a mão como se espantasse uma mosca. Imediatamente, os galhos pesados de uma cicuta se enroscaram na minha cintura, assim como nos braços e nas pernas. Eles me prenderam com força, e quanto mais eu me debatia, mais os galhos apertavam. Rapidamente, eles me ergueram. Fiquei ali pendurado, incapaz de me mexer.

— Solte-me!

— Agora você não vai cair outra vez — falou a garota, na minha língua, a língua celta que eu falava em Gwynedd, mas com um sotaque curioso e ritmado. A expressão dela foi de raiva para alegria. — Você me lembra um tomatão, mas não parece gostoso.

Ela pegou uma framboesa carnuda que crescia no musgo perto do pé e a colocou na boca.

— Eca. Acabou a doçura.

— Solte-me! — rugi. Virei o corpo para me soltar, mas o galho em volta do meu peito apertou tanto que eu mal consegui respirar. — Por favor — falei, com a voz rouca. — Eu não pretendia... fazer mal.

A menina me lançou um olhar severo.

— Você quebrou a lei da floresta Druma. Não são permitidos estranhos aqui.

— Mas... eu não... sabia — falei ofegante.

— Agora você sabe. — Ela pegou outra framboesa. Evidentemente o gosto foi melhor do que o da primeira, pois a menina se abaixou e colheu outra.

— Por favor... me coloque... no chão.

Ela me ignorou completamente e continuou pegando as framboesas. A menina as engolia tão depressa quanto as colhia. Finalmente, ela começou a sair da clareira, sem sequer se importar em olhar na minha direção.

— Espere!

A menina parou. Com uma expressão chateada, ela me encarou.

— Você lembra um esquilo que roubou as nozes de alguém e foi pego. Agora você quer devolvê-las, mas é tarde demais. Voltarei em um ou dois dias, se me lembrar.

Ela deu meia-volta para ir embora rapidamente.

— Espere! — arfei.

A menina desapareceu atrás de uma cortina de galhos.

Tentei me soltar novamente. A cicuta apertou mais e enfiou o Galator, ainda debaixo da túnica, bem fundo nas costelas. — Espere! Em nome do... Galator!

O rosto da menina reapareceu. Hesitante, ela retornou à clareira. Ficou debaixo da poderosa cicuta e olhou para mim no alto por algum tempo. Depois a garota girou o pulso e falou mais palavras sussurradas que não consegui entender.

Instantaneamente, os galhos se desenrolaram. Caí de cara no chão. Tirei um punhado de agulhas da boca e fiquei de pé com dificuldade.

Ela ergueu a mão para mim. Como não queria ser aprisionado pelos galhos novamente, obedeci e não me mexi.

— O que você sabe sobre o Galator?

Hesitei ao me dar conta de que o Galator realmente devia ser famoso a ponto de ser conhecido até mesmo naquela terra remota. Com cuidado, revelei o máximo que tive coragem.

— Sei como ele é.

— Eu também, pelo menos segundo as lendas. O que mais você sabe?

— Pouca coisa apenas.

— Que pena. — A menina falou mais para si mesma do que para mim. Ela se aproximou e me encarou com curiosidade. — Por que seus olhos parecem tão distantes? Eles me lembram duas estrelas ocultas pelas nuvens.

Eu enrijeci.

— Meus olhos são meus olhos — disparei, na defensiva.

Ela me analisou novamente. Então, sem dizer uma palavra, colocou as últimas framboesas na minha mão.

Desconfiado, cheirei as frutas. O aroma me lembrou o quanto estava faminto, então fui contra o bom senso e coloquei uma na boca. Uma repentina explosão doce atingiu minha língua. Comi o restante de uma só vez.

A menina me estudou, pensativa.

— Noto que você sofreu.

Eu franzi a testa. Ela havia reparado nas cicatrizes, como qualquer pessoa que visse meu rosto. E no entanto... parecia que ela também enxergava algo debaixo da superfície. Senti uma vontade inexplicável de me abrir para aquela estranha menina da floresta. No entanto, resisti. Eu não a conhecia, afinal de contas. Há um instante apenas ela teria me abandonado às árvores. Não, não seria tão tolo a ponto de confiar nela.

A menina girou levemente a cabeça e escutou algum sussurro distante vindo dos galhos. Percebi o complexo arranjo de folhas no cabelo castanho cacheado. Embora não pudesse ter certeza na luz difusa do bosque, parecia que as orelhas dela eram um pouco triangulares, pontudas como as minhas.

Será que isso significava que ela, assim como eu, tinha sofrido implicância dos outros por ter orelhas de demônio?

Ou... será que todo mundo nessa terra estranha tinha orelhas pontudas? Seria possível que essa garota e eu fôssemos na verdade da mesma raça?

Balancei a cabeça para voltar à realidade. Isso era tão provável quanto os próprios anjos terem orelhas pontudas ou os demônios, lindas asas brancas!

Continuei a observar a menina enquanto ela escutava.

— Você ouviu alguma coisa?

Os olhos azul-acinzentados se voltaram para mim.

— Apenas as mensagens das minhas amigas. Elas me dizem que há um estranho na floresta, mas isso eu já sei. — A garota fez uma pausa. — Elas também me dizem para eu ter *cuidado*. Eu deveria ter?

Fiquei tenso ao me lembrar da voz na concha.

— Uma pessoa sempre precisa ter cuidado, mas você não necessita ter medo de mim.

Ela parecia ter achado graça.

— Eu pareço com medo?

— Não. — Percebi que também estava sorrindo. — Não sou muito assustador, creio eu.

— Não muito.

— Essas amigas de quem você falou, elas são... as árvores?

— São sim.

— E você fala com elas?

Novamente a risada parecida com um sino ecoou no bosque.

— É claro! Assim como eu falo com os pássaros, as feras e os rios.

— E também com as conchas?

— Naturalmente. Tudo tem a sua língua, sabe? A pessoa apenas precisa aprender a ouvir. — Ela ergueu uma sobrancelha. — Por que você sabe de tão pouca coisa?

— Eu vim de... muito longe.

— Então é por isso que você não sabe nada sobre a floresta Druma e seus costumes. — A menina franziu a testa. — No entanto, você conhece o Galator.

— Apenas um pouco, como disse antes. Embora fosse capaz de dizer qualquer coisa para me livrar daqueles galhos horríveis — acrescentei, ironicamente.

Os galhos de cicuta acima balançaram levemente. A visão me fez encolher de medo.

— Você sabe mais do que um pouco sobre o Galator — afirmou a menina, com confiança. — Um dia você vai me contar. — Ela começou a andar, de certo modo confiante de que a seguiria. — Mas primeiro diga seu nome.

Passei por cima de um galho caído com cuidado.

— Aonde estamos indo?

— Comer alguma coisa, é claro. — A menina foi para a esquerda e seguiu uma trilha que apenas ela conseguia perceber através de um trecho de samambaias da altura da cintura.

— Agora você vai me dizer seu nome?

— Emrys.

Ela me olhou de um jeito que deixou claro sua falta de confiança em mim, mas não falou nada.

— E qual é o seu?

A garota parou debaixo de uma faia que, embora fosse velha e retorcida, tinha uma casca tão lisa quanto um jovem broto. Ela ergueu a mão para os galhos delicados e falou:

— Minha amiga vai responder.

As folhas da velha faia se mexeram em um suave farfalhar. A princípio, o som não significou nada para mim. Olhei intrigado para a menina. Aí, devagar, comecei a notar um ritmo em particular. *Rrrrhhhhiiiaaaa. Rrrrhhhhiiiaaaa. Rrrrhhhhiiiaaaa. Rrrrhhhhiiiaaaa.*

— Seu nome é Rhia?

Ela voltou a andar novamente e atravessou um conjunto de pinheiros fortes e retos com longas agulhas.

— Rhiannon é meu nome completo, embora não saiba o motivo. As árvores me chamam de Rhia.

Curioso, perguntei a ela:

— Você não sabe o motivo? Seus pais não lhe disseram?

Ela deu um pulinho sobre um córrego lento onde um gordo pato-real se deixava levar entre os juncos pela correnteza.

— Eu perdi minha família quando jovem, muito jovem. A história toda me lembra um filhote que cai do ninho antes de saber voar. — Sem se virar para mim, acrescentou: — Também me lembra você.

Parei imediatamente e peguei a menina pelo braço. Ao ver alguns galhos se dobrarem de maneira ameaçadora, eu a soltei.

— Por que diz isso?

A menina me fitou diretamente.

— Você parece perdido, só isso.

Avançamos mais pela floresta sem falar, passamos por uma raposa de cauda vermelha que não parou de comer um tetraz. O terreno começou a subir e virou um morro íngreme. No entanto, embora a caminhada tivesse ficado mais difícil, Rhia não diminuiu o passo. Na verdade, fiquei com a impressão de que o ritmo apenas aumentou. Bufando muito, tive dificuldades para acompanhá-la.

— Você é como... Atalanta.

Rhia desacelerou um pouco o passo e fez uma expressão intrigada.

— Quem é essa?

— Atalanta — falei, de maneira ofegante. — Uma heroína... nas lendas gregas... que podia correr... tão depressa... que ninguém... a alcançava... até que alguém... finalmente a enganou... com algumas... maçãs douradas.

— Gostei disso. Onde você aprendeu uma história como essa?

— Com... alguém. — Sequei a testa. — Mas eu... eu queria ter... algumas daquelas... maçãs... agora.

Rhia sorriu, mas não diminuiu a velocidade.

Enquanto subíamos, rochas enormes, com rachaduras e cobertas por liquens cor de púrpura e rosa, brotavam como cogumelos gigantes do solo da floresta. Os espaços entre as árvores ficavam maiores, o que permitia que mais luz do sol passasse pela cobertura das árvores. Mais samambaias, assim como alguns conjuntos de flores, se amontoavam entre as enormes raízes e troncos caídos.

Em dado momento, Rhia parou para esperar por mim perto de uma saliência, debaixo de uma árvore de tronco branco. Enquanto penava para alcançá-la, ela levou as mãos em concha à boca e emitiu um curioso som imitando uma coruja. Um instante depois, três pequenos rostos de corujas, achatados, cheios de penas e com enormes olhos alaranjados, surgiram de um buraco no centro do tronco. As aves nos observaram intensamente. Então elas piaram em uníssono e desapareceram dentro do buraco.

Rhia se virou para mim e sorriu, depois continuou a subir o morro. Finalmente, chegou ao cume e parou com as mãos na cintura para admirar a vista. Antes mesmo de alcançá-la, senti uma nova fragrância suculenta no ar. Quando finalmente parei ao lado dela, arfante, a vista tirou o pouco de fôlego que eu ainda tinha.

Na clareira redonda diante de nós, árvores de todos os tamanhos, formas e cores se enroscavam e cobriam todo o topo do morro. Os galhos, repletos de frutas, quase tocavam a grama. E que frutas! Esferas de um laranja intenso, crescentes finos e verdes, cachos abarrotados de frutos amarelos e azuis reluziam entre as asas agitadas de borboletas e abelhas. Frutos redondos. Quadrados. Grandalhões. Pequeninos. A maioria deles eu nunca tinha visto antes, nem sequer sonhado. Mas isso não me impediu de ficar com água na boca.

— Meu jardim — anunciou Rhia.

Segundos depois, nós devorávamos qualquer fruta que quiséssemos. Muito sumo escorria pelo meu queixo, pescoço, mãos, braços. Sementes grudavam no cabelo, enquanto pedaços meio mastigados ficavam pendurados na minha túnica. Visto de longe, eu mesmo poderia ter passado por uma árvore frutífera.

As esferas laranjas explodiam em um sabor ácido, então descasquei e comi um bocado antes de começar a provar outros tipos. Uma espécie de fruta no formato de um vaso continha tantas sementes que cuspi enojado. Rhia gargalhou, assim como eu. Depois provei outra que era circular com um buraco no meio. Para meu alívio, esta tinha gosto de leite doce e não possuía semente alguma. A seguir engoli metade de uma fruta acinzentada no formato de um ovo. Embora não tivesse quase gosto, de alguma forma ela me fez sentir tristeza, uma dor pelas coisas que faltavam em minha vida.

Quando Rhia viu que eu experimentava aquele tipo em especial, ela indicou uma fruta em espiral com um tom claro de púrpura. Dei uma mordida. Um sabor parecido com felicidade púrpura explodiu na minha boca. De alguma forma, ele afugentou toda a tristeza.

Da parte dela, Rhia engolia uma enorme quantidade de pequeninas bagas, que cresciam em cachos de cinco ou seis em um talo. Provei uma, mas era tão doce que me deixou nauseado. Fiquei sem vontade de comer mais.

Fiquei espantado quando Rhia engoliu dez bagas de uma só vez.

— Como você consegue comer tantas frutas dessas?

Ela me ignorou e continuou comendo.

Finalmente, comecei a me sentir satisfeito. Mais do que cheio. Eu me sentei recostando em um dos troncos mais grossos do jardim. A luz da tarde passava entre as folhas e frutas, uma brisa suave batia do alto da colina. Vi Rhia finalmente chegar ao seu limite das doces bagas vermelhas. Ela se juntou a mim no tronco, encostando o ombro no meu.

Rhia abriu os braços para o maravilhoso conjunto de árvores ao redor.

— Tudo isso — falou com gratidão — a partir de uma única semente.

Arregalei os olhos.

— Uma única semente? Você não pode estar falando sério.

— Ah, sim! A semente da árvore shomorra produz não só uma árvore, mas várias, e não apenas uma fruta, mas centenas. Embora a shomorra produza tanto, ela é tão difícil de encontrar que sua raridade é lendária. *Tão raro quanto uma shomorra*, diz o velho ditado. Em toda a Druma, existe apenas uma.

Respirei profundamente o ar perfumado da clareira.

— Esse não é o meu lar, mas no entanto sinto que ficaria feliz aqui por muito tempo.

— Então, onde é o seu lar?

Eu suspirei.

— Não sei.

— Você está procurando por isso, então?

— Por isso e por mais coisas.

Rhia enroscou uma vinha da manga.

— O lar da pessoa não é onde ela vive?

— Você não está falando sério. — Dei um muxoxo de desdém. — O lar é o lugar de onde a pessoa vem. É onde moram os pais, onde o passado está escondido.

— Escondido? O que você quer dizer com isso?

— Eu não me lembro do meu passado.

Embora parecesse intrigada, Rhia não fez mais perguntas. Em vez disso, esticou a mão para pegar outro cacho de bagas e colocou as frutinhas na boca. Com a boca cheia, falou:

— Talvez o que você procure esteja mais próximo do que imagina.

— Duvido. — Espreguicei os braços e ombros. — Eu explorarei um pouco mais desse lugar, mas se não conseguir descobrir algo sobre meu passado, construirei um novo barco e navegarei o mais longe que for preciso. Até o próprio horizonte, se for necessário.

— Então você não vai passar muito tempo aqui, creio eu.

— Provavelmente não. Onde é aqui, afinal de contas? Esse lugar tem um nome?

— Tem.

— Qual é?

Ela fez uma expressão séria.

— Esse lugar, essa ilha, se chama Fincayra.

XV

Transtorno

Eu pulei como se tivesse sido atingido por um chicote.

— Fincayra?

Rhia me olhou, curiosa.

— Você ouviu falar dela?

— Sim. Alguém me falou um pouco, mas jamais imaginei que pudesse ser real.

Ela suspirou melancolicamente.

— Fincayra é bem real.

É mesmo, pensei comigo mesmo. Tão real quanto Y Wyddfa. Tão real quanto o Olimpo. Se ao menos eu pudesse contar para Branwen! Tentei me recordar do que ela dissera sobre Fincayra. *Uma terra de muitas maravilhas*, foi como Branwen chamou. *Nem totalmente da Terra, nem totalmente do Céu, mas uma ponte que liga os dois*. Ela mencionou cores brilhantes também. Essa parte eu sabia que era verdade! E algo mais. Algo sobre gigantes.

Enquanto ficamos sentados em silêncio, imersos em pensamentos particulares, o manto da noite começou a cobrir o jardim da shomorra. A cada minuto que passava, as cores se transformavam em sombras, e as formas viravam silhuetas.

Finalmente Rhia se mexeu. Ela coçou as costas no tronco.

— Já é noite! Não temos tempo para ir a minha casa.

Eu me senti sonolento depois do banquete e me deitei no canteiro de grama macia debaixo da árvore.

— Eu já dormi em lugares piores.

— Olhe! — Rhia apontou para o céu, onde as primeiras estrelas reluziam entre os galhos repletos de frutas. — Você não adoraria poder voar? Navegar entre as estrelas, se juntar ao vento? Eu queria ter asas. Asas de verdade!

— Eu também — respondi, enquanto procurava por sinais de Pégaso.

Rhia se virou para mim.

— O que mais você deseja?

— Bem... livros.

— Sério?

— Sim! Eu adoraria, adoraria mesmo, me enfiar em uma sala inteira repleta de livros, com histórias sobre todos os povos, todas as épocas. Ouvi falar de um lugar assim, certa vez.

Ela me observou por um momento.

— Sua mãe lhe contou?

Suspirei.

— Não, foi uma mulher que queria que eu acreditasse que ela era minha mãe.

Rhia pareceu intrigada, mas não falou nada.

— A sala — continuei — teria todos os tipos imagináveis de livros. Eu estaria cercado por eles, para todo lado que me virasse. Estar em uma sala como essas seria muito parecido com voar, sabe? Eu poderia voar através daquelas páginas para qualquer lugar que quisesse.

Rhia gargalhou.

— Eu prefiro asas de verdade! Especialmente em uma noite como essa. Viu? — Ela olhou para cima, entre os galhos. — Já dá para ver Gwri do Cabelo Dourado.

— Essa constelação é nova para mim. Onde fica?

— Bem ali.

Embora eu tivesse feito um esforço com a segunda visão, não consegui ver nada naquele trecho do céu, a não ser uma única estrela que eu sabia que faria parte da asa de Pégaso, no fim das contas. — Não vejo.

— Não consegue ver uma donzela?

— Não.

Ela pegou meu braço e o apontou mais para o alto.

— E agora?

— Não. Só vejo uma estrela que será parte de Pégaso. E ali. Consigo ver outra estrela de Pégaso.

Rhia me olhou com uma expressão intrigada.

— Estrelas? Constelações de estrelas?

Intrigado, reclamei.

— Do que mais elas seriam?

— Minhas constelações não são feitas de estrelas, mas sim dos espaços *entre* as estrelas. Os trechos escuros. Os espaços abertos, onde a mente da pessoa pode viajar para todo o sempre.

Daquele momento em diante, não consegui enxergar o céu da mesma forma, assim como não conseguia ver a garota ao meu lado do mesmo jeito.

— Conte mais sobre o que você vê lá em cima.

Rhia jogou os cachos castanhos para trás. Com uma voz alegre, começou a me explicar algumas das estranhas maravilhas sobre o céu de Fincayra. Explicou como a larga faixa de estrelas que cortava o meio do céu era, na verdade, um oceano costurado nas duas metades do tempo, uma delas sempre começando, a outra metade sempre encerrando. Como os trechos escuros mais compridos eram, na realidade, os rios dos deuses que ligavam este mundo a outros. Como o círculo giratório de estrelas era, ainda, uma grande roda, cujas infinitas rotações transformavam a vida em morte, a morte em vida.

Fomos até tarde da noite fazendo desenhos no céu e contando histórias. Quando finalmente dormimos, foi um sono profundo. E quando fomos acordados pelos raios quentes, percebemos que não queríamos ir embora daquele lugar. Não ainda.

Então por mais um dia e mais uma noite, permanecemos no abundante topo do morro, nos regalando com comida e conversa. Embora continuasse cauteloso quanto a discutir meus sentimentos mais profundos, descobri mais de uma vez que Rhia tinha um jeito irritante de ler meus pensamentos como se fossem os dela.

Nós nos sentamos debaixo da cobertura de frutas e comemos um lauto café da manhã de esferas laranjas ácidas (para mim) e bagas vermelhas doces (para ela). Quando terminamos a refeição, dividindo uma das frutas em formato espiral, Rhia se virou para mim com uma pergunta.

— Aquela mulher que disse que era sua mãe, como ela era?

Eu a encarei com surpresa.

— Era alta com olhos muito azuis...

— Não, não, não. Não me importo com a aparência. Como ela *era*?

Por um momento, pensei em Branwen.

— Bem, ela era bondosa comigo, mais do que eu merecia. Na maioria das vezes, de qualquer forma. Cheia de fé no Deus dela e em mim. E quieta. Muito quieta. A não ser quando contava histórias. Ela conhecia várias, mais do que consigo começar a me lembrar.

Rhia examinou uma baga antes de jogá-la na boca.

— Tenho certeza de que ela aprendeu algumas das histórias naquela sala cheia de livros.

— Isso mesmo.

— Embora não fosse sua verdadeira mãe, você sentia algo diferente por ela estar lá, ao seu lado? Um pouco menos solitário? Um pouco mais... seguro?

Engoli em seco.

— Creio que sim. Por que está tão curiosa a respeito dela?

O rosto de Rhia, que geralmente parecia no limiar de uma gargalhada, ficou sério.

— Estava apenas imaginando como seria uma mãe, uma mãe de verdade.

Abaixei o olhar.

— Bem que eu queria saber.

Rhia assentiu. Ela passou a mão em um galho pendente com frutas, embora parecesse olhar além dele, para algum lugar ou tempo distantes.

— Então você não se lembra da sua mãe?

— Eu era tão novinha quando a perdi. Só me lembro dos sentimentos. Estar segura. E aquecida. E... ser abraçada. Eu nem mesmo tenho certeza se me lembro dessas coisas. Pode ser apenas meu desejo por elas.

— E quanto ao seu pai? Irmãos ou irmãs?

— Perdi todos eles. — Ela abriu os braços para os galhos acima de nós. — Mas encontrei a Druma. Essa é minha família agora. Embora eu não tenha uma mãe de verdade, possuo alguém que me protege e me abraça. Ela é quase minha mãe.

— Quem é?

Rhia sorriu.

— Uma árvore. Uma árvore chamada Arbassa.

Eu a imaginei sentada nos galhos de uma grande árvore robusta. E sorri também.

Depois pensei em Branwen, minha própria quase mãe, e um estranho calor tomou conta do meu peito. Ela estava tão distante de mim e, no entanto, tão próxima às vezes. Pensei em suas histórias, no trabalho como curandeira, nos olhos tristes. Queria que ela tivesse sentido vontade de falar mais sobre as próprias dificuldades e também sobre meu passado misterioso. Esperava um dia poder vê-la novamente, embora soubesse que isso não poderia acontecer. Com hesitação, fiz uma prece silenciosa para o Deus a quem Branwen rezava tão constantemente, uma prece que desejava que ela encontrasse a paz que tanto buscava.

De repente, um pio agudo cortou o ar acima. Olhei para o alto e vi uma forma conhecida empoleirada em um dos galhos.

— Não acredito nisso.

— Um esmerilhão — comentou Rhia. — Um jovem macho. E olhe: a asa está machucada. Veja como faltam algumas penas. — Ela inclinou o pescoço, da maneira como um falcão geralmente faz, e soltou um pio agudo.

O pássaro inclinou a cabeça e piou de volta. Desta vez o pio gorjeou um pouco e incorporou alguns tons mais roucos.

Rhia ergueu as sobrancelhas grossas e se virou para mim.

— O esmerilhão falou, não com muita educação, devo dizer, que você salvou a vida dele há pouco tempo.

— Ele disse isso?

— Não é verdade?

— Sim, sim, é verdade. Eu fiz um curativo depois que ele entrou em uma briga. Mas como você aprendeu a falar com os pássaros?

Rhia deu de ombros como se a resposta fosse óbvia.

— Não é mais difícil do que falar com as árvores. — Ela acrescentou, um pouco triste — Com aquelas que ainda estão acordadas, quero dizer. De qualquer maneira, com quem o esmerilhão lutou?

— A coragem dele foi inacreditável. Ou a insensatez. Ele puxou briga com dois ratos gigantes, cada um com pelo menos três vezes o seu tamanho.

— Ratos gigantes? — O corpo inteiro de Rhia ficou rígido. — Onde? Na Druma?

Balancei a cabeça.

— Não, mas bem na fronteira. Perto de um córrego que brota do arvoredo.

Com uma expressão séria, Rhia deu uma olhadela para o esmerilhão, que bicava cheio de fome uma fruta em espiral.

— Ratos gigantes do nosso lado do rio — murmurou, enquanto balançava a cabeça. — Eles são proibidos de entrar na floresta Druma. Essa é a primeira vez que ouço falar deles tão próximos. Seu amigo esmerilhão pode não ter modos, mas agiu certo ao atacá-los.

— Esse pássaro simplesmente gosta de lutar, se quer saber. Ele poderia ter atacado você ou a mim com a mesma facilidade. Ele não é meu amigo.

Como para me contradizer, o esmerilhão saiu voando da fruta e pousou no meu ombro esquerdo.

Rhia gargalhou.

— Parece que ele discorda de você. — Ela observou o falcão, pensativa. — É possível, sabe, que ele tenha ido até você por um motivo.

Fiz uma careta.

— O único motivo é o mesmo azar que me segue por todos os lugares.

— Não sei. Ele não me parece um agouro tão ruim assim. — Rhia assobiou em uma cadência leve e amigável e estendeu a mão para o esmerilhão.

Com um guincho, o pássaro atacou com uma das garras. Rhia rapidamente recuou, porém não antes que a garra cortasse as costas da sua mão.

— Ai! — Com uma cara feia, ela lambeu o sangue da ferida e depois assobiou uma dura bronca.

O esmerilhão devolveu a reprimenda.

— Parem com isso — vociferei. Tentei afastar o esmerilhão do ombro, mas as garras seguraram firme, furando a túnica e penetrando na pele.

— Mantenha o esmerilhão longe de mim — mandou Rhia. — Esse pássaro é um transtorno.

— Eu disse para você.

— Não banque o presunçoso! — Ela ficou de pé para ir embora. — Apenas nos livre dele.

Também fiquei de pé, com o passageiro indesejado ainda no ombro.

— Você pode me ajudar de alguma forma?

— Ele é seu amigo. — Rhia foi embora morro abaixo.

Tentei novamente remover o esmerilhão, mas ele se recusava a ceder. Com os olhos fixos em mim, o pássaro piou com raiva, como se estivesse ameaçando arrancar minha orelha se eu não cooperasse.

Eu rosnei de frustração e corri atrás de Rhia quando ela desapareceu na floresta. O pássaro se segurou com firmeza no meu ombro e bateu as asas. Quando finalmente a alcancei, Rhia estava sentada em uma pedra baixa e retangular enquanto lambia o corte.

— Você não poderia curar minha mão da mesma forma que curou a asa do seu amigo?

— Ele não é meu amigo! — Sacudi o ombro esquerdo, mas o esmerilhão continuou agarrado e me olhou feio. — Não percebe? É como se o esmerilhão fosse meu senhor, e eu fosse o escravo dele. — Olhei com raiva para o pássaro. — Não consigo fazê-lo ir embora.

Rhia fez uma expressão de solidariedade.

— Sinto muito. É só que minha mão dói muito.

— Deixe-me vê-la. — Peguei a mão de Rhia e examinei o corte profundo. O sangue continuava saindo. Rapidamente enfiei a mão dentro da bolsa e salpiquei um pouco das ervas em pó na ferida aberta. Arranquei uma folha larga de um arbusto próximo e coloquei sobre o corte, tomando o cuidado de unir a pele como vi Branwen fazer dezenas de vezes. Aí, com uma das vinhas da própria manga de Rhia, enfaixei tudo muito bem.

Ela ergueu a mão, agradecida.

— Onde você aprendeu a fazer isso?

— Com Branwen. A mulher que me contou histórias. Ela sabia muito sobre cura. — Fechei a bolsa. — Porém, ela só conseguia curar feridas na pele.

Rhia concordou com a cabeça.

— Feridas no coração são muito mais difíceis.

— Para onde você vai agora?

— Para minha casa. Espero que você venha. — Ela gesticulou para o falcão, que ergueu uma garra cruel em resposta. — Mesmo com seu, er, companheiro aí.

— Que generoso da sua parte — respondi, de cara feia. Apesar do pássaro incômodo, minha curiosidade para aprender mais sobre aquele lugar, e sobre a própria Rhia, permanecia intensa. — Eu gostaria de ir, mas não vou ficar por muito tempo.

— Tudo bem. Desde que leve esse pássaro com você quando for embora.

— Eu tenho escolha?

Dito isso, entramos na floresta. Pelo restante da manhã e parte da tarde, seguimos uma trilha que só era visível para Rhia. Demos a volta em morros, pulamos sobre córregos, e caminhamos com dificuldade por brejos onde o ar zunia com todo tipo de inseto.

No meio do caminho por um daqueles pântanos, Rhia apontou para uma árvore morta que parecia estar pintada de um vermelho intenso. Ela bateu palmas uma vez. Uma fração de segundo depois, uma nuvem escarlate saiu dos galhos. Centenas, milhares de borboletas levantaram voo e deixaram a árvore tão nua quanto um esqueleto.

Observei a nuvem escarlate subir. As asas das borboletas eram tão brilhantes e reluzentes sob o sol, que me perguntei se pedaços do próprio astro não tinham sido inseridos como joias dentro delas. E comecei a ter esperanças de que minha segunda visão estivesse continuando a melhorar. Se eu podia ver uma explosão de cores tão deslumbrante como essa sem os olhos, então um dia, talvez, pudesse enxergar todas as cores do mundo com tanta nitidez quanto antes do fogo.

Seguimos adiante, atravessamos clareiras com samambaias que alcançavam à altura da cintura, cruzamos árvores caídas cujos troncos e galhos se juntavam gradualmente ao solo, passamos por baixo de cachoeiras estrondosas. Quando paramos para colher algumas bagas ou beber água, foram pausas rápidas. No entanto, esses momentos sempre duravam tempo suficiente para ver de relance a cauda de um animal que corria, para sentir o cheiro intenso de uma flor ou ouvir as várias vozes de um córrego.

Fiz o possível para acompanhá-la, embora o ritmo de Rhia e minha visão em locais escuros comprometida deixassem meu peito arfando e as canelas machucadas. O pássaro continuava a apertar meu ombro o tempo todo. Comecei a duvidar de que aquelas garras algum dia me soltariam.

Quando a luz do fim da tarde jogou fachos luminosos através da teia de galhos, Rhia parou repentinamente. Eu me aproximei, ofegante, e vi que ela olhava o tronco de uma tília. Ali, em volta do centro do tronco, estava pendurada uma coroa espinhosa de um tom dourado reluzente.

— O que é aquilo? — perguntei, maravilhado.

Rhia sorriu para mim.

— Visco. O ramo dourado. Viu como ele absorve a luz do sol? Dizem que aquele que usa um manto de visco é capaz de encontrar o caminho secreto para o Outromundo.

— É lindo.

Ela concordou com a cabeça.

— O visco é a visão mais linda da floresta, só perde para o pássaro alleah de cauda longa.

Examinei a coroa reluzente.

— Parece tão diferente das outras plantas.

— E é mesmo! Não é planta, nem árvore, mas um pouco dos dois. É uma coisa intermediária.

Uma coisa intermediária, repeti para mim mesmo e me lembrei dessas palavras. Certa vez Branwen as usou para descrever aqueles lugares especiais, como o monte Olimpo dos gregos, onde mortais e imortais podiam viver lado a lado. E aquelas substâncias especiais, como a bruma, onde elementos tão distintos quanto água e ar podiam se juntar para formar algo ao mesmo tempo parecido e diferente deles mesmos. Uma coisa intermediária.

Rhia me chamou.

— Temos de ir. Precisamos andar rápido para chegarmos à minha casa antes do anoitecer.

Marchamos entre as árvores altas. Conforme a luz ficava difusa, minha capacidade de enxergar piorava, assim como meus machucados e arranhões. Apesar dos repetidos incentivos de Rhia, perdi velocidade na floresta que escurecia. Tropecei em raízes e pedras com uma frequência cada vez maior. Toda vez que eu caía, o esmerilhão enfiava as garras e guinchava tão alto com raiva que minhas orelhas doíam tanto quanto o ombro. A jornada virou uma tortura.

Em dado momento, calculei mal a distância de um galho e dei de cara com ele. O galho me espetou um dos olhos cegos. Uivei de dor, mas Rhia estava muito distante para ouvir. Então, ao tentar recuperar o equilíbrio, não vi a toca de um animal, pisei nela e torci o tornozelo.

Desabei sobre um tronco caído. O olho doía, e o tornozelo latejava. Baixei a cabeça sobre os joelhos, preparado para esperar a noite passar, se fosse necessário.

Para minha surpresa, o esmerilhão finalmente decolou. Um momento depois, arremeteu contra um rato, dividiu o pescoço da criatura em dois com uma bicada e levantou voo com a presa. O esmerilhão pousou no tronco ao meu lado e começou a atacar a refeição. Embora triste pelo rato, fiquei contente por poder esfregar o ombro dolorido, porém o alívio foi pequeno. Eu tinha certeza de que o pássaro, que continuava a me olhar mesmo enquanto comia, em breve retornaria ao seu poleiro favorito. Por que, dentre todos os lugares na floresta inteira, ele teve de escolher meu pobre ombro?

— Emrys!

— Aqui — respondi, com tristeza. Até mesmo o som da voz de Rhia não conseguiu me animar, porque eu não queria contar para ela que não era capaz de enxergar bem o suficiente para prosseguir naquela noite.

Ouvi o estalo de gravetos, e Rhia surgiu da escuridão. De repente, me dei conta de que ela não veio sozinha. Ao seu lado havia uma figura delicada, magra como um broto de árvore, cujo rosto comprido permanecia oculto nas sombras. Embora eu não tivesse certeza, a figura parecia exalar um cheiro forte, tão doce quanto flores de macieira no verão.

Fiquei de pé para me reunir a elas. O tornozelo parecia um pouco mais firme, mas eu ainda cambaleava. Com o cair da noite, a cada minuto que passava eu enxergava cada vez menos.

Rhia apontou para a companheira magra.

— Esta é Cwen, minha amiga mais antiga. Ela cuidou de mim quando jovem.

— Tão jovem que nem sequer consssseguia falar, quanto maisss ssse alimentar — sussurrou Cwen, em uma voz similar ao farfalhar do vento agitando um campo de grama seca. Em tom melancólico, acrescentou: — Você era tão jovem quanto eu sssou velha agora. — Ela apontou um braço fino e retorcido para mim. — E quem é esssse?

Naquele instante, um pio ensurdecedor e uma batida de asas ecoaram no ar, seguidos por um grito de Cwen. Rhia espantou alguma coisa com a mão e depois puxou a amiga. Eu mesmo gritei quando garras afiadas agarraram novamente o ombro esquerdo.

— Akkkhh! — chiou Cwen, enquanto olhava feio para o esmerilhão. — Aquela coisssa me atacou!

Furiosa, Rhia piou para o pássaro. No entanto, ele simplesmente inclinou a cabeça para ela e nem se importou em responder.

Rhia olhou feio para mim.

— Esse pássaro é um transtorno! Nada além de um transtorno!

Eu olhei para o ombro e concordei, abatido.

— Eu gostaria de saber como me livrar dele.

— Enfie um essspeto nele — recomendou Cwen, que se manteve afastada. — Arranque asss penasss dele!

O esmerilhão agitou as asas pontudas, e Cwen se calou.

Rhia coçou o queixo, pensativa.

— Esse pássaro me lembra uma sombra, pela maneira como grudou em você.

— Ele me lembra mais uma maldição — resmunguei.

— Escute o que vou dizer — continuou Rhia. — Existe alguma possibilidade, por menor que seja, de você ser capaz de adestrá-lo?

— Você ficou maluca?

— Estou falando sério!

— Mas por que eu iria querer adestrá-lo?

— Porque se você vier a conhecê-lo, mesmo um pouco, poderá descobrir o que ele realmente quer. Então poderá achar um jeito de se livrar dele.

Cwen deu um muxoxo de desdém.

— Besssteira.

Conforme a escuridão me envolvia, minhas esperanças se dissipavam por completo.

— Isso nunca vai dar certo.

— Você tem uma ideia melhor?

Balancei a cabeça.

— Creio que, se vou tentar adestrá-lo, e acho que teria mais sorte em domesticar um dragão, eu deveria batizá-lo primeiro.

— Certo, mas dar um nome vai ser complicado — concordou Rhia. — Precisa ser algo que combine com ele.

Eu gemi.

— Essa parte é fácil. Você mesma disse. O nome dele é Transtorno. Nada Além de um Transtorno.

— Ótimo, agora você pode começar o adestramento.

Desanimado, me voltei para a figura escura no meu ombro.

— Vamos — disse Rhia ao tomar o braço fino de Cwen. — Estamos a apenas cem passos da minha casa.

Eu me alegrei um pouco.

— Sério?

— Sim. Você é bem-vindo ali, desde que seu pássaro não seja um grande...

— Transtorno — completou Cwen.

XVI

A Porta de Arbassa

Quando Rhia nos guiou das profundezas da floresta para uma clareira próxima, notei a súbita luminosidade no céu. Então, no momento em que a teia de galhos ficou para trás, me perguntei se uma estrela estava explodindo acima de nós, enchendo o céu de fulgor. Imediatamente percebi que a luz não vinha de uma estrela, nem mesmo do céu.

Ela vinha da casa de Rhia. No centro da clareira crescia um grande carvalho, maior do que qualquer árvore que eu já havia visto. Os galhos robustos se projetavam para fora e para cima do tronco, tão grossos que pareciam ser feitos de vários troncos unidos. Instalado no meio dos galhos, brilhando como uma tocha gigante, estava um casebre suspenso cujas vigas, paredes e janelas acompanhavam os galhos retorcidos. Camadas de folhas cobriam a casa na árvore, de maneira que a luz que irradiava das janelas brilhava através de várias cortinas de vegetação.

— Arbassa. — Rhia ergueu os braços ao dizer o nome.

Em resposta, os galhos acima dela balançaram apenas o suficiente para soltar uma garoa de orvalho no rosto de Rhia, que estava voltado para o alto.

Observei Rhia se aproximar da base da árvore e senti novamente um calor no peito. Ela tirou os calçados confortáveis, que pareciam feitos de uma espécie de casca de árvore semelhante ao couro, e pisou em uma parte côncava das enormes raízes. Quando Rhia falou baixinho uma frase sibilante, a raiz aos poucos se fechou ao redor de seus pés, assim ela e a árvore ficaram plantadas juntas como um único ser. Rhia abriu bem os braços e envolveu o grande tronco, embora só conseguisse alcançar uma pequena parte da curvatura. Ao mesmo tempo, um dos enormes galhos da árvore se desdobrou como a fronde de uma samambaia e envolveu as costas de Rhia para retribuir o gesto.

Alguns momentos depois, o galho se levantou e a raiz se dividiu. Com um rangido, o tronco se dobrou, estalou e abriu uma pequena porta. Rhia abaixou a cabeça e entrou. Cwen a seguiu com um andar todo rígido.

— Venha. — Rhia fez um gesto para eu me juntar a ela.

Quando dei um passo na direção da caverna, no entanto, a árvore estremeceu. A porta na casca começou a se fechar. Rhia deu uma ordem ríspida, mas a árvore a ignorou e continuou a se fechar. Eu gritava o nome dela enquanto Transtorno batia as asas, nervoso. Apesar dos protestos de Rhia, a porta foi hermeticamente fechada.

Impotente, fiquei parado diante da árvore. Sabia tão pouco sobre o significado daquela situação quanto sobre o que fazer a respeito dela, mas uma coisa estava clara: eu fui rejeitado — sem dúvida graças ao pássaro causador de transtornos no meu ombro.

Aí o tronco se dobrou novamente. A porta se abriu outra vez. Rhia, com a cara vermelha de tanto gritar, me chamou para entrar. Dei um olhar duvidoso para o pássaro agitado e entrei na caverna escura.

Rhia não falou nada, simplesmente se virou e começou a subir a escada em espiral dentro do tronco. Eu segui e torci que Transtorno não fosse criar algum.

Os degraus retorcidos brotavam das paredes internas do tronco, de maneira que a escada inteira tinha um cheiro tão intenso e úmido quanto uma clareira depois da chuva. Ao subirmos mais alto, os degraus ficaram mais claros e revelaram um texto entalhado e complexo que fluía pelas paredes internas. Milhares de linhas desse texto escrito com letra miúda cobriam a escadaria, tão lindas quanto indecifráveis. Eu queria ser capaz de ler o que diziam.

Finalmente, chegamos a uma plataforma aberta. Rhia empurrou uma cortina de folhas e entrou na casa. Eu segui logo atrás, embora Transtorno arranhasse furiosamente com as garras as folhas que roçavam suas penas.

Eu me vi em um piso de galhos bem entrelaçados, sólido porém irregular. Um fogo ardia na lareira no meio da sala, tão intenso que me perguntei que tipo de combustível queimava lá dentro. Os galhos da grande árvore davam a volta por nós, embora não tão entrelaçados quanto o piso, de modo que as palhetas da janelas se abriam em todas as direções.

Cada peça de mobília naquela casa de um único cômodo brotava dos galhos, de maneira tão natural quanto os próprios galhos brotavam do tronco. Havia uma mesa baixa ao lado da lareira, um par de cadeiras simples, um armário que continha utensílios feitos de madeira entalhada e cera de abelha; tudo era feito de galhos retorcidos no formato das coisas. Perto do armário, Cwen mexia em alguma coisa.

Eu cheguei perto de Rhia.

— O que aconteceu aqui?

Com cuidado, ela desviou os olhos de mim para o pássaro de garras afiadas no meu ombro.

— Minha amiga Arbassa não quis deixar você entrar.

— Isso eu notei.

— Ela só faria isso por um motivo: manter fora da minha casa alguém que pudesse me fazer um grande mal

Senti uma nova onda de raiva contra Transtorno. Se a presença dele quase me impediu de entrar na casa de Rhia, será que me impediria também de encontrar meu passado, minha identidade?

— Eu queria jamais ter encontrado esse maldito pássaro.

Rhia franziu a testa.

— Sim, eu sei. — Ela fez um gesto para Cwen, ainda debruçada sobre o armário. — Venha. Vamos jantar.

A figura magra derramou algo que parecia mel sobre o preparado, uma travessa de folhas enroladas recheadas com nozes em tom de vermelho-amarronzado. A coisa inteira tinha um cheiro de assado suculento. Enquanto levava a travessa para a mesinha baixa perto da lareira, Cwen olhou feio para Transtorno.

— Eu não tenho jantar para essssa fera cruel.

Pela primeira vez, percebi que Cwen era realmente mais árvore do que humana. A pele, nodosa e cheia de sulcos, se parecia muito com a casca de uma árvore, enquanto o cabelo castanho emaranhado lembrava um aglomerado de vinhas. Os pés semelhantes a raízes permaneciam descalços, e ela não usava adereços a não ser pelos anéis de prata no menor dos 12 dedos nodosos. Debaixo do robe de tecido branco, o corpo se movimentava como uma árvore curvada pelo vento. No entanto, ela devia ter uma idade considerável, pois as costas se arqueavam como uma árvore inclinada pelo peso da neve, e o pescoço, braços e pernas pareciam retorcidos e frágeis. Mesmo assim, o aroma de flores de macieira pairava ao redor dela. E os olhos fundos e castanhos, no formato de pequenas gotas, brilhavam tanto quanto a lareira.

Mantendo-se longe de mim, e especialmente do meu passageiro, ela pousou a travessa. Cwen errou a mira, porém, e derrubou na mesa um cantil de água feito de carvalho.

— Malditasss mãosss velhasss! — Cwen pegou o cantil e levou até o armário. Enquanto ela o enchia novamente, eu a ouvi murmurar — A maldiçççção do tempo, a maldiçççção do tempo. — Cwen continuou resmungando ao voltar à mesa.

Rhia se sentou em uma das cadeiras e indicou com a cabeça que eu ficasse com a outra. Vi quando ela pegou um dos rolinhos de folha e depois o meteu no pote de mel na travessa.

Ela me deu um sorriso ligeiramente culpado.

— A doçura nunca é demais para uma pessoa.

Sorri, inclinei a cabeça na direção de Cwen e sussurrei:

— Ela não é uma pessoa como eu e você, é?

Rhia me lançou um olhar curioso.

— Uma pessoa ela certamente é, mas como nós, não. Cwen é a última sobrevivente dos arbóreos; uma raça meio árvore, meio gente. Eram muito comuns em Fincayra, na época em que os gigantes eram os senhores dessa terra, mas agora todos os arbóreos foram embora, exceto Cwen.

Ela enfiou na boca a comida que pingava mel, depois pe gou o cantil de água. Após vários goles, ofereceu para mim.

Uma vez que àquela altura eu já tinha provado alguns rolinhos e os achei tão grudentos a ponto de serem difíceis de mastigar, aceitei feliz a água.

Quando recoloquei o cantil na mesa, notei que o fogo, embora intenso, não produzia fumaça ou calor. De imediato entendi que aquele não era realmente um fogo. Milhares de besouros minúsculos, que pulsavam com luz própria rastejavam no centro da lareira sobre uma pilha de redondas pedras do rio. Elas pareciam ser o lar dos besouros, pois eles rastejavam sobre as pedras sem parar, como abelhas em uma colmeia. Enquanto cada um dos besouros representava apenas um único e tênue foco de luz, reunidos eles produziam um brilho poderoso que iluminava a casa inteira.

Quando finalmente engoli a comida grudenta, Transtorno se ajeitou no meu ombro e enfiou profundamente as garras na minha pele. Gritei, depois me virei com raiva para ele.

— Por que você me castiga assim? Saia do meu ombro, estou mandando! Saia!

Transtorno simplesmente me encarou sem piscar.

Eu me voltei para Rhia.

— Como vou conseguir domesticá-lo? Nem mesmo o Galator conseguiria.

Cwen, que estava perto de uma das janelas, ficou tensa.

Pego desprevenido, toquei instintivamente na túnica sobre o peito e senti o pingente pendurado por baixo. Então, ao perceber o que tinha feito, tentei disfarçar o gesto da melhor maneira possível, levei a mão ao ombro livre para coçá-lo. Com um tom casual de voz, falei com Rhia:

— Não seria maravilhoso encontrar algo mágico como o Galator? Porém, se um dia o encontrasse, eu não o desperdiçaria com o pássaro. Eu o usaria para dar um jeito no meu corpo dolorido.

Rhia concordou com compaixão.

— Onde está doendo?

— Nas pernas, principalmente, mas também sinto uma dor entre as omoplatas. Ela está comigo desde que me entendo por gente.

Rhia ergueu as sobrancelhas, mas permaneceu em silêncio. De alguma maneira tive a impressão de que ela também sabia mais do que dizia.

Ela enfiou as mãos debaixo da mesa e puxou dois pequenos cobertores prateados, feitos com o linho mais delicado que já vira. Rhia abriu um cobertor sobre as coxas e depois me passou o outro.

— Uma boa noite de sono vai ajudar.

Examinei o cobertor cintilante diante da luz.

— Que tecido é esse?

— É seda feita por mariposas.

— Mariposas? Você está de brincadeira.

Ela sorriu.

— A seda das mariposas é tão quente quanto leve. Experimente.

Cwen se aproximou, mantendo uma distância segura do falcão.

— SSSerá que uma cançççção sssseria calmante para vocccê?

— Por favor — pediu Rhia. — Isso me lembra todas as vezes que você cantou para mim quando pequena.

Cwen assentiu, os olhos em formato de gotícula permaneceram sem expressão.

— Vou cantar uma cançççção que fazzzzia voccccê dormir.

Quando ela passou uma mão fina sobre os besouros brilhantes, a luz deles diminuiu. Então, como uma velha árvore que se curva ao vento, Cwen começou a projetar um som vibrante e ondulante que oscilava, repetindo um padrão reconfortante contínuo. Era quase uma voz, embora não fosse isso exatamente. O som sem palavras nos envolvia, nos persuadia a relaxar, a nos entregarmos. Coloquei o cobertor sobre o peito e me recostei na cadeira, meus olhos pesados. Rhia, pude notar, já estava dormindo, e até mesmo a cabeça de Transtorno estava baixa sobre o peito. Observei os movimentos fluidos de Cwen por um tempo, mas não demorou muito para eu também cair no sono.

Sonhei que estava deitado sozinho e que dormia profundamente em uma densa floresta. Árvores altas me cercavam e se dobravam ao vento. Mel pingava em minha boca, vindo de alguma parte. Então, repentinamente, apareciam inimigos. Eu não conseguia vê-los. Mas conseguia senti-los. Eles estavam escondidos nas árvores. Ou talvez fossem as próprias árvores! Pior ainda, por mais que eu tentasse, não conseguia acordar, nem mesmo para me proteger. Devagar, uma das árvores finas e retorcidas se debruçou sobre meu corpo adormecido e enfiou um galho semelhante a um dedo dentro da túnica. *O Galator. Ela quer o Galator*. Com um esforço supremo, consegui despertar.

Continuava sentado na cadeira próxima à lareira de brilho tênue. O cobertor de seda havia caído no chão, ao meu lado. Levei a mão ao Galator e fiquei aliviado ao sentir que ainda estava ali, debaixo da túnica. Prestei atenção e ouvi o som esporádico de pássaros lá fora, o que indicava que o nascer do sol aconteceria em mais ou menos uma hora. Rhia dormia encolhida como uma bola na cadeira, enquanto Cwen roncava, deitada no chão ao lado do armário. Transtorno estava sentado no meu ombro com os olhos de bordas amarelas bem abertos.

Eu me perguntei se a própria Arbassa dormia alguma vez. Mesmo agora, enquanto nos segurava nos braços, será que ela continuava observando o falcão com preocupação? Eu queria poder perguntar à grande árvore se Fincayra continha as respostas às minhas perguntas. Será que havia chegado a hora de ir embora da floresta Druma e explorar outras partes da ilha? Ou eu deveria construir um novo barco para procurar outro lugar completamente desconhecido?

Suspirei. Porque eu soube novamente, naquela hora antes do amanhecer, que realmente sabia muito pouco.

XVII

O PÁSSARO ALLEAH

Rhia soltou um guincho de repente. Ela se sentou rígida na cadeira, sem se mexer, sem respirar. Mesmo a luz dourada do nascer do sol, que entrava pelas janelas e banhava sua roupa de vinhas e folhas, não fora capaz de esconder a expressão de horror no rosto.

Pulei da cadeira.

— Algo de errado?

Seus olhos arregalados encararam os meus.

— Tudo.

— O que quer dizer?

Ela balançou a floresta de cachos na cabeça.

— Um sonho. Tão real como se estivesse realmente acontecendo. — Respirou fundo. — Ele me assustou.

Eu a observei e me lembrei do meu sonho.

A forma magra de Cwen se aproximou.

— Que sssonho foi essssse?

Rhia se voltou para ela.

— Toda noite sonho com a Druma. Sempre.

— E daí? Eu também sssonho.

— É sempre um sonho plácido. Sempre reconfortante. Sempre... familiar. Mesmo quando vou dormir preocupada com os problemas em outras partes de Fincayra, que acontecem cada vez mais, sei que sempre posso ter paz nos sonhos com a Druma.

Cwen torceu as mãos nodosas.

— Voccccê não me pareccccce muito em pazzzz agora.

— Não estou! — Os olhos de Rhia ficaram horrorizados novamente. — Ontem à noite sonhei que toda a Druma, todas as árvores, as samambaias, os animais, as pedras começaram a sangrar! Sangrar até morrer! Eu tentava sem parar, mas não conseguia fazer nada para impedir. A floresta estava morrendo! O céu escureceu. Tudo ficou da cor de sangue seco. Cor de...

— Ferrugem — completei. — Da mesma cor do outro lado do rio.

Rhia concordou com uma expressão séria, depois saiu da cadeira e foi até a parede do lado leste, onde raios lilases e róseos agora se misturavam aos dourados. Ela colocou as mãos nos dois lados de uma janela e contemplou a aurora.

— Há meses tento me convencer de que a doença do outro lado do rio Incessante jamais chegaria à Druma, que apenas as Terras Arruinadas cairiam, não Fincayra inteira.

— Isssso esssstá muito errado — comentou Cwen. — Em todossss ossss meussss anossss, que ssssão muitossss, nunca sssssenti que a Druma essssstivessssse correndo tal perigo. Nunca! Se formossss sssobreviver, temossss de arrumar nova forççça, não importa a fonte. — A última frase soou meio assustadora, embora não soubesse por quê.

Rhia franziu a testa.

— Isso também fez parte do meu sonho. — Ela fez uma pausa para pensar. — Um estranho entrou na floresta. Um estranho que ninguém conhecia. Ele tinha uma espécie de poder... — Rhia voltou o rosto para mim. — E ele, apenas ele, podia salvar a Druma.

Fiquei lívido.

— Eu?

— Não tenho certeza. Acordei antes de conseguir ver o rosto dele.

— Bem, não sou seu salvador. Isso é certo.

Rhia me observou com atenção, mas não falou nada.

As garras de Transtorno apertaram meu ombro com mais força.

Eu me virei para Cwen e depois voltei para Rhia.

— Vocês estão equivocadas! Muito equivocadas. Uma vez eu tinha... mas não posso... não posso fazer nada assim! E mesmo que pudesse, tenho minha jornada para seguir. — Balancei o braço esquerdo. — Apesar desse pássaro em mim.

— Ssssua jornada? — reclamou Cwen. — Então voccccê não sssse importa com ossss outrossss?

— Eu não disse isso.

— Disse sim. — Rhia me encarou seriamente. — Você se importa mais com a própria jornada do que com a Druma.

— Se você coloca nesses termos, sim. — Minhas bochechas ardiam. — Você não entende? Tenho de encontrar meu passado! Meu nome! A última coisa de que preciso é me envolver em seja lá o que esteja acontecendo aqui. Você não pode me pedir que eu abandone a minha jornada apenas porque teve um sonho ruim!

Ela me olhou feio.

— E até onde sua jornada teria ido se a Druma não tivesse sido gentil com você?

— Teria ido longe o suficiente. Cheguei aqui por conta própria, não foi?

— Você me lembra um bebê que diz que se alimenta por conta própria.

— Eu não sou um bebê!

Rhia suspirou fundo.

— Ouça. Sou a única criatura da minha espécie que vive nesta floresta. Nenhum outro homem, mulher ou criança pode ser encontrado aqui, a não ser o raro estranho que entra escondido, como você fez. Mas será que eu penso, mesmo por um instante, que vivo sozinha aqui? Que eu teria conseguido sobreviver sem os demais, como Arbassa, Cwen ou o pássaro alleah, cuja beleza valorizo mesmo sem jamais ter tido a sorte de vê-lo novamente? Se a Druma está enrascada, então todos nós estamos enrascados. E estou enrascada também.

Ela abriu as mãos para mim e implorou:

— Por favor. Você vai ajudar?

Virei o rosto.

— Ele não vai nossss ajudar — disparou Cwen.

Rhia foi até a entrada da escadaria.

— Venha. Quero que você veja o que mais vai morrer se a Druma morrer.

Quando Rhia começou a descer os degraus dentro do tronco de Arbassa, eu a segui, só que hesitante, porque sentia cada vez mais que minha jornada pessoal me levaria para outro lugar — para outras partes de Fincayra, e talvez além. De qualquer forma, para lugares longe da Druma. E mesmo que eu permanecesse ali por um tempo, como poderia tentar ajudar Rhia sem passar pela tentação de apelar para meus poderes proibidos? Balancei a cabeça, certo de que nossa nova amizade já estava perdida.

Olhei para Cwen, atrás de mim. Ela não demonstrava emoção alguma diante da minha partida — com uma exceção. Os olhos em forma de lágrima encaravam Transtorno com raiva e deixavam claro que ela estava contente por ver o pássaro irascível ir embora. Como se em resposta, ele levantou uma pata e arranhou o ar com fúria na direção dela.

Ao descer a escada, senti o cheiro úmido familiar, ao mesmo tempo duvidando que voltaria a estar ali, na grande árvore. Parei para examinar o texto curioso que cobria as paredes de Arbassa.

Rhia, já ao pé da escada, me chamou.

— Vamos.

— Só estou dando uma última olhada nesse texto.

Mesmo sob a luz difusa da escadaria, ficou claro que ela estava intrigada.

— Texto? Que texto?

— Aqui na parede. Você não vê?

Ela subiu de novo até mim. Depois de olhar para o ponto onde apontei, pareceu confusa, como se não visse nada ali.

— Você consegue ler o texto?

— Não.

— Mas pode vê-lo.

— Sim.

Por um momento ela me examinou.

— Tem algo diferente na maneira como você enxerga, não é?

Assenti.

— Você enxerga sem os olhos.

Repeti o gesto.

— E você consegue enxergar algo que eu não consigo *com* os olhos. — Rhia mordeu o lábio. — Agora eu conheço você menos ainda do que quando o encontrei pela primeira vez.

— Talvez seja melhor que você continue sem me conhecer.

Transtorno bateu as asas, nervoso.

— Ele não gosta daqui — comentou Rhia ao descer a escada.

Eu segui.

— O pássaro provavelmente sabe o que Arbassa pensa a respeito dele. — Depois de uma pausa, acrescentei — Sem falar no que eu penso a respeito dele.

A porta rangeu, depois se abriu. Nós saímos na luz da manhã espalhada pelos altos galhos frondosos, e a passagem se fechou imediatamente.

Rhia olhou para os galhos grossos de Arbassa, depois entrou rapidamente na floresta. Conforme eu seguia, os passos faziam Transtorno chacoalhar, por isso ele cravou ainda mais as garras em mim.

Pouco tempo depois, ela chegou a uma enorme faia com a casca cinza, curvada pela idade.

— Venha aqui. Tenho algo para mostrar.

Eu me aproximei. Rhia colocou a mão espalmada contra o tronco.

— Nenhuma árvore é tão disposta a falar quanto uma faia, especialmente uma anciã. Escute.

Ela olhou para os galhos no alto e começou a fazer um som lento e assobiante com a voz. Imediatamente, os galhos começaram a se mexer em resposta e sussurraram baixinho. Conforme Rhia variava o ritmo, tom e volume, a árvore parecia responder na mesma medida. Logo a garota e a árvore estavam envolvidas em uma animada conversa.

Depois de um tempo, Rhia se voltou para mim e falou novamente em nossa própria língua.

— Agora tente você.

— Eu?

— Você. Primeiro coloque a mão no tronco.

Ainda hesitante, obedeci.

— Agora, antes de falar, escute.

— Já ouvi os galhos.

— Não ouça com os ouvidos, ouça com a *mão*.

Minha mão estava espalmada nas curvas do tronco; os dedos se juntaram à casca fria e lisa. Num instante senti uma vaga pulsação na ponta dos dedos, que tomou conta da mão progressivamente e depois subiu pelo braço. Eu quase conseguia sentir o ritmo sutil do ar e da terra fluindo pelo corpo da árvore, um ritmo combinado ao poder de uma onda do oceano que surgia com a delicadeza da respiração de uma criança pequena.

Sem pensar, comecei a emitir um som assobiante como Rhia. Para minha surpresa, os galhos responderam, balançando graciosamente acima de mim. Um sussurro agitou o ar. Quase sorri ao saber que, embora não compreendesse as palavras, a árvore realmente conversava comigo.

Falei para Rhia e para a velha faia:

— Um dia eu gostaria de aprender essa língua.

— Ela não lhe servirá de nada se a Druma morrer. Apenas aqui as árvores de Fincayra ainda estão acordadas o suficiente para falar.

Arqueei os ombros.

— O que eu posso fazer por você? Já disse que não sou a pessoa do seu sonho.

— Esqueça meu sonho! Existe algo incrível em você. Algo... especial.

As palavras de Rhia me emocionaram. Mesmo que eu não acreditasse de fato, foi importante ela ter dito aquilo. Pela primeira vez em séculos, pensei em mim sentado na grama, concentrado na flor enquanto abria suas pétalas uma por uma. Então me lembrei do caminho para o qual aquilo me levou e tremi.

— Antigamente havia algo especial, mas aquela parte de mim se foi.

Ela franziu ainda mais os olhos azul-acinzentados.

— O que quer que possua está com você agora.

— Tenho apenas a mim e minha jornada, que provavelmente me levará para bem longe daqui.

Determinada, ela balançou a cabeça.

— Isso não é tudo que você tem.

Imediatamente entendi do que Rhia devia estar falando. O Galator! Ela não me queria, afinal de contas. Queria o pingente que eu usava, cujo poder eu não havia começado a entender. Não importava como ela havia concluído que eu portava o Galator. O que importava é que ela sabia, de alguma forma. Como fui tolo ao acreditar, mesmo por um instante, que Rhia tinha visto algo especial em mim, na minha pessoa, em vez do meu pingente.

— Você realmente não me quer — rosnei.

Ela fez uma expressão zombeteira.

— Você acha que não?

Antes que eu pudesse responder, Transtorno cravou as garras no meu ombro com uma força repentina. Fiz uma careta de dor. Foi tudo o que pude fazer para evitar bater no pássaro, mas eu sabia que ele poderia me atacar com tanta ferocidade quanto atacou o rato assassino no córrego. Tudo o que podia fazer era tentar tolerar a dor enquanto me desesperava por ele ter me escolhido como poleiro. Mas por que ele me escolhera? O que ele realmente queria? Eu não fazia a mínima ideia.

— Veja! — Rhia apontou para um lampejo vermelho e iridescente que desapareceu nas árvores. — O pássaro alleah!

Ela começou a ir na direção da ave, depois parou e olhou para mim.

— Venha! Vamos nos aproximar. O pássaro alleah é sinal de boa sorte! Eu não vejo um há anos.

Dito isso, Rhia correu atrás do pássaro. Notei que o vento pareceu passar entre as árvores naquele mesmo instante, o que causou um intenso falatório dos galhos. No entanto, se eles realmente disseram alguma coisa, Rhia não prestou atenção. Eu a segui, correndo.

Nós perseguíamos o pássaro por galhos caídos e samambaias-de-metro. A cada vez que chegávamos perto o bastante para vê-lo melhor, ele disparava em um clarão de cores brilhantes e mostrava apenas as plumas da cauda para nos fazer querer ver mais.

Finalmente o pássaro alleah pousou em um galho baixo em um grupo de árvores mortas. Provavelmente escolhera se empoleirar ali porque os galhos vivos e flexíveis ao redor balançavam freneticamente ao vento. Pela primeira vez, nenhuma folha cobria suas penas reluzentes. Rhia e eu, ofegantes por persegui-lo, ficamos totalmente imóveis enquanto examinávamos a crista roxa flamejante na cabeça da ave e as explosões escarlates ao longo da cauda.

Rhia mal conseguia conter a empolgação.

— Vamos ver o quanto conseguimos nos aproximar. — Ela começou a chegar perto de mansinho e empurrou um galho morto.

De repente, Transtorno soltou um pio agudo. Enquanto eu me encolhia pela explosão no ouvido, o falcão alçava voo. Meu coração teve um sobressalto quando me dei conta de que Transtorno tinha a intenção de atacar o belo pássaro.

— Não! — gritei.

Rhia sacudia os braços freneticamente.

— Pare! Pare!

O esmerilhão não prestou atenção. Com outro pio terrível, disparou na presa como uma flecha. O pássaro alleah, surpreendido, guinchou de dor quando Transtorno cravou as garras no pescoço macio e bicou seus olhos. Ainda assim, o pássaro alleah revidou com uma ferocidade surpreendente. O galho se partiu debaixo deles. Em meio às penas que voavam, os dois pássaros caíram no chão.

Rhia correu na frente, e eu a segui. Ao chegarmos ao ponto, ambos enrijecemos.

Diante de nós, sobre as folhas marrons, Transtorno, com as garras manchadas de sangue, estava em cima do corpo da presa inerte. Notei que o pássaro alleah parecia ter apenas uma pata. A outra provavelmente fora arrancada no ataque. Fiquei revoltado ao ver aquelas penas caídas, aquelas asas reluzentes que jamais voariam novamente.

Então, enquanto assistíamos espantados, o pássaro alleah começou uma metamorfose. Ao se transformar, saiu da antiga pele, muito parecido com uma cobra na muda. O gesto deixou para trás uma pele frágil, quase transparente, marcada por pontas onde ficavam as penas. Enquanto isso, as asas do pássaro se evaporavam conforme a cauda plumosa se transformava em um longo corpo sinuoso coberto por escamas vermelhas foscas. A cabeça cresceu e desenvolveu mandíbulas enormes, cheias de dentes irregulares que poderiam arrancar a mão de alguém facilmente. Apenas os olhos, tão vermelhos quanto as escamas, permaneceram inalterados. A criatura sinuosa estava morta, com a pele fina do antigo corpo presa ao lado.

Segurei Rhia pelo braço.

— O que isso significa?

Com o rosto lívido, ela se voltou lentamente para mim.

— Significa que seu falcão salvou nossas vidas.

— O que era aquela... coisa?

— Aquilo é, melhor dizendo, era um espectro mutante. Pode se transformar em qualquer forma que desejar, por isso é especialmente perigoso.

— Aquelas mandíbulas me parecem bastante perigosas.

Rhia fechou a cara e cutucou a pele caída com um graveto.

— Como eu disse, um espectro mutante pode se transformar em qualquer coisa, mas sempre existe um defeito, algo que o entrega se a pessoa olhar atentamente.

— O pássaro tinha apenas uma perna.

Rhia gesticulou na direção dos galhos que ainda sussurravam atrás do grupo de árvores mortas.

— As árvores tentaram me avisar, mas não prestei atenção. Um espectro mutante na Druma! Isso nunca tinha acontecido. Ah, Emrys... meu sonho está se tornando realidade diante dos meus olhos!

Eu me abaixei e estendi a mão para o esmerilhão, que agora limpava as asas com o bico. Transtorno inclinou a cabeça para um lado, depois para o outro, então pulou no meu pulso à espera. Com passos rápidos, ele subiu de lado pelo braço e novamente se sentou no meu ombro. Desta vez, porém, o peso não parecia tão incômodo.

Encarei Rhia, cuja testa estava franzida devido ao mau pressentimento.

— Todos nós estávamos errados a respeito desse pequeno guerreiro. Até mesmo Arbassa estava errada.

Ela balançou a cabeça.

— Arbassa não estava errada.

— Mas...

— Quando Arbassa fechou a porta, não foi para impedir que o esmerilhão entrasse. — Ela respirou fundo. — Foi para impedir *você*.

Eu dei um passo para trás.

— A árvore acha que posso ser perigoso para você?

— Isso mesmo.

— Você acredita nisso?

— Sim, mas decidi deixar que você entrasse mesmo assim.

— Por quê? Aquilo foi antes do seu sonho.

Ela me observou com curiosidade.

— Um dia, talvez, eu conte para você.

XVIII

O Nome do Rei

Minha segunda visão foi da pele do espectro mutante, tão quebradiça quanto uma folha seca, para os galhos vivos e sussurrantes da Druma.

— Conte o que está acontecendo com Fincayra.

Rhia franziu a testa, o que era uma expressão fora do normal para ela.

— Sei apenas um pouco, o que as árvores me informaram.

— Conte o que sabe.

Rhia esticou a mão para mim e enroscou um dedo indicador em um dos meus.

— A história me lembra um cesto de bagas doces que ficaram azedas. Azedas demais para comer. — Ela suspirou. — Há alguns anos, coisas estranhas, melhor dizendo, coisas ruins começaram a acontecer. As terras a leste do rio, antigamente tão verdejantes e cheias de vida quanto esta floresta, cederem à Ruína. À medida que a terra escurecia, o mesmo acontecia com o céu, mas até hoje a Druma sempre esteve a salvo. Seu poder era forte demais, nenhum inimigo se atrevia a entrar. Até agora.

— Quantos espectros existem?

Transtorno bateu as asas, depois ficou quieto novamente.

Ela franziu ainda mais a testa.

— Não sei, mas os espectros mutantes nem são nossos piores inimigos. Existem os guerreiros goblins, que costumavam ficar no subterrâneo, em suas cavernas, porém agora correm soltos e matam apenas por diversão. Existem os necrontes, guerreiros mortos-vivos que guardam o Castelo Oculto. E existe Stangmar, o rei que governa todos eles.

À menção daquele nome, os galhos vivos em volta das árvores mortas começaram a tremer e a estalar. Quando finalmente ficaram quietos, perguntei:

— Quem é esse rei?

Rhia mordeu o lábio.

— Stangmar é terrível, terrível demais para ser descrito. É difícil de acreditar, mas ouvi as árvores dizerem que Stangmar não era tão perverso quando surgiu e adquiriu poder. Naquela época, às vezes ele cruzava a Druma em seu grande cavalo negro e até parava para ouvir as vozes da floresta. Então alguma coisa aconteceu com Stangmar que o fez mudar. Ninguém sabe o que foi. Ele destruiu o próprio castelo, um lugar de música e amizade, e no mesmo local construiu o Castelo Oculto, um lugar de crueldade e terror.

Rhia fez uma pose séria por um momento ao se sentar.

— Ele fica bem a leste, no mais sombrio dos Morros Sombrios, onde a noite nunca termina. Não sei de ninguém, além dos servos do rei, que tenha ido lá e voltado com vida. Ninguém! Portanto, é difícil saber a verdade. No entanto... dizem que o castelo está sempre às escuras e sempre girando, tão depressa que ninguém conseguiria atacá-lo.

Enrijeci, me lembrando do sonho no mar. Mesmo agora, aquele castelo parecia real demais.

— Enquanto isso, Stangmar envenenou grande parte de Fincayra. Todas as terras a leste da Druma e algumas ao sul foram *purificadas*, como diriam aqueles leais a ele. O que isso realmente quer dizer é que o medo, um medo frio e sem vida, cobriu tudo. Ele me lembra a neve, só que a neve é bonita. Vilarejos queimaram. Árvores e rios estão calados. Animais e pássaros morreram. E os gigantes foram embora.

— Gigantes?

Os olhos de Rhia arderam com raiva.

— Nosso primeiro e mais antigo povo. Gigantes de todas as terras consideram Fincayra seu lar ancestral. Mesmo antes de os rios começarem a descer das montanhas, as pegadas dos gigantes marcavam Fincayra. Muito antes de Arbassa germinar como uma semente, os cânticos retumbantes ecoavam sobre as cordilheiras e florestas. Mesmo agora, a Lledra, o cântico mais antigo dos gigantes, é a primeira canção que muitos bebês sempre ouvirão.

A Lledra. Será que eu já ouvi esse nome antes? Ele me parecia familiar, de alguma forma. Mas como era possível? A não ser, talvez, que fosse um dos cânticos de Branwen.

— Nossos gigantes conseguem ser mais altos do que uma árvore ou mesmo uma encosta de morro. No entanto, com o passar das eras, eles se mantiveram pacíficos, exceto há muito tempo, nas Guerras de Terror, quando os goblins tentaram tomar Varigal, a antiga cidade dos gigantes. Geralmente, a não ser que alguém os irrite, eles são gentis como borboletas.

Rhia bateu o pé no chão.

— Porém, há alguns anos, Stangmar deu uma ordem, por alguma razão que só ele conhece, para matar os gigantes onde quer que estivessem. Desde então, eles são caçados implacavelmente pelos soldados de Stangmar. Embora sejam necessários vinte ou mais soldados para matar apenas um gigante, eles quase conseguiram. A cidade de Varigal, ouvi dizer, hoje é uma ruína. É possível que alguns gigantes ainda sobrevivam, disfarçados como penhascos ou precipícios, mas eles devem permanecer sempre escondidos, temendo pelas próprias vidas. Em todas as minhas viagens pela Druma, jamais vi um gigante sequer.

Olhei para o cadáver do espectro mutante.

— Não existe maneira de deter esse rei?

— Se existe, ninguém encontrou! Seus poderes são enormes. Além do exército, ele reuniu quase todos os Tesouros de Fincayra.

— O que são eles?

— Objetos mágicos. Poderosos. Os Tesouros sempre foram usados em benefício da terra e de todas as suas criaturas, não apenas de uma pessoa; porém, não é mais assim. Agora são dele: o Globo de Fogo, o Invocador dos Sonhos, as Sete Ferramentas da Sabedoria. A espada chamada Cortefundo, com dois gumes, um que corta até a alma e outro que é capaz de curar qualquer ferimento. O tesouro mais lindo, a Harpa Florescente, cuja música traz a primavera para qualquer campina ou encosta. E o mais detestável, o Caldeirão da Morte.

A voz de Rhia virou um sussurro.

— Apenas um dos lendários Tesouros ainda não caiu nas mãos dele. Aquele cujo poder dizem ser maior do que todo o restante combinado. O Tesouro chamado Galator.

Debaixo da túnica, meu coração pulsou de encontro ao pingente.

O dedo de Rhia apertou o meu com mais força.

— Ouvi as árvores dizerem que Stangmar desistiu de procurar o Galator, que o Tesouro desapareceu de Fincayra há alguns anos. Porém, também escutei que ele ainda procura por algo que tornará seu poder completo; algo que chama de *o último Tesouro*. Isso só pode significar uma coisa.

— O Galator?

Rhia concordou vagarosamente.

— Qualquer um que saiba onde está escondido corre o maior de todos os perigos.

Não deixei de notar o aviso.

— Você sabe que está comigo.

— Sim, sei — respondeu ela, com calma.

— E acha que o Galator poderia ajudar a salvar a Druma.

Ela contraiu os lábios, pensativa.

— Poderia ou não. Apenas o próprio Galator pode dizer. Mas ainda acho que *você* pode ajudar.

Dei um passo para trás e enfiei o pescoço em um galho quebrado. Transtorno piou em reprovação.

No entanto, a dor no pescoço, assim como a no ouvido, não me distraía porque ouvi na voz de Rhia aquela determinada coisa que não me permiti escutar antes. Ela realmente via algo de valor em mim! Eu tinha certeza de que Rhia estava errada, mas sua fé era um tipo de tesouro em si, tão precioso à sua maneira quanto aquele em volta do meu pescoço.

As palavras ecoavam na mente. *Tão precioso à sua maneira quanto aquele em volta do meu pescoço.* De repente me dei conta de que tinha minha pista! Aquela que eu procurava!

Até então presumi que o Galator fosse simplesmente conhecido em Fincayra — não que *pertencesse* verdadeiramente a Fincayra. Agora eu sabia a verdade. Ele era o mais poderoso dos antigos Tesouros dessa terra. E talvez tivesse desaparecido na mesma época em que Branwen e eu aparecemos na praia de Gwynedd. Se ao menos eu conseguisse descobrir como o Galator fora parar nas mãos de Branwen, ou pelo menos saber um pouco mais de seus segredos, eu igualmente poderia saber um pouco dos meus segredos também.

— O que mais você sabe a respeito do Galator?

Rhia soltou minha mão.

— Nada. E agora preciso ir. Com ou sem você.

— Para onde?

Ela começou a falar, depois parou e prestou atenção. Transtorno, firme no meu ombro esquerdo, também parou.

O cabelo castanho solto de Rhia se mexeu como os galhos quando um novo vento atravessou a floresta. Conforme ela endurecia a expressão ao se concentrar, me perguntava se algum dia sua gargalhada como sinos voltaria a ecoar entre aquelas árvores. O som crescia progressivamente, um coro de assobios e rangidos, de batuque e gemidos.

Quando o vento diminuiu, ela se inclinou na minha direção.

— Goblins foram vistos na floresta! Não tenho tempo a perder. — Ela pegou uma dobra da minha túnica. — Você vem? Vai me ajudar a encontrar um jeito de salvar a Druma?

Eu hesitei.

— Rhia... Sinto muito. O Galator. Eu preciso descobrir mais a respeito dele! Não entende?

Rhia comprimiu os olhos. Sem se despedir, deu meia-volta para ir embora.

Eu fui até ela e agarrei uma vinha de sua manga.

— Tudo de bom para você.

— E tudo de bom para você — disse ela, com frieza.

Um estardalhaço surgiu de repente do matagal atrás de nós. Eu e Rhia nos viramos e vimos um jovem cervo com uma pequena galhada na cabeça cor de bronze. Ele pulou sobre uns galhos caídos, ansioso para escapar de alguma coisa. Por uma fração de segundo, vi de relance um de seus olhos castanhos, escuro e profundo, cheio de medo.

Fiquei tenso ao me lembrar da primeira vez em que vi um cervo. No entanto, naquela vez o medo estava nos meus próprios olhos. E na outra ocasião o cervo fez o possível para me ajudar.

Rhia se soltou de mim e começou a ir embora.

— Espere! Vou com você.

O rosto inteiro dela ganhou uma expressão radiante.

— Você vem?

— Sim... mas até que nossos caminhos se separem.

Ela assentiu.

— Por algum tempo, então?

— E aonde estamos indo?

— Encontrar a única criatura em toda a Druma que pode saber o que fazer. Aquela chamada de a Grande Elusa.

Por algum motivo, não tive certeza se gostei do som daquele nome.

XIX

Mel

Tão veloz quanto o cervo, Rhia disparou. Embora minhas pernas estivessem doloridas, fiz o possível para acompanhá-la através da mata fechada e pelas margens cheias de musgo dos córregos. Mesmo assim, ela geralmente tinha de parar e esperar por mim.

Como o sol estava bem acima de nós e mandava raios de luz para o solo da floresta, eu conseguia enxergar os obstáculos com muito mais facilidade do que na noite anterior. Mesmo assim, tropeçava tanto que Transtorno finalmente saiu do meu ombro. Ele permaneceu por perto, voando de galho em galho. Enquanto meu ombro se sentia grato pela fola, não me ressentia pelo olhar vigilante dele como fizera havia não muito tempo.

Animais de todos os tipos estavam em fuga. Pássaros com pequenos corpos cinzentos ou asas verdes brilhantes ou enormes bicos amarelos voavam por cima de nós, às vezes em revoadas, outras, sozinhos. Esquilos de olhos grandes, castores, uma corça com seu filhote, e uma cobra dourada também passaram por mim. Ao longe, lobos uivavam. Em um dado momento, uma figura enorme, negra como a noite, saiu calmamente do arvoredo. Enrijeci de medo até que duas figuras menores apareceram logo atrás — e notei que havia encontrado uma família de ursos. Todas aquelas criaturas tinham a mesma expressão de medo que vira no cervo. E todas elas, ao que parecia, iam na direção oposta a mim e Rhia.

Ao fim da manhã, parei com a testa pingando de suor em uma clareira à sombra. Cedros, muito velhos pela aparência, formavam um círculo perfeito. As cascas tinham tanto mato desgrenhado que à primeira vista eles poderiam ser confundidos com uma reunião de velhos com longas cabeleiras e barbas que desciam pelos corpos recurvados. Até mesmo o som do agitar suave de seus galhos parecia diferente dos sussurros das outras árvores. Estava mais para pessoas em um funeral, cantarolando um lamento solene e triste.

Então notei no centro da clareira um montinho estreito de terra. Não era mais largo do que meu corpo e tinha pelo menos duas vezes a minha altura em comprimento. O montinho era cercado por pedras redondas e lisas que reluziam como gelo azul. Com cautela, me aproximei.

Transtorno voou de volta para o meu ombro. Mas em vez de se empoleirar como de costume, ficou caminhando com passos agitados e nítidos.

Prendi a respiração. *Já estive aqui antes.* Tive essa ideia — essa convicção — em um instante passageiro. Como o cheiro de uma flor que aparece e depois some antes que a pessoa descubra a fonte, uma leve lembrança passou de raspão por mim e foi embora. Talvez fosse apenas um sonho ou a lembrança de um sonho. No entanto, não conseguia evitar a sensação, que de alguma forma eu não conseguia identificar bem, de que aquele montinho dentro do círculo de cedros era familiar.

— Emrys! Vamos!

O chamado de Rhia me trouxe de volta ao presente. Com uma última olhadela para o montinho e os cedros tristes, saí da clareira. Pouco tempo depois, não conseguia mais ouvir o estranho zumbido, mas ele continuava a atormentar os recônditos mais escuros da minha mente.

O terreno foi ficando cada vez mais úmido. Sapos grasnavam e coaxavam tão alto que às vezes eu não conseguia nem mesmo ouvir a própria respiração. Garças, garças-azuis e outras aves aquáticas chamavam umas às outras em sinistras vozes que ecoavam. O ar começou a recender a coisas podres. Finalmente vi Rhia, parada ao lado da grama alta na beira de um trecho escuro de terra. Um pântano.

Ela me chamou com impaciência.

— Vamos.

Olhei desconfiado para o pântano.

— Temos de cruzar isso aí?

— É o caminho mais rápido.

— Tem certeza?

— Não, mas nosso tempo está se esgotando. Você viu todos os animais em fuga? Se der certo, o pântano vai nos poupar uma hora ou mais. Exatamente do outro lado do pântano estão os morros da Grande Elusa.

Rhia se virou para atravessar o pântano, mas eu a segurei pelo braço.

— O que *é* a Grande Elusa, exatamente?

Ela se soltou.

— Eu realmente não sei! A verdadeira identidade dela é um segredo, até mesmo para Arbassa. Tudo o que sei é que as lendas dizem que ela mora entre as pedras vivas dos

Morros Brumosos, que sabe coisas que mais ninguém sabe, incluindo algumas que ainda não aconteceram. E que ela é velha, muito velha. Até ouvi que a Grande Elusa estava presente quando Dagda esculpiu o primeiro gigante da encosta de uma montanha.

— Você falou... pedras vivas?

— É assim que elas são chamadas. Não sei por quê.

Olhei para a escuridão cheia de árvores mortas e poças de água podre. Uma garça-azul berrou ao longe.

— Você tem certeza de que essa criatura vai nos ajudar?

— Não... mas pode ser que ajude. Quero dizer, se ela não nos comer primeiro.

Eu tremi.

— Nos comer?

— As lendas dizem que ela está sempre com fome e que é mais feroz do que um gigante acuado.

Transtorno inclinou a cabeça na direção de Rhia e soltou um longo pio.

Rhia ergueu as sobrancelhas.

— O que foi?

— Transtorno prometeu nos proteger, mas essa é a primeira vez que ouço um tom de preocupação na voz dele.

Fiz um muxoxo.

— Eu tenho pena da Grande Elusa se ela tentar comer Transtorno. Esse pássaro não conhece o significado do medo.

— É por isso que não estou contente por ouvi-lo preocupado.

Dito isso, Rhia se voltou novamente para o pântano. Pisou em uma lajota de lama seca e dura, de onde pulou para uma rocha. Ao segui-la, notei que nós deixávamos pegadas na lama, mas não me preocupei com rastros. Já estávamos tão dentro da floresta que isso não poderia ser importante.

Pulamos de pedra para tronco caído para pedra novamente, avançando lentamente pelo pântano. Árvores submersas nos estendiam seus braços longos e murchos. Vozes estranhas, de alguma forma diferentes das de pássaros ou sapos, ecoavam pela água turva e se juntavam ao ocasional pio de Transtorno. Muitas vezes, quando tentávamos nos manter nos trechos mais rasos, algo batia na superfície da água ou parecia se mexer no interior das profundezas escuras. Eu não sabia dizer ao certo o que causava tais distúrbios. Nem queria saber, realmente.

Finalmente o pântano desapareceu ao mesmo tempo que a bruma cinzenta começou a tomar conta do ar. Nós chegamos a um campo molhado de grama alta, que aos poucos reclinava e se transformava em terra firme. Acima de nós havia um morro íngreme e pedregoso, onde braços de névoa se desdobravam em nossa direção.

Rhia parou.

— Os Morros Brumosos. Se ao menos eu conseguisse encontrar um cacho de bagas doces! Para nós cairia bem uma dose a mais de força para a escalada. — Ela me lançou um olhar duvidoso. — E para o que nos espera adiante, seja lá o que for.

Quando começamos a escalar, Transtorno decolou do meu ombro. Ele voou em silêncio, em círculos lentos e majestosos no céu acima de nós. Embora eu imaginasse que o falcão estivesse vasculhando a floresta atrás de algum sinal de perigo, ele também parecia estar se divertindo, aproveitando a liberdade de pairar tão alto.

Pedras, algumas tão grandes quanto a casa de Rhia, apareciam aqui e ali entre as árvores. As próprias árvores ficavam cada vez mais afastadas, as raízes retorcidas agarravam a encosta. No entanto, apesar da distância maior entre os troncos, a floresta não parecia mais clara. Talvez fossem as sombras das pedras imensas. Ou a bruma que se enroscava e envolvia as pedras. Ou alguma outra coisa. A floresta dava a sensação de ficar cada vez mais escura.

Enquanto subíamos com dificuldade a encosta íngreme, as dúvidas me envolviam como a bruma. O que quer que fosse essa Grande Elusa, ela certamente não escolheu um lugar como aquele para morar porque gostava de receber visitantes. E se os goblins na floresta nos encontrassem primeiro? Agarrei o Galator debaixo da túnica, mas não me senti melhor.

De repente, uma grande pedra cinza surgiu diretamente na minha frente. Congelei. Talvez fosse apenas um truque da bruma, confundindo minha segunda visão, mas ela se parecia mais com um rosto íngreme e misterioso do que com uma pedra. Um rosto que me encarava. Então ouvi, ou melhor, pensei ter ouvido, um som rangente, quase como alguém pigarreando. A pedra pareceu se mexer ligeiramente.

Não esperei para saber o que aconteceu depois. Corri morro acima, tropecei em raízes, pedras e nos próprios pés.

Finalmente cheguei ao topo. Ouvi um zunido furioso mais alto do que minha respiração ofegante. Abelhas. Milhares de abelhas, um enxame em volta do tronco partido de uma árvore morta. Embora fosse difícil ter certeza na bruma, parecia que a árvore tinha sido quebrada fazia pouco tempo, provavelmente em uma tempestade. O que não foi difícil notar era que as abelhas não estavam contentes com isso.

Rhia, de mãos na cintura, observava o zunido furioso com interesse.

Lendo os pensamentos dela, balancei a cabeça.

— Você não está pensando — respirei ofegante — em ir atrás do mel das abelhas... está?

Ela deu um sorriso maroto.

— Doçura nunca é demais para uma pessoa! Só vai levar um minutinho para pegar um pouco. Não vai nos atrasar.

— Não dá! Veja todas estas abelhas.

Naquele instante, Transtorno desceu, aproveitando para dar uma última volta antes de pousar no meu ombro. Aquele pássaro claramente amava voar. Quando se instalou, soltou um pio satisfeito. Fiquei surpreso ao notar como era familiar, quase natural, a sensação de tê-lo ali. Tão diferente do dia anterior! Transtorno dobrou as asas listradas nas costas e inclinou a cabeça na minha direção.

Em um impulso, pisquei para ele.

Transtorno piscou de volta.

Rhia continuou a examinar o tronco quebrado.

— Se pelo menos eu conseguisse encontrar um jeito de distrair as abelhas apenas por alguns segundos, isso seria o suficiente.

Com um guincho repentino, Transtorno decolou novamente. Ele voou diretamente para o enxame. Arremeteu entre as abelhas, bateu nelas com as asas, depois fugiu correndo para dentro da bruma. O enxame foi a toda atrás do falcão.

— Loucura! Aquele pássaro adora uma briga tanto quanto você gosta de...

Nem mesmo me importei em terminar porque Rhia já estava escalando o tronco partido à procura do estoque de mel das abelhas. Prestei atenção para ouvir algum zunido, mas não escutei nada. Corri para me juntar a ela. Quando subi em um galho baixo, o tronco estalou e tremeu na base.

— Cuidado, Rhia! — gritei. — Isso tudo aqui pode desabar a qualquer momento.

Entretanto, ela não conseguiu escutar, estava completamente ocupada, já debruçada sobre o topo irregular do tronco.

Em cima de um galho, me inclinei ao lado de Rhia. Debaixo de nós havia uma poça dourada de mel, cercada por paredes de favos tão grossos quanto meu peito. Pedaços de galhos partidos, casca de árvore e favos boiavam no xarope espesso. Enfiei a mão, peguei um punhado e bebi o líquido doce e gosmento. Nunca na vida tinha provado um mel tão gostoso. Aparentemente Rhia concordava, pois estava ocupada se regalando com as duas mãos ao mesmo tempo, mel pingando-lhe das bochechas e queixo.

— Nós precisamos ir — declarou ela, finalmente. — Beba o último bocado.

Ao ver um enorme pedaço de favo boiando bem abaixo de mim, eu o peguei. Ao puxar, porém, o favo se recusou a se soltar. Firmei o corpo, segurei o favo com o máximo de força possível e puxei com tudo.

Naquele instante, o objeto saiu da poça de mel com um uivo ensurdecedor. De repente, notei que não segurava um favo, mas sim a ponta de um enorme nariz bulboso. Rhia gritou quando me joguei para o lado a fim de escapar da cabeça, coberta de mel, que emergia em nossa direção. Naquele momento, a base do tronco grosso estalou, balançou e se rompeu. A árvore desabou para a encosta do morro e levou nós dois com ela.

XX

SHIM

Rhia e eu rolamos pela encosta. À nossa frente, o tronco pesado, cheio de mel e o que quer que tenha saído de suas profundezas, rolava e quicava ladeira abaixo e ganhava velocidade ao descer. Finalmente, ele bateu contra uma pedra gigantesca e se espatifou em pedacinhos.

Quando finalmente parei, o mundo ao redor continuou girando por algum tempo. Meio tonto, fiz um esforço para me sentar.

— Rhia.

— Aqui. — Ela ergueu a cabeça da grama, exatamente abaixo de mim, os cachos de cabelo castanho estavam emaranhados com mel e gravetos.

Simultaneamente, nós nos voltamos para o gemido que saía dos destroços do tronco. Rhia esticou a mão e enroscou o indicador no meu. Ficamos de pé e nos aproximamos de mansinho, com cuidado.

O que vimos foi um pequeno montinho, completamente coberto por mel, gravetos e folhas debaixo da pedra. Então o montinho rolou, se sacudiu vigorosamente e se sentou.

— É um homem. — Minhas palavras estavam repletas de espanto. — Um homenzinho minúsculo.

— Um anão — corrigiu Rhia. — Eu não sabia que ainda havia anões em Fincayra.

Dois olhos rosados se abriram na máscara de mel.

— Cês dois tão errados. Totalmente, horrivelmente, revoltantemente errados! Sou anão, não.

Rhia pareceu bem incrédula.

— Não? Então o que você é?

O homenzinho disparou uma rajada de mel pelo nariz bulboso. Quando mais mel pingou do queixo, ele lambeu os dedos, palmas e pulsos. Após limpar as mãos, o sujeito olhou nervoso de um lado para o outro.

— Cê não é amiga do rei, é?

Rhia fechou a cara.

— Claro que não.

— E quanto ao seu amigo de cabelo preto aí, que puxa o nariz dos outros?

— Ele também não é.

— Tem certeza completa, total e absoluta?

Rhia não conseguiu evitar o sorriso.

— Certeza completa, total e absoluta.

— Muito bem, então. — O homenzinho fez um esforço para se desgrudar do chão a fim de ficar de pé e foi até Rhia. Embora a altura só alcançasse pouco acima do joelho dela, o sujeito jogou a cabeça para trás com orgulho.

— Sou anão, não. Sou um gigante.

— Um o quê? — exclamei, começando a rir.

O homenzinho olhou feio para mim, os olhos rosados brilharam.

— Sou um gigante. — Então o orgulho dele começou a sumir. Ele fez uma expressão desanimada, os ombros caíram. — Sou um gigante muito, muito, muito *pequeno*. Desejo, desejo mesmo, que eu fosse grande, como um gigante deve ser.

— Não acredito. — Eu me inclinei mais para ver melhor. — Você não me parece um gigante, nem mesmo um pequeno.

— Mas sou!

— Então sou um fungo.

— E por que um fungo anda por aí puxando o nariz dos outros?

Rhia caiu na gargalhada e sacudiu todas as folhas da roupa de vinhas.

— Deixe-o em paz, Emrys. Se ele diz que é um gigante, bem, eu acredito.

Aparentemente vingado, o pequenino bateu na barriga protuberante.

— Tava fazendo uma bela refeição também, sem incomodar ninguém, até que fui interrompido.

— Meu nome é Rhia. Qual é o seu?

Ele olhou nervoso para trás e murmurou:

— Não dá para bobear nos dias de hoje. — O homenzinho deu um minúsculo passo à frente. — Meu nome é Shim.

Eu o observei com suspeita.

— E diga, Shim, você sempre nada quando vai beber mel?

— Certeza completa, total e absoluta! Se a pessoa não quiser ser picada pelas abelhas, essa é a melhor maneira.

Rhia achou graça e sorriu.

— Você tem razão, mas sair deve ser difícil.

O pequeno gigante gaguejou:

— Cês tão... cês tão zombando de mim!

— De maneira alguma — provoquei. — Você não é nada engraçado. — Tentei conter a risada, mas ela saiu de uma vez só. Gargalhei com a mão na barriga.

O pequenino correu até mim e me chutou com o máximo de força possível. Parei de rir. Com um rugido, corri atrás dele.

— Não, paraí! Por favor, paraí! — gritou Shim, ao se esconder atrás das pernas de Rhia. — Não quis machucar ocê. Verdade verdadeira.

— Quis sim! — Tentei pegar a massa grudenta atrás de Rhia. — Quando eu pegar você, vou apertar mais do que o nariz.

— Espere! — mandou Rhia. Ela me segurou pelo ombro. — Não temos tempo para isso. Já perdemos tempo demais!

Eu me afastei, relutante.

— Creio que esteja certa. De qualquer forma, aquelas abelhas vão voltar a qualquer instante, com os ferrões prontos para batalha. — Disparei um olhar para Shim. — No seu lugar, tomaria um bom banho antes de elas virem para cima de você.

Os olhos rosados se arregalaram de medo.

— Para cima de mim?

— Certeza completa, total e absoluta.

O pequeno gigante conteve um gritinho.

— Odeio levar ferroada!

Dito isso, Shim disparou para dentro do torvelinho de bruma atrás da pedra. Tinha acabado de desaparecer, porém, quando soltou um grito de terror. Rhia e eu corremos para ver o que havia acontecido.

Alguns segundos depois, nós também gritamos. Caímos e giramos de cabeça para baixo em um poço fundo que despencava até o chão. Por fim, rolamos até parar. O mundo ficou completamente às escuras.

— Aiiiiii, minha cabeça — gemi.

Algo se contorceu debaixo de mim.

— Saia de cima de mim, seu idiota!

Um braço ou uma perna, gosmento e empastado com terra e folhas, acertou meu rosto em cheio.

— Uau! Cuidado, seu trapalhão melado!

— Parem — gritou Rhia. — Temos de achar uma saída daqui.

— Onde é aqui, afinal de contas? — perguntei. — Nós devemos ter caído em um buraco. Um buraco fundo, tão fundo que não vejo luz alguma lá em cima. E sinta o chão! É todo dilapidado, não é como pedra normal.

— Eu pooosso respondeeer ààà suuua perguntaaa — ecoou uma voz retumbante das profundezas da escuridão. — Vocêêês encontraaaram minhaaa tocaaa.

— Toca de quem? — todos perguntamos ao mesmo tempo.

A seguir veio uma longa pausa.

— A tocaaa da Graaande Eluuusa.

XXI

A Grande Elusa

As paredes da câmara pareceram tremer com a força da voz.

Rhia se espremeu ao meu lado. Eu fazia o máximo de esforço para enxergar, mas minha segunda visão era inútil em tamanha escuridão. Por um instante, pensei quebrar a promessa que fiz em Caer Myrddin e apelar para qualquer poder que ainda possuísse, a fim de nos proteger, não importava como, mas o simples pensamento despertou todos os meus velhos medos, e fiquei sentado, imóvel.

— Cê é — sussurrou Shim, na escuridão — a criatura que... que... que come tudo?

— Eu cooomo o que queeer que eu queeeira — ecoou a voz grossa, as vibrações continuando a nos agredir. — Agooora cooonte para miiim queeem sããão vocêêês, antes que euuu ossss comaaa.

Bravamente, pigarreei.

— Eu me chamo... Emrys.

— Emryyys de ooonde?

Desta vez minha voz saiu mais fraca.

— Não sei.

— E eu sou Rhia, da floresta Druma.

Após um silêncio, a Grande Elusa trovejou:

— Queeem maaais está aquiii?

Não houve resposta.

— Queeem maaais está aquiii? — A voz saiu tão alta que pedaços de terra se soltaram e caíram nas nossas cabeças.

Não houve resposta. Apenas o som ofegante que presumi ser a respiração acelerada do pequeno gigante assustado.

— Ele é Shim — respondeu Rhia. — Também é da Druma. — Ela respirou profundamente. — Por favor, não nos coma. Precisamos da sua ajuda.

— Para quêêê?

— Para salvar a Druma! Meu lar!

Acrescentei:

— Seu lar também.

Por um momento, ninguém falou.

Então, do nada, a luz tomou conta da câmara. Nós nos entreolhamos realmente impressionados porque estávamos em uma enorme caverna escavada na rocha. Embora as paredes ao redor brilhassem bastante, não havia uma fonte óbvia de luz. Mais misterioso ainda: não havia sinal algum da Grande Elusa. À exceção de nós, a caverna radiante parecia vazia.

— Onde ela está? — Vasculhei as paredes brilhantes da caverna.

Rhia franziu a testa.

— Não tenho ideia.

Shim, enquanto isso, ficou sentado com as mãos no rosto, tremendo.

— E essa luz... — Estiquei a mão para a parede. — Olhe! Ela vem das próprias rochas!

— Cristais — falou Rhia, deslumbrada. — Uma caverna de cristais brilhantes.

Realmente, as paredes, o teto e o chão da caverna irradiavam uma luz clara e cintilante. Os cristais reluziam e brilhavam por todo ao redor, como se a luz do sol que banhava um rio caudaloso tivesse sido derramada dentro da própria Terra. E tenho plena certeza de que meu rosto também reluzia, porque mesmo na época em que eu enxergava com meus olhos, quando as cores eram mais ricas e a luz mais brilhante, jamais tinha visto algo tão lindo quanto aquela caverna de cristal.

Então senti uma súbita sensação de calor contra o peito. Ao olhar dentro da gola da túnica, tive um sobressalto. O Galator brilhava tanto quanto as paredes! Uma luz verde vibrante fluía da joia no meio do pingente. Olhei para Rhia e a vi me observando e sorrindo.

— Vocês gostam da minha caverna? — Uma nova voz, delicada e baixa, flutuou até nós de uma das paredes.

Enquanto Shim continuava a tremer de medo, Rhia e eu nos aproximamos da fonte da voz. Ali, entre um enorme conjunto de cristais, havia uma pequena teia. Os filamentos irradiavam do centro como a luz de uma estrela. Nessa teia estava pendurada uma única aranha, do tamanho de uma unha. A cabeça e as costas minúsculas eram cobertas com pequeninos pelos que brilhavam num tom tão branco quanto os próprios cristais.

— Gosto bastante — respondi.

— Ela me lembra todas as estrelas que já vi na vida — disse Rhia.

Eu observava a aranha, a corcova redonda das costas tremia conforme ela subia por um filamento mais alto.

— Você é...

— Eu sou a Grande Elusa — declarou a aranha.

— Mas a sua voz era tão... *maior* antes.

A aranha branca me ignorou e prendeu uma linha sedosa ao filamento, depois a jogou sobre um trecho partido da teia e pulou para um nível mais baixo. Com um movimento rápido, duas das oito patas uniram a linha. Após completar o reparo, ela voltou correndo para o centro.

— Como você conseguiu soar tão maior? — perguntei novamente.

— Ah, eu consigo ficar maior quando quero. — A aranha gesticulou para Shim. — Maior o suficiente para comer aquele petisco todo trêmulo em uma dentada só.

O pequeno gigante, ainda com as mãos no rosto, soltou um gemido.

— Se não estou a fim de comer as visitas — continuou a aranha, com a vozinha delicada —, me torno menor por algum tempo. Meu estômago encolhe, mesmo que o apetite não diminua. De qualquer forma, imagem e realidade raramente são a mesma coisa. Essa é a primeira regra da magia, Emrys, como tenho certeza de que a essa altura você já sabe.

Prendi a respiração.

— Eu não sei nada de magia! Exceto o fato de ser perigosa, muito perigosa.

— Então você sabe mesmo algo sobre magia.

— Isso é tudo o que saberei na vida.

— Que pena. No futuro, você poderia descobrir que ela é útil.

— Eu, não. Não existe magia para mim no futuro, pelo menos não pelas minhas mãos.

A aranha pareceu me observar por um momento.

— Se você diz.

Ao ver um besouro com o dobro de seu tamanho voar para a teia, ela correu até lá, mordeu-lhe o pescoço e depois esperou que o bicho parasse de se debater. Em um piscar de olhos, a aranha prendeu o besouro firmemente com um filamento de seda. Arrancou-lhe uma das patas e começou a mastigá-la.

— Eu realmente adoro comer, de qualquer forma. Essa parte da minha imagem é real.

— Você pode nos ajudar? — implorou Rhia. — A Druma... ela corre perigo.

A Grande Elusa arrancou outra pata do besouro.

— Claro que corre perigo! Como todo o restante de Fincayra! Tanto perigo quanto esse pobre besouro, sendo consumido pouco a pouco. Só agora você se deu conta disso?

Rhia abaixou a cabeça.

— Eu... não queria acreditar.

— Até agora, quando a Ruína praticamente bate à nossa porta! Você esperou tempo demais.

— Eu sei! Mas talvez ainda haja tempo. Você vai ajudar?

A aranha deu outra mordida e mastigou avidamente.

— O que espera que eu faça exatamente?

— Você poderia explicar por que isso está acontecendo.

— Por quê? — Ela continuou mastigando. — Levaria tempo demais para contar tudo. Minha comida vai acabar e aí eu terei de comer todos vocês.

— Só me diga se a Ruína pode ser detida por alguma coisa. — A seguir, com uma olhadela em minha direção, Rhia acrescentou — Ou por alguém.

A aranha ergueu uma pata e coçou a corcova nas costas peludas.

— Vou lhe dizer uma coisa: Fincayra, e isso inclui a Druma, está condenada, a não ser que o rei, aquele que você chama de Stangmar, possa ser derrubado.

— Derrubado! Isso é possível?

— Tudo depende — declarou a aranha — daquilo que Stangmar chama de *o último Tesouro*. Algo que um dia ele possuiu, depois perdeu há muito tempo.

Olhei para minha túnica, debaixo da qual o Galator brilhava.

— Você pode nos dizer quais são os poderes do tal tesouro?

A aranha pensou na pergunta por um tempo antes de responder.

— O último Tesouro contém grandes poderes, maiores do que você conhece. — Ela pegou outra pata de besouro e mordeu a parte inferior. — Stangmar está convencido de que, quando encontrá-lo, seu poder estará completo.

Rhia suspirou.

— Ele está certo.

— Não! Ele está errado. Não é o poder de Stangmar que estará completo, mas sua servidão.

— Servidão?

— Ao mais terrível espírito de todos, aquele conhecido como Rhita Gawr.

Fiquei tenso.

— Para Rhita Gawr, o rei não é nada mais do que uma ferramenta para seu grande objetivo. — Ela mordiscou o joelho do besouro, depois estalou os lábios, satisfeita. — Dominar tudo nesse mundo, a Terra e o Outromundo. Esse é seu verdadeiro desejo.

A aranha estalou os lábios novamente antes de mastigar a articulação.

— Seu adversário supremo, Dagda, está lutando contra Rhita Gawr em várias linhas de frente, são muitas para especificar. No entanto, Rhita Gawr já conquistou o apoio de Stangmar e usou o poder do rei para ganhar o controle de grande parte de Fincayra. Poucas coisas restam agora em seu caminho, e a mais importante é...

Outra estalada de lábios, outra mordida.

— O último Tesouro. Se isso também cair em suas mãos, ele certamente conquistará Fincayra. Então Rhita Gawr controlará a ponte entre a Terra e o Outromundo e ficará às portas de conquistar a Terra propriamente dita. Dura, porém saborosa... esta pata, quero dizer. E se isso acontecer, tudo está perdido.

Franzi a testa e tentei entender.

— O rei não sabe que está sendo usado dessa maneira?

— Ele sabe, mas foi corrompido por Rhita Gawr há muito tempo. — A aranha engoliu o último pedaço da última pata do besouro, depois cuidadosamente limpou a boca com as duas patas mais próximas da cabeça. — Stangmar perdeu o livre-arbítrio.

— No entanto, se ele pudesse ser derrubado agora, Rhita Gawr ainda poderia ser detido.

— Talvez.

Rhia, com uma aparência desanimada, se encostou na parede de cristais brilhantes.

— Mas como?

A Grande Elusa mordeu a barriga do besouro.

— Hum! Tão macia quanto possível.

— Como? — repetiu Rhia.

A aranha engoliu.

— Só existe uma possibilidade. Não, não. Não é realmente uma possibilidade, de maneira alguma.

— O que é?

— O castelo do rei precisa ser destruído.

Rhia pestanejou.

— O Castelo Oculto?

— Sim. O castelo é uma criação de Rhita Gawr, e através de suas muralhas o espírito maligno flui em Stangmar e seu exército. Os próprios necrontes são parte do castelo que eles guardam, sabe? — Ela deu outra mordida na barriga. — *Hum!* Muito bom. O que eu estava dizendo? Ah, sim, os necrontes. É por isso que eles nunca se arriscam para fora das muralhas do castelo. Se você conseguir destruir o castelo, também conseguirá destruí-los.

— Isso é impossível! — exclamou Rhia. — O Castelo Oculto está sempre girando, sempre às escuras. Seria impossível atacá-lo, quanto mais destruí-lo.

— Existe uma maneira. — A aranha, que ainda mastigava, se voltou para mim. — Assim como existe um jeito de um homem cego voltar a enxergar.

Tomei um susto.

— Como sabe disso?

— Da mesma forma que você consegue enxergar com sua segunda visão coisas que outros não conseguem com os olhos.

Diante disso, encarei Rhia.

— O texto nas paredes dentro de Arbassa! É por isso que ele era invisível para você.

— E se você sobreviver — continuou a Grande Elusa —, sua segunda visão poderia melhorar mais. Um dia você poderia não só enxergar, mas compreender.

— Quer dizer que a segunda visão seria capaz de me ajudar a ler o texto?

— Se você sobreviver.

— Sério?

— Não subestime sua segunda visão! Você pode vir a depender dela um dia. Pode vir a gostar dela, talvez mais até do que gostava dos próprios olhos, antigamente. — Ela fez uma pausa longa o bastante para mordiscar a cabeça do besouro. — Embora por acaso eu mesma goste de olhos.

Rhia se dirigiu à aranha.

— Você disse que existe um jeito.

A criatura usou três patas para agarrar o restante do besouro e comeu um pouco mais da barriga. Ela mastigava devagar, saboreando.

— Talvez eu não tenha tempo de explicá-lo. Na verdade, vocês deveriam sair enquanto podem. Terminarei esse petisco em breve e aí, com meu apetite, infelizmente será a vez de vocês.

Shim novamente gemeu atrás das mãos.

— Qual é a maneira?

— Vocês conhecem o Caldeirão da Morte? — perguntou a aranha, enquanto limpava uma das patas.

Rhia fechou a cara e concordou com a cabeça.

— Só sei que qualquer um que é jogado dentro dele morre instantaneamente.

— Verdade, mas também é verdade que ele tem um defeito fatal. Se alguém entrar no Caldeirão da Morte espontaneamente, não à força, então ele mesmo pode ser destruído.

— Entrar espontaneamente? Quem faria uma coisa dessas?

— Ninguém que queira viver para ver mais um dia. — A aranha mastigou um pouco mais e estalou os lábios. — No entanto, da mesma forma, o próprio castelo tem um defeito. Minúsculo, talvez, mas ainda assim é um defeito.

— Qual é?

— Há uma antiga profecia, tão antiga quanto os próprios gigantes.

Ao ouvir isso, Shim separou os dedos o suficiente para espiar entre eles.

A aranha balançou até outro filamento, soltou uma velha antena que alguma vítima deixava para trás, e a engoliu de uma só vez. Ao retornar para o besouro quase devorado, ela cantou:

Onde um castelo gira na escuridão
O pequeno será grande, fins começarão
Somente quando os gigantes dançarem no salão
Todas as barreiras cairão

— O que isso quer dizer? — Rhia exigiu saber. — *Somente quando os gigantes dançarem no salão...*

— *Todas as barreiras cairão.* — Afastei do rosto algumas mechas de cabelo negro. — Então as muralhas do castelo poderiam ruir se um dia os gigantes dançarem em seu salão?

Após terminar de comer a barriga do besouro, a aranha arrancou uma das asas.

— Assim diz a profecia.

A expressão de Rhia ficou séria.

— Então é por isso que Stangmar anda caçando todos os gigantes! Ele deve ter ouvido essa profecia também. Está fazendo o possível para garantir que nunca se cumpra.

A aranha mastigava o que restava da asa.

— Incluindo Varigal, a cidade mais antiga de todas.

— Ahhh — gemeu Shim. — Eu não falo sério quando digo que quero ser grande. Não falo sério. Verdade verdadeira.

A Grande Elusa olhou a massa de terra, gravetos e mel que tremia.

— Tenho pena de você, encolhido. Porque embora seus pais sejam da raça de gigantes, você não aprendeu que a grandeza significa mais do que o tamanho dos ossos.

— Mas eu ser feliz sendo pequeno! É só um desejo bobo de ser grande. Grande e morto! Sou mais feliz pequeno, mas vivo.

— Que assim seja — falou a aranha. — Devo alertar vocês agora. Esse pequeno petisco só tem uma asa sobrando e também parte da cabeça. — Ela arrancou a asa, enfiou na boca e mastigou por alguns segundos. — *Hum!* Agora apenas a cabeça. Eu continuo com muita fome. E também estou cansada de ficar desse tamanho. Se não saírem da minha caverna de cristal em breve, serei obrigada a provar alguns dos braços e pernas de vocês.

Rhia agarrou meu braço.

— Ela está certa. Vamos sair daqui.

— Mas como?

— Não tenho certeza — respondeu a aranha —, mas acho que vocês conseguem sair escalando os cristais.

— Claro! — exclamou Rhia. — Vamos.

Ela começou a subir velozmente pela parede radiante e usou os cristais maiores como apoios para os pés e as mãos. Shim passou por Rhia, escalando a parede íngreme tão depressa quanto os braços e pernas atarracados permitiam. Ele deixou um rastro gosmento nos cristais.

Ao me ver parado debaixo dela, Rhia me chamou.

— Rápido! Ou você será o próximo depois do besouro.

Hesitei, levado a perguntar mais uma coisa para a Grande Elusa.

— Vamos!

— Vá em frente — respondi. — Eu já vou.

— Melhor fazer isso mesmo. — A aranha esticou a pata para a cabeça do besouro e não deixou nada além de um nó vazio de seda. — Por outro lado, você realmente parece mirrado, mas comestível.

— Por favor, me diga uma última coisa — implorei. — Sobre meu lar. Meu verdadeiro lar. Pode me dizer onde é? O Galator, que está brilhando bem aqui, é minha única pista.

— Ah, o Galator! Chegue mais perto e mostre para mim.

— Eu não arrisco. Você poderia...

— Ora, mas você *realmente* parece mais carnudo do que eu pensei.

— Por favor! — gritei. — Você pode dizer como encontrar minha mãe? Meu pai? Meu verdadeiro nome?

Após engolir o último pedaço do besouro, a aranha respondeu:

— Não posso dizer. Isso é para... Atrevo-me a dizer que você tem um cheiro muito interessante. Chegue mais perto, menino. Chegue mais perto. Sim! Deeeixe-me examinaaar melhooor!

Assim como a voz da aranha aumentou de tamanho, ela também cresceu, mas não fiquei para assistir à mudança. Disparei para fora da caverna a toda velocidade possível.

XXII

Encontro na Bruma

Saí da caverna rumo ao redemoinho de bruma. Eu mal conseguia distinguir Rhia, embora ela estivesse a apenas poucos passos de distância. Ao lado estava Shim, tão coberto por gravetos, terra e folhas que mais parecia uma montanha em miniatura do que uma pessoa em miniatura. Olhei para o Galator e notei que parara de brilhar.

Rhia estava sentada em um pequeno bosque de olmos, onde cinco jovens renovos brotavam em volta de um ancião. Nitidamente aliviada, ela me viu sair da caverna e depois se encostou no velho olmo no centro do bosque. Começou a falar com ele, sussurrando e sibilando. Em resposta, a árvore balançou lentamente nas raízes e rangeu com uma voz que parecia terrivelmente triste.

Pouco tempo depois, Rhia se voltou para mim com os olhos embaçados.

— Essa árvore viu mais de duzentas primaveras na floresta Druma. No entanto, tem certeza de que viu a última. Ela chora todo dia pelo futuro de seus filhos. Pedi que não perdesse as esperanças, mas a árvore disse que sobrou apenas uma: de viver o bastante para fazer pelo menos alguma pequena coisa que mantenha a Druma a salvo dos guerreiros goblins. Porém, ela espera morrer de tristeza em vez disso.

Shim, parado ao lado de Rhia, esfregou o nariz sujo de terra e olhou para baixo.

Consegui apenas concordar com a cabeça tristemente e observar a névoa contínua. Imediatamente senti o cheiro doce de flores de macieira.

— Vocccê pareccce tão trissste — falou uma voz familiar.

— Cwen! — Rhia ficou de pé em um pulo. — O que a traz aqui? Você quase não passeia mais.

Cwen passou uma mão galhuda diante do rosto e surgiu da bruma.

— Eu não deveria ter ssseguido vocccê. — Ela hesitou, havia um toque de medo nos olhos em forma de lágrima. — Ssserá posssível que vocccê ainda possa me perdoar?

Rhia comprimiu os olhos.

— Você fez algo terrível.

Naquele momento, seis enormes guerreiros goblins saíram da bruma. Rapidamente fomos cercados. Os olhos estreitos brilhavam debaixo de elmos pontudos, os braços musculosos brotavam de ombreiras de metal, as mãos de três dedos agarravam os cabos de espadas. Gotas de suor se espalhavam pela pele cinza-esverdeada.

Um deles, que usava braçadeiras vermelhas acima dos cotovelos, brandiu a espada para Cwen. Em uma voz sibilante e irritante, o goblin exigiu:

— Quem está com ele?

Cwen lançou um olhar furtivo para Rhia, que a encarava com raiva e perplexidade.

— Elesss prometeram me deixar usssar o Galator para ficar jovem outra vezzz. — Ela gesticulou com dedos encarquilhados. — Não percccebe? Minhasss mãosss não vão maisss definhar!

Rhia fez uma careta de sofrimento.

— Não acredito que fez isso, depois de todos os anos...

— Quem? — sibilou o goblin.

Cwen apontou um dedo nodoso para mim.

O guerreiro goblin saiu do bosque de olmos e apontou a espada para o meu peito.

— Passe para mim agora, ou devo tornar a situação bem dolorosa para você primeiro?

— Lembre-ssse do que vocccê disssse — insistiu Cwen. — Vocccê prometeu não machucá-losss.

O goblin deu meia-volta para encarar a velha arbórea. Um sorrisinho apareceu na boca torta.

— Eu esqueci, mas fiz alguma promessa a seu respeito?

Os olhos de Cwen se arregalaram de medo. Ela começou a se afastar.

— Não! — gritou Rhia.

Foi tarde demais. A espada do goblin assobiou no ar e cortou um dos braços de Cwen.

Ela guinchou e agarrou a ferida aberta que jorrava sangue marrom.

— Pronto. — A risada sibilante do goblin tomou conta do ambiente. — Agora você não precisa mais se preocupar com aquela velha mão! — Ele avançou contra Cwen. — Agora vamos cuidar da outra.

Com gritos de pavor e sangue jorrando do cotoco do braço, Gwen foi embora cambaleando na bruma.

— Deixe que ela vá — sibilou o goblin. — Temos trabalho mais importante para fazer. — Ele apontou a espada, que ainda pingava sangue marrom, para minha garganta. — Agora, onde nós estávamos?

Engoli em seco.

— Se você me matar, jamais saberá como funciona.

Uma expressão sinistra tomou conta do rosto do goblin.

— Agora que você me lembrou, meu mestre disse para poupar a pessoa que está com ele, mas não falou nada sobre manter seus amigos vivos.

Prendi a respiração.

— Talvez, se eu concordar em não matar seus amigos, você me diga como ele funciona. — Ele piscou para outro goblin. — Então meu querido mestre e eu teremos alguma barganha para fazer.

O goblin se virou para Shim, que tremia de medo, e lhe deu um chute com tanta força que ele voou pelo bosque.

— Devo começar nossa brincadeira com esse pequeno anão sujo? Não, acho que não. — O guerreiro se voltou para Rhia, e os olhos estreitos brilharam. — Uma menina da floresta! Que prazer inesperado.

Rhia deu um passo para trás.

O goblin gesticulou com a cabeça, e dois integrantes do grupo avançaram contra ela. Cada guerreiro agarrou um dos braços revestidos de folhas de Rhia.

— Passe para mim — ordenou o goblin.

Lancei um olhar rápido para Rhia, depois de volta para o goblin. Como eu poderia entregar o Galator?

— Agora!

Não me mexi.

— Muito bem então. A gente se diverte enquanto você se decide. — Ele gesticulou para Rhia. — Para começar, quebrem os braços dela.

Instantaneamente, os goblins puxaram com violência os braços de Rhia para trás. Ao mesmo tempo, ela gritou:

— Não faça isso, Emrys! Não...

Ela guinchou de dor.

— Não! — implorei. Puxei o Galator para fora da túnica. A joia emitiu um brilho escuro na bruma. — Poupem-na.

O goblin deu um sorriso cruel.

— Passe para mim primeiro.

Os captores de Rhia lhe torceram os braços com mais força e quase a levantaram do chão. Ela guinchou novamente.

Retirei o cordão do pescoço. O bosque estava em silêncio, exceto pelo triste rangido do velho olmo. Ergui o precioso pingente, depois o entreguei.

O goblin pegou o Galator de mim. Ao olhar fixamente para o objeto cravejado, ele sibilou com empolgação. Enquanto isso, a língua esverdeada dançava em volta dos lábios. Então o goblin deu um sorrisinho para mim.

— Eu mudei de ideia. Primeiro vou matar seus amigos e depois pergunto para você como ele funciona.

— Não!

Todos os goblins soltaram gargalhadas sibilantes. Os imensos peitorais balançavam diante da piada do líder enquanto Rhia fazia uma careta de dor.

— Muito bem — sibilou o goblin. — Talvez eu seja misericordioso. Mostre para mim como ele funciona. Agora!

Hesitei, sem saber o que fazer. Se houve alguma vez um momento para quebrar o juramento e apelar para os meus poderes, essa era a ocasião. Será que eu ousaria? No entanto, na hora em que me perguntei isso, a mente foi tomada por uma onda de chamas intensas. Os gritos de Dinatius. O cheiro da minha carne queimando.

Tente, seu covarde!, gritou uma voz interna. *Você precisa tentar!* No entanto, com a mesma urgência, outra voz respondeu: *Nunca novamente! Da última vez você destruiu seus olhos. Desta vez destruirá a própria alma. Nunca novamente!*

— Mostre para mim! — ordenou o goblin.

Mesmo através da bruma espessa, vi os músculos da criatura se retesarem. Ele ergueu a espada e mirou o pescoço de Rhia.

Ainda assim hesitei.

Então um vento estranho, mais intenso a cada segundo, sacudiu os galhos do velho olmo no centro do bosque. O rangido da árvore virou um grito. Quando o goblin ergueu o olhar, ela se soltou das raízes e desabou. Ele só teve tempo de gritar em agonia quando o olmo caiu-lhe em cima.

Peguei o Galator, que estava no chão. Coloquei o cordão de couro no pescoço. Com a outra mão, agarrei a espada do goblin caído e comecei a atacar outro integrante do bando. O goblin, bem mais forte do que eu, rapidamente me encurralou contra o tronco da árvore caída.

Ele recuou para me golpear. De repente, o goblin enrijeceu e fez uma expressão de puro horror — horror que eu só tinha visto uma vez antes, em Dinatius quando foi engolido pelas chamas.

Dei meia-volta e então também enrijeci. A espada caiu da minha mão. Porque do redemoinho de bruma saiu uma aranha branca colossal, babando pelas mandíbulas.

— Fooome — vociferou a grande aranha, em uma voz de gelar o sangue. — Estooou com fooome.

Antes que eu percebesse o que acontecia, Rhia agarrou meu pulso e me tirou do caminho da Grande Elusa. Diante dos guinchos do goblin encurralado, descemos correndo pelo morro, perseguidos de perto por Shim. O pequeno gigante disparava quase tão rapidamente quanto nós, os pés levantando uma nuvem de terra e folhas.

Dois guerreiros goblins desviaram do mônstro, abandonando os companheiros à própria sorte, e vieram atrás de nós. Eles sibilavam, praguejavam e brandiam as espadas enquanto nos perseguiam entre as pedras envoltas pelas brumas. Apesar de nós corrermos morro abaixo a toda velocidade, eles se aproximavam progressivamente. Logo estavam quase em cima de Shim.

De repente, um rio apareceu na névoa. Rhia gritou:

— A água! Pulem na água!

Sem tempo para fazer perguntas, Shim e eu obedecemos e nos atiramos no rio caudaloso. Os goblins pularam bem atrás de nós e agitaram as espadas na correnteza.

— Ajude-nos! — berrou Rhia, embora eu não fizesse ideia para quem. Aí ela bateu as mãos freneticamente contra a superfície.

Imediatamente, uma onda começou a se formar no meio do rio. Um grande braço de água reluzente se levantou e carregou a mim, Rhia e Shim na palma da mão. Os dedos líquidos nos envolveram como uma cachoeira, enquanto a mão nos erguia bem acima da superfície caudalosa do rio. A água espirrava e nos envolvia, brilhante como um arco-íris.

O braço d'água nos varreu correnteza abaixo, deixando nossos perseguidores para trás.

Minutos depois, o braço nos depositou em um banco de areia e se desmanchou no próprio rio. Nós saímos da água, ensopados e desgrenhados, mas a salvo. E, no caso de Shim, consideravelmente mais limpo também.

XXIII

Grandes Perdas

Rhia desmoronou no banco de areia, a roupa de folhas estava molhada e reluzia ao sol. Enquanto a superfície do rio voltava ao normal, um fino dedo de água respingou na mão dela. Ficou ali pendurado por um instante antes de se dissolver na areia.

Rhia, porém, não pareceu notar. Melancolicamente, chutou os juncos cor de esmeralda na beirada do rio.

Eu me sentei ao lado dela.

— Obrigado por nos salvar.

— Agradeça ao rio, não a mim. O rio Incessante é um dos meus amigos mais antigos na floresta. Ele me banhou quando bebê e me deu água quando criança. Agora salvou a todos nós.

Dei uma olhada para o canal, depois para Shim, que se deitou de barriga para cima ao sol. Pela primeira vez, a roupa dele não estava coberta por terra ou mel, e eu notei que a camisa folgada era feita com alguma espécie de casca de árvore amarelada.

De repente, me lembrei do olho de borda amarela de Transtorno. Será que o bravo esmerilhão havia escapado do enxame de abelhas? Caso contrário, será que sobreviveu à fúria delas? E se sobreviveu, será que um dia seria capaz de me encontrar novamente? Meu ombro estava estranhamente desolado sem o pássaro sentado ali.

Eu me voltei para Rhia, que parecia mais abatida do que eu.

— Você não parece muito contente.

— Como posso ficar contente? Perdi dois amigos hoje: um antigo, um novo. — O olhar passou pelo meu rosto. — Eu conheço Cwen desde que ela me encontrou abandonada há muito tempo. O velho olmo só encontrei poucos minutos antes de ele desabar para nos salvar. Os dois não podiam ser mais diferentes; um curvado e deformado, o outro alto e ereto. Um roubou minha lealdade, o outro me deu a vida, mas estou de luto por ambos.

Suspirei.

— Aquele olmo jamais verá suas crias.

Rhia empinou o queixo um pouquinho.

— Arbassa não concordaria com isso. Arbassa diria que eles se encontrarão novamente no Outromundo. Que todos nós nos encontraremos algum dia.

— Realmente acredita nisso?

Ela respirou profundamente.

— Eu... não tenho certeza. Sei que *quero* acreditar nisso, mas se nós vamos mesmo nos encontrar depois da Longa Jornada, não sei.

— Que Longa Jornada?

— É a viagem ao Outromundo, depois que um fincayrano morre. Arbassa diz que quanto mais uma pessoa precisa aprender ao morrer, mais longa será sua Longa Jornada.

— Nesse caso, mesmo que o Outromundo seja real, eu levaria a *eternidade* para chegar lá.

— Talvez não. — Ela olhou para o rio caudaloso, depois de volta para mim. — Arbassa também me disse que, às vezes, as almas mais bravas e sinceras são completamente poupadas da Longa Jornada. O sacrifício é tão grande que elas são levadas diretamente ao Outromundo, no mesmo instante da morte.

Soltei um muxoxo ao ouvir isso.

— Então, em vez de morrer, elas apenas... desaparecem? Em um segundo estão aqui, se contorcendo de dor, e no seguinte estão no Outromundo, dançando felizes? Creio que não.

Rhia abaixou a cabeça.

— Realmente parece difícil de acreditar.

— É impossível! Especialmente se não forem capazes de tal sacrifício, de qualquer forma.

— O que você quer dizer com isso?

— Se elas forem covardes demais! — Mordi meu lábio. — Rhia, eu... podia ter feito mais, muito mais, para ajudar você.

Ela me deu um olhar compreensivo.

— O que mais você poderia ter feito?

— Tenho alguns, digamos, poderes. Nada a ver com o Galator. Não os compreendo, só sei que são fortes, muito fortes.

— Poderes como sua segunda visão?

— Sim, porém mais fortes. Mais intensos. Mais incontroláveis. — Por um momento escutei as águas revoltas do rio Incessante. — Jamais pedi que tivesse esses poderes! Eles apenas vieram a mim. Uma vez, em um acesso de fúria, eu usei os poderes para o mal, e eles me custaram os olhos. Custaram muito mais para outro menino. Esses poderes não foram feitos para os mortais! Prometi jamais usá-los novamente.

— A quem você prometeu?

— A Deus. O Grande Curandeiro das preces de Branwen. Prometi que, se ao menos pudesse enxergar de alguma forma novamente, eu abriria mão dos meus poderes para sempre. E Deus ouviu minha súplica! Contudo, ainda assim... eu deveria tê-los usado lá atrás para salvar você! Com ou sem promessa.

Rhia me espiou entre o emaranhado de cachos.

— Algo me diz que essa promessa não é o único motivo pelo qual você não quis usar seus poderes.

Minha boca ficou seca.

— A verdade é que tenho medo deles. Do fundo do coração, tenho medo deles. — Arranquei um junco da água rasa e torci entre os dedos com força. — Certa vez, Branwen disse que Deus me deu esses poderes para usar somente se eu conseguisse aprender a dominá-los. Para usar *bem*, falou ela, com sabedoria e amor. Mas como alguém consegue usar com sabedoria uma coisa que teme tocar? Como consegue usar com amor uma coisa que pode destruir os olhos, a vida, a própria alma? É impossível!

Ela esperou bastante antes de responder, depois gesticulou para as águas espumosas.

— O rio Incessante parece ser apenas um canal de água, que flui daqui para lá. No entanto, ele é mais do que isso. Muito mais. Ele é tudo o que ele é, inclusive aquilo que esconde debaixo da superfície.

— O que isso tem a ver comigo?

— Tudo. Acho que Branwen estava certa. Se alguém, seja Deus, Dagda ou quem quer que seja, lhe deu poderes especiais, eles são seus para serem usados. Assim como o rio

Incessante tem os próprios poderes para usar. Você é tudo o que você é.

Balancei a cabeça.

— Então devo ignorar minha promessa?

— Não ignore, apenas se pergunte se isso é realmente o que esse Deus queria que você fizesse.

— Ele me devolveu a visão.

— Ele devolveu seus *poderes*.

— Isso é loucura! — exclamei. — Você não faz ideia...

Um ronco alto vindo de algum lugar próximo me interrompeu. Tive um sobressalto ao pensar que o som vinha de um javali. Aí o ronco se fez ouvir novamente, e percebi que não era um javali, afinal de contas. Era Shim. Ele pegou no sono no banco de areia.

Rhia observou a pequena figura.

— Ele ronca alto o suficiente para ser um verdadeiro gigante.

— Pelo menos no caso de Shim é possível ver o que ele realmente é com apenas uma olhada. Comigo não é tão simples.

Rhia se voltou para mim.

— Você se preocupa demais com quem é. Apenas seja você mesmo e vai acabar descobrindo com o tempo.

— Com o tempo! — Eu fiquei de pé, com raiva. — Não tente me falar da minha vida. Cuide da sua, por favor.

Ela se levantou para me encarar.

— Acho que faria bem para você pensar na vida de outra pessoa além da sua! Nunca encontrei alguém tão envolvido consigo mesmo. Você é a pessoa mais egoísta que já conheci!

Mesmo que seja! — Rhia se deteve. — Esqueça. Simplesmente vá embora e se preocupe um pouco mais consigo.

— Acho que é isso mesmo que vou fazer.

Entrei na floresta densa ao lado do rio Incessante batendo os pés. Estava com raiva demais para ver aonde ia. Caí no matagal, machuquei as canelas e ralei as coxas. Isso me deixou com mais raiva, e praguejei alto. Finalmente, me sentei em um tronco podre que já estava quase virando um monte de estrume.

De repente, ouvi uma voz grossa gritar:

— Peguem-no!

Dois guerreiros goblins, os mesmos de quem nós fugimos rio acima, pularam do matagal e me jogaram no chão. Um deles apontou uma espada para o meu peito. O outro puxou um saco grande feito de um pano marrom costurado de forma tosca.

— Nada dos seus truques desta vez — rosnou o goblin com a espada. Ele acenou para o outro com a mão forte de tom cinza-esverdeado. — Coloque-o no saco.

Naquele instante, um pio agudo surgiu do céu. O goblin com a espada gritou e caiu para trás, com o braço sangrando devido aos talhos de garras.

— Transtorno! — Rolei para longe da briga e fiquei de pé em um pulo.

O esmerilhão arranhou com as garras e bateu com as asas no rosto do goblin, e a criatura deu vários passos para trás. Toda vez que o goblin golpeava com a espada, Transtorno arremetia no rosto dele e arranhava os olhos debaixo do elmo pontudo. Apesar da enorme vantagem de tamanho do goblin, a ferocidade do pequeno falcão provou ser demais.

Entretanto, Transtorno não contava com a entrada do outro goblin na batalha. Antes que eu pudesse gritar um alerta, o segundo guerreiro deu um golpe no ar com sua poderosa mão. Ele acertou o falcão em pleno mergulho. Transtorno bateu no tronco de uma árvore e caiu atordoado no chão. Ficou ali caído, completamente imóvel, com as asas bem abertas.

A última coisa que vi foi o primeiro goblin erguer a espada para fatiar o esmerilhão. Então alguma coisa bateu na minha cabeça, e o dia virou noite.

XXIV

A Troca

Consciente outra vez, me sentei de supetão. Embora a cabeça ainda girasse, consegui distinguir os enormes galhos de árvore ao redor. Inalei o ar úmido e cheiroso. Ouvi o sussurro dos galhos, que soavam estranhamente soturnos. E percebi que ainda devia estar na floresta Druma.

Não havia sinal algum dos goblins ou de Transtorno. Será que foi tudo um pesadelo? Então por que minha cabeça doía tanto?

— Cê tá acordado, eu percebi.

Assustado, me virei.

— Shim! O que aconteceu?

O pequeno gigante me examinou com cautela.

— Cê nunca é gentil comigo. Cê vai me machucar se eu contar?

— Não, não. Pode ter certeza disso. Não vou machucar você. Só diga o que aconteceu.

Ainda reticente, Shim esfregou o nariz em forma de pera, pensativo.

— Não vou machucar você. Certeza completa, total e absoluta.

— Tudo bão. — Ele manteve distância e andou de um lado para o outro no solo musguento. — A garota, a gentil, ela ouviu cê brigando. Ficou chateada que os goblins capturaram ocê. Ela queria encontrar ocê, mas eu disse que era doideira. Eu tentei, tentei mesmo!

Nesse momento, Shim fungou e contraiu os olhos, mais rosados do que o normal. Uma lágrima desceu pela bochecha e fez uma grande curva em volta do nariz.

— Mas ela não ouviu Shim. Eu fui com ela, mas com medo. Muito, muito, muito medo. A gente fomos pela floresta e encontramos um lugar onde cê lutou com os goblins.

Eu o peguei pelo braço. Apesar de pequeno, era musculoso como o de um marinheiro.

— Você viu um falcão? Um pequenino?

O pequeno gigante puxou e soltou o braço.

— Ela encontrou algumas penas, todas ensanguentadas, perto de uma árvore, mas nenhum falcão. Ela ficou triste, Shim percebeu. Esse falcão é seu amigo?

Amigo. A palavra me surpreendeu tanto quanto me entristeceu. Sim, o pássaro de quem eu queria me livrar a qualquer custo há apenas um dia se tornou, na verdade, meu amigo. Bem na hora de me abandonar. Novamente senti a dor de perder o que mal tinha acabado de encontrar.

— Cê tá triste também.

— Sim — falei, baixinho.

— Então cê não vai gostar do resto. Não é bom, nada bom mesmo.

— Conte.

Shim andou até uma raiz maciça de cicuta e se sentou com desânimo.

— Ela seguiu sua trilha. Shim foi também, mas estava cada vez mais assustado. A gente encontramos o lugar onde os goblins acamparam. Eles estavam lutando. Gritavam e se empurravam. Então... ela faz a troca.

Eu arfei.

— A troca?

Outra lágrima desceu pela bochecha e deu a volta pela borda do nariz.

— Falei para ela não fazer! Falei! Mas ela mandou eu calar a boca e foi de mansinho até o saco onde cê tava. Ela desamarrou o saco, tirou ocê e levou até aqueles arbustos. Ela tentou, a gente tentamos acordar ocê, mas cê parecia morto, então ela mesma entrou no saco! Tentei parar ela, mas ela disse...

— O quê? Conte!

— Ela disse que tinha de fazer aquilo porque ocê é a única esperança da Druma.

Fiquei imensamente desolado.

— Então os goblins pararam de lutar. Sem olhar para o saco, eles levaram ela embora.

— Não! Não! Ela não deveria ter feito isso!

Shim se encolheu de medo.

— Eu sabia que cê não ia gostar.

— Assim que os goblins a encontrarem, eles vão... ah, é horrível demais!

— É horrível, é sim.

Imagens de Rhia encheram minha mente. O banquete debaixo dos galhos cheios de frutas da shomorra. Quando ela me mostrou as constelações nos trechos mais escuros do céu. O momento em que cumprimentou Arbassa com uma chuva de orvalho no rosto. Quando Rhia enroscou o dedo no meu. A hora em que observou a mim e ao Galator que brilhava na caverna de cristal.

— Meus dois únicos amigos, perdidos no mesmo dia. — Soquei a grama coberta de musgo. — É sempre a mesma coisa comigo! O que quer que encontre, eu perco.

Shim arriou os pequenos ombros.

— E não tem nada que a gente possamos fazer para impedir.

Eu me voltei para ele.

— Ah, tem, sim. — Embora estivesse tonto, me obriguei a ficar de pé. — Vou atrás dela.

Shim recuou e quase caiu de costas, de cima da raiz.

— Cê ficou louco!

— Talvez sim, mas não vou perder a única amiga que me restou, sem lutar. Eu irei atrás dos goblins, para onde quer que eles a tenham levado. Mesmo que isso signifique ir até o próprio Castelo Oculto.

— Louco — repetiu Shim. — Cê ficou muito louco.

— Para que lado eles foram?

— Rio abaixo. Tão marchando rápido.

— Então vou também. Adeus.

— Espere. — Shim agarrou meu joelho. — Eu também tô muito louco.

Embora emocionado pela intenção do pequeno gigante, balancei a cabeça.

— Não. Não posso levar você, Shim. Você só me atrapalharia.

— Eu não ser guerreiro. Isso é verdade verdadeira. Tenho medo de quase tudo, mas tô louco.

Suspirei, pois sabia que também não era um guerreiro.

— Não.

— Eu tô pedindo, por favor.

— Não.

— Aquela menina é doce comigo, doce como mel! Só quero ajudar ela.

Por vários segundos, examinei o rosto empinado perto do meu joelho.

— Tudo bem — falei, finalmente. — Você pode vir.

PARTE TRÊS

XXV

UM CAJADO E UMA PÁ

Por horas, seguimos o rio Incessante, subimos por pedras lisas e galhos baixos. Finalmente, o rio se curvou para o sul, e chegamos ao extremo oriente da floresta Druma. Através das árvores que ficavam mais esparsas, vi a linha brilhante do rio e, depois dele, as planícies sombrias das Terras Arruinadas. Daquela posição privilegiada, não havia dúvida de que o rio Incessante era o canal reluzente que eu tinha vislumbrado do alto da duna no primeiro dia em Fincayra.

A uma certa distância rio abaixo, identifiquei um grupo de pedras em formato de ovo. Elas se espalhavam pelos dois lados, e havia pelo menos uma no meio do canal. O rio parecia mais largo e raso naquele ponto. Se fosse verdade, seria um bom lugar para atravessar. Na margem oposta, um grupo de árvores havia sido plantado em fileiras paralelas, como um pomar. No entanto, se fosse mesmo um pomar, era o mais malcuidado que eu já havia encontrado.

Gravetos estalaram atrás de mim. Dei meia-volta e vi Shim atravessar por algumas samambaias com dificuldade. Vários braços verdes envolveram suas pernas atarracadas. Conforme ele se contorcia e pulava na vegetação, a camisa amarela folgada, os pés peludos e o nariz proeminente formavam um conjunto mais parecido com um boneco malvestido do que com uma pessoa. Porém, o cabelo castanho espesso (ainda desgrenhado com mel, terra e gravetos), sem falar nos intensos olhos rosados, deixavam claro que ele estava vivo. E furioso.

— Doideira — murmurou ele, quando finalmente se livrou das plantas. — Isso é doideira!

— Dê meia-volta se quiser — sugeri.

Shim franziu o nariz bulboso.

— Sei o que cê tá pensando! Cê não quer que eu vou! — Ele se empertigou todo, o que ainda assim o deixou um pouco mais alto do que meu joelho. — Bem, eu vou. Vou resgatar ela.

— Não vai ser fácil, você sabe.

O pequeno gigante cruzou os braços e franziu a testa para mim.

Direcionei a segunda visão mais uma vez para as terras do outro lado do rio. Tive a impressão de que tudo, incluindo as árvores no pomar, tinham cores mais suaves do que vi na Druma. Qualquer intensidade que o restante de Fincayra tivesse adicionado à minha visão desapareceria assim que nós cruzássemos o rio. Fiquei acostumado a ver cores mais brilhantes na floresta e até mesmo ousei ter esperanças de que a segunda visão tivesse melhorado, mas agora eu sabia a verdade. A segunda visão estava tão esmaecida quanto antes, tão esmaecida quanto a paisagem diante de mim.

E, assim como antes, a estranha cor marrom-avermelhada pintava as planícies do outro lado. Todas as terras do leste, exceto as cordilheiras negras ao longe, tinham a cor que Rhia descrevera como *sangue seco*.

Inalei o ar perfumado da floresta. Escutei, talvez pela última vez, o sussurrar contínuo dos galhos. Mal tinha começado a sentir a variedade e a complexidade daquela linguagem das árvores, às vezes sutil, às vezes avassaladora. Imaginei o que elas podiam estar dizendo para mim naquele instante, se ao menos eu pudesse entender suas vozes. Fiz uma promessa em silêncio de que, caso um dia retornasse à floresta, aprenderia seus costumes e protegeria seus segredos.

Logo acima da minha cabeça, um galho de cicuta estremeceu e preencheu o ar com um cheiro forte. Estiquei a mão e esfreguei algumas das agulhas lisas entre o indicador e o polegar, meio na esperança de que isso fizesse a mão ficar com o cheiro da floresta para sempre. Em um impulso, segurei o meio do galho. Apertei como se fosse a mão de outra pessoa. Puxei apenas o suficiente para senti-lo balançar.

De repente, o galho se rompeu. Com ele ainda na mão, caí em cima das samambaias — e em cima de Shim.

— Seu tolo idiota! — O sujeito em miniatura ficou de pé, tentou bater no meu braço, errou e voltou a cair nas samambaias. — O que cê tá fazendo? — gritou ele entre o emaranhado de folhas verdes. — Cê quase me esmagou.

— Sinto muito — respondi, fazendo um esforço para manter a expressão séria. — O galho se quebrou.

Atrás do nariz gigantesco, dois olhos rosados me encararam com raiva.

— Shim quase se quebrou!

— Eu disse que sinto muito.

Shim ficou de pé novamente e rugiu de raiva.

— Vou fazer ocê sentir muito mais. — Ele cerrou o punho e preparou outro golpe.

Nesse momento, notei o galho na minha mão. Para a minha surpresa, a casca começou a cair. Ao mesmo tempo, os ramos menores presos à haste principal começaram a se quebrar, um por um, e deixaram cair as agulhas no meu colo. A casca que saía se enroscou e depois caiu, como se descascada por uma faca invisível.

Ao ver isso, Shim abaixou o punho. O rosto foi tomado por uma expressão de espanto.

Agora o galho no meu colo não era mais um galho; era um bastão reto e rígido, espesso e retorcido na parte de cima, afunilado na ponta de baixo. Ao erguê-lo, notei que era um palmo mais alto do que eu. Girei o bastão na mão e senti a pele lisa de madeira. De estalo, eu entendi.

Usando o bastão como apoio, me levantei das samambaias. Parado diante da cicuta cheirosa, me lembrei da tentativa atrapalhada de encontrar um cajado quando entrei pela primeira vez na floresta. Abaixei a cabeça para a árvore como gesto de agradecimento. Agora eu possuía um cajado. E, mais valioso do que isso, possuía um pequeno pedaço da Druma que me acompanharia além de suas fronteiras.

— Cê não vai me bater com esse bastão, espero — disse Shim, um pouco tímido.

Olhei sério para ele.

— Se você não me bater, eu não bato em você.

A pequena figura se enrijeceu.

— Eu não queria machucar ocê.

Levantei uma sobrancelha, mas não falei nada. Ergui o novo cajado na mão e comecei a andar na direção das pedras em formato de ovo, rio abaixo. Shim me seguiu, avançando com dificuldade pelos arbustos e resmungando tanto quanto antes, embora não tão alto.

Alguns momentos depois, chegamos ao ponto. Ali o rio ficava consideravelmente mais largo e corria sobre um leito de pedras brancas. Conforme eu esperava, a água, mesmo fluindo rapidamente, parecia bem rasa. Debaixo das pedras, o lodo em ambas as margens tinha rastros de botas grandes e pesadas.

— Goblins — disse Shim ao observar os rastros.

— Tenho certeza de que o rio Incessante não facilitou a travesssia para eles.

Shim olhou para mim.

— Odeio atravessar rios. Verdade verdadeira.

Eu me apoiei no cajado e segurei na ponta retorcida.

— Você não precisa fazer isso. A escolha é sua.

— Até onde cê vai?

— Aonde quer que Rhia esteja! Como esses goblins pensam que têm o Galator no saco, eles provavelmente rumaram para o castelo de Stangmar. Não sei se conseguiremos alcançá-los antes que cheguem lá, mas temos de tentar. É a nossa única esperança, e a de Rhia também.

A segunda visão vasculhou os morros sombrios ao longe. Uma muralha de nuvens, mais escuras do que qualquer nuvem de tempestade que eu já tivesse visto, surgiu acima deles e mergulhou os morros mais a leste em uma escuridão total. A própria descrição da localização do Castelo Oculto feita por Rhia me veio à mente. *No mais sombrio dos Morros Sombrios, onde a noite nunca termina.* Eu precisava encontrá-la antes que ela chegasse àqueles morros! *Onde a noite nunca termina*. Porque em uma escuridão assim eu não teria visão. E quase nenhuma esperança.

Shim engoliu em seco.

— Tudo bem. Eu vou. Talvez não até o castelo, mas eu vou.

— Tem certeza? Não vamos encontrar muito mel por lá.

Como resposta, ele começou a entrar no rio com dificuldade. Avançou alguns passos, lutando contra a água. Quando chegou perto da pedra meio submersa, porém, Shim tropeçou. De repente ele se viu em uma água muito mais funda. Shim gritou e agitou os bracinhos. Pulei para ajudá-lo bem no momento em que ele começou a afundar. Coloquei Shim nos ombros e comecei a cruzar o rio.

— Obrigado — falou Shim, ofegante. Ele se sacudiu e jogou água por todo o meu rosto. — Essa água é muito molhada.

Com cuidado, atravessei a água revolta, usando o cajado como apoio.

— Eu agradeceria se você mantivesse as mãos longe do meu nariz.

— Mas preciso de algo para me segurar.

— Então se segure no próprio nariz! — exclamei, agora com a certeza de que havia cometido um erro ao permitir que Shim viesse comigo.

— Tudo bem — respondeu ele, com uma voz tão nasalada que me fez saber que Shim estava segurando com firmeza o próprio nariz.

A cada passo no rio caudaloso, sentia algo repuxando minhas botas de couro, me puxando por sua vez de volta para a floresta. Não era a correnteza em si. Na verdade, parecia que uma centena de mãos invisíveis tentava me impedir de sair da Druma. Se essas mãos estavam na água ou em mim, não sabia dizer. Porém, meus pés ficavam cada vez mais pesados à medida que me aproximava da margem oposta.

Fui tomado por um mau pressentimento crescente. Ao mesmo tempo, senti uma imagem se formar na mente, uma imagem de outra fonte que não era a segunda visão. Vi luzes estranhas, dezenas delas, que se moviam na minha direção. De repente, percebi que meus poderes ocultos estavam em ação. Essa seria uma imagem do futuro!

— Não! — gritei e balancei a cabeça com tanta violência, que Shim precisou agarrar meu cabelo para não cair.

A imagem desapareceu. Os poderes sumiram. No entanto, o mau pressentimento permaneceu, mais intenso do que antes.

Quando cruzei até a margem oposta, Shim desceu do meu ombro se sacudindo, mas não sem socar meu ouvido.

— Ai! Por que você fez isso?

— Por me fazer segurar o nariz aquele tempo todo.

A ideia de jogá-lo de volta no rio passou pela minha cabeça, mas de alguma forma resisti. E a raiva foi rapidamente sobrepujada pela visão mais próxima do pomar. As árvores, magras e sofridas, pareciam muito mais frágeis do que até mesmo as mais antigas árvores da Druma. De fato, as árvores mais distantes do rio pareciam doentes, meros fantasmas de seres vivos. Nós havíamos chegado às Terras Arruinadas.

Eu me aproximei de uma das árvores mais robustas, cujos galhos pendiam sobre o rio. Estiquei o braço e arranquei uma frutinha sem vida. Virei a fruta na mão e fiquei intrigado com a dureza curtida, a cor marrom enferrujado, a pele enrugada. Cheirei e confirmei minha suspeita. Era uma maçã. A maçã mais mirrada que eu já tinha encontrado.

Joguei a fruta para Shim.

— Seu jantar.

O pequeno gigante pegou a maçã. Ele parecia meio inseguro ao levá-la à boca. Finalmente, Shim deu uma mordida. Sua careta disse tudo.

— Eca! Cê quer me envenenar!

Dei um sorrisinho.

— Não, não achava que você fosse mordê-la.

— Então cê quer me enganar.

— Isso não posso negar.

Shim colocou as mãos na cintura.

— Eu queria que a garota estivesse aqui!

Fechei a cara e concordei.

— Eu também.

Naquele instante, vi ao longe, atrás da última fileira de árvores, um bando de seis figuras que saía em marcha das planícies orientais. Pareciam estar a caminho do pomar. Guerreiros goblins! As espadas, os peitorais e os elmos pontudos reluziam ao sol do fim da tarde. Vi os goblins desaparecerem atrás de uma elevação. Embora a encosta os ocultasse, suas vozes grossas ficavam cada vez mais altas.

Shim, que também tinha visto os goblins, ficou petrificado.

— O que a gente vamos fazer?

— Vamos nos esconder em algum lugar.

Mas onde? No ponto onde estávamos, eu não conseguia encontrar sequer uma única rocha onde me abrigar. A vegetação murcha não oferecia proteção. O declive da margem era baixo e liso, sem sequer uma vala.

Os goblins se aproximaram do topo da elevação. As vozes ficaram mais altas, assim como os passos pesados das botas. Meu coração disparou. Eu vasculhava o terreno para encontrar qualquer esconderijo possível.

— Vocês aí! — sussurrou uma voz. — Aqui!

Eu me virei e vi uma cabeça que se projetava das raízes das árvores no fim do pomar. Shim e eu corremos para aquele ponto. Encontramos um canal fundo e recém-escavado que ainda não tinha ligação com o rio. No canal estava um homem queimado de sol, de ombros largos, queixo quadrado e cabelo castanho, bem marrom por estar sujo de terra. Embaixo do peito nu, ele usava calças largas de pano marrom. O homem carregava uma pá de forma tão natural e segura quanto um soldado veterano empunhando uma espada.

Ele acenou para nós com ela.

— Entrem aqui, rapazes. Rápido.

Não hesitamos em obedecer a ordem. Joguei o cajado para o lado e entrei no canal. No momento em que Shim pulou atrás de mim, os goblins desceram a elevação e surgiram marchando no pomar. Rapidamente, o homem nos cobriu com terra e folhas. Ele deixou apenas um pequeno buraco por onde cada um de nós podia respirar.

— Você aí! — chamou a voz de um goblin. Dali debaixo da cobertura de terra, ela pareceu um pouco alta, embora não menos irritante, do que a voz do goblin que liderava o bando na Druma.

— Sim? — respondeu o canalizador. Ele soou incomodado por ser interrompido no trabalho.

— Estamos procurando por um prisioneiro perigoso que escapou na manhã de hoje.

— Escapou de quem? — perguntou o homem.

— Dos guardas, seu bufão! Ex-guardas, quero dizer. Eles perderam o prisioneiro, depois as cabeças. — O goblin soltou uma risada alta e sibilante. — Você viu alguém cruzar este rio? Fale, homem!

O trabalhador parou por um tempo antes de falar. Comecei a me perguntar se ele iria nos entregar.

— Bem — falou o homem, finalmente —, eu vi alguém.

Debaixo da terra, meu estômago se contraiu.

— Quem?

— Era... um jovem.

O suor, misturado à terra, irritava meus lábios. O coração palpitava.

— Onde e quando? — vociferou o goblin.

Novamente o homem fez uma pausa. Eu debatia dentro de mim se deveria tentar fugir, na esperança de deixar os guerreiros para trás.

— Há algumas horas — respondeu o trabalhador. — Seguiu rio abaixo, na direção do oceano.

— É melhor você estar certo — sibilou o goblin.

— Eu estou certo, mas também atrasado. Tenho de terminar esse canal de irrigação antes do anoitecer.

— Rá! Esse velho pomar precisa de bem mais do que um canal para se salvar.

Outra voz de goblin, mais lenta e grave do que a primeira, se juntou à conversa.

— Por que não derrubamos algumas dessas árvores para facilitar o trabalho desse coitado?

O bando inteiro soltou uma gargalhada rouca.

— Não — declarou o primeiro goblin. — Se quisermos capturar o prisioneiro até o anoitecer, não temos tempo a perder.

— O que eles fizeram com aquela garota idiota? — perguntou outro goblin, conforme o bando ia embora marchando e batendo as botas no solo.

Tirei a cabeça da terra tarde demais para escutar a resposta completa. Tudo o que captei foram as palavras *do rei* e, um pouco depois, *destino pior do que a morte*.

Sacudi a terra da túnica. Quando as vozes grossas dos goblins sumiram, finalmente engolidas pelo som do rio caudaloso, saí da vala e encarei o homem.

— Estou agradecido, muito agradecido.

Ele enfiou a pá na terra solta, depois estendeu uma mão forte.

— Honn é o meu nome, rapaz. Posso ser apenas um simples canalizador, mas sei de quem gosto e de quem não gosto. Qualquer um que seja inimigo desses sapos superdesenvolvidos com certeza é meu amigo.

Peguei a mão dele, que quase engoliu a minha.

— Eu me chamo Emrys. — Cutuquei a pilha de terra ao lado do meu pé. — E meu bravo companheiro aqui é Shim.

Shim surgiu, cuspiu um pouco de terra e olhou feio para mim.

— Nós precisamos ir agora — falei. — Temos uma longa jornada pela frente.

— E aonde vão?

Respirei fundo.

— Ao castelo do rei.

— Não seria o Castelo Oculto, rapaz?

— Sim.

Honn balançou a cabeça, incapaz de acreditar. O gesto revelou suas orelhas, de um formato um pouco triangular e pontudo, embaixo da cobertura de cabelo castanho.

— O Castelo Oculto — murmurou ele. — Onde as Sete Ferramentas da Sabedoria, criadas há muitas eras, estão guardadas. Eu me lembro quando elas pertenciam ao povo, mas agora pertencem apenas ao rei! O arado que cultiva o próprio campo... a enxada que capina as próprias sementes... a serra que corta apenas a madeira que é necessária ...

Ele se deteve.

— Por que você quer ir lá?

— Para encontrar alguém. Uma amiga.

Honn me olhou como se eu tivesse enlouquecido.

— Você pode me dizer onde fica o castelo?

O homem ergueu a pá e apontou no ar na direção dos Morros Sombrios.

— Por ali. Não posso dizer mais nada, rapaz, a não ser que seria prudente da sua parte mudar os planos.

— Isso eu não posso fazer.

Ele fez uma careta ao me examinar com atenção.

— Não conheço você, Emrys, mas lhe desejo toda a sorte que restou em Fincayra.

Honn esticou a mão para a camisa que estava ao lado do canal e puxou uma adaga velha com uma lâmina estreita. Girou a arma uma vez na mão e depois me entregou.

— Aqui. Você vai precisar disso mais do que eu.

XXVI

A Cidade dos Bardos

Atravessei a tundra e segui na direção do terreno ondulante dos Morros Sombrios. A bolsa de ervas parecia mais pesada, agora que também carregava a adaga de Honn. Enquanto as botas calcavam o solo seco e áspero, o cajado estalava no chão. De vez em quando o ombro roçava no topo retorcido do cajado, e eu sentia o cheiro sutil de cicuta.

Shim, que murmurava para si mesmo sobre loucura, fazia um esforço para acompanhar meu passo. Contudo, não diminuiria o ritmo por causa dele. Não tínhamos tempo a perder. As palavras do goblin *destino pior do que a morte* ecoavam na mente sem parar.

Apesar das folhas de grama, das moitas de samambaias-de-metro e dos bosques de árvores esparsas que conseguiam sobreviver na tundra, as cores dominantes na planície, que se estendia ao horizonte escuro, eram em tons cinza e marrom opaco com toques de ferrugem. Várias vezes olhei para trás, na direção dos morros verdejantes da floresta Druma que sumiam, na tentativa de me lembrar da exuberância daquela terra. Conforme o sol ficava mais baixo às nossas costas, as sombras se tornavam mais longas e escuras.

Notei ao longe um grupo de árvores negras, sem folhas. Então, ao me aproximar, percebi a verdade. Aquilo que se parecia com troncos e galhos era, na verdade, os esqueletos de casas e estábulos — tudo o que sobrou de um vilarejo mais ou menos do tamanho de Caer Vedwyd. Não havia pessoas ou animais. Os prédios tinham sido completamente queimados. As paredes de pedra haviam sido destruídas. Ao lado da estrada coberta por cinzas que cruzava o vilarejo, um berço de madeira, que um dia fora o leito de uma criança, estava despedaçado. Não sobrou ninguém para contar o motivo da destruição do vilarejo.

Avançamos na direção dos Morros Sombrios. Embora tivesse atentado os dois ouvidos e a segunda visão para qualquer sinal de goblins, não encontrei nenhum. Porém, isso não era motivo para relaxar. O primeiro indício do pôr do sol surgia no céu. Em mais uma hora, a noite cairia. Eu só podia imaginar que tipo de criaturas rondavam o terreno ao escurecer.

Enquanto isso, Shim ficava mais para trás. Ele parava a toda hora para descansar, eu o encorajava a toda hora para andar. A força de Shim estava se esvaindo, assim como minha visão. Relutantemente, concluí que precisaríamos encontrar alguma espécie de abrigo antes do fim do dia. Onde, porém? A planície desolada não oferecia muitas opções.

Nós continuamos a jornada sobre as elevações e depressões longas e graduais do terreno. À medida que nossas sombras cresciam, também aumentavam os medos. Estranhos sons de uivos, meio lobo e meio vento, chegaram aos nossos ouvidos. Apesar das minhas súplicas, Shim ficava cada vez mais para trás.

Finalmente, quando cheguei ao topo de uma elevação, vislumbrei um vilarejo no vale. Tochas quentes e amarelas brilhavam nas ruas, enquanto fogos ardiam nas lareiras de casas baixas feitas de tijolos de barro. A boca ficou cheia d'água quando notei que o cheiro de madeira queimada se misturava ao de grãos torrados.

Shim se aproximou e trocou olhares comigo. Com um grito de alegria, ele começou a descer correndo na direção dos portões do vilarejo. Atabalhoado, mas cheio de esperança, corri atrás de Shim.

Um homem, sentado no chão ao lado dos portões, deu um pulo e ficou de pé de repente ao nos aproximarmos. Ele era alto, esquelético e segurava uma lança. Usava uma túnica simplória. Uma barba negra espessa cobria a maior parte do rosto, mas os olhos escuros e de uma enormidade fora do comum eram a característica que mais chamava atenção. Mesmo na luz difusa, eles brilhavam de forma sinistra, mas eu não conseguia parar de imaginar que a luz dos olhos do homem era mais fruto do medo que da inteligência. Realmente, o olhar parecia praticamente desvairado, como os olhos de um animal assustado à beira da morte.

O homem firmou os pés e apontou a lança para o meu peito. Embora não tivesse dito nada, a expressão era sombria.

— Nós viemos em paz — declarei. — Somos estranhos nessa terra e apenas procuramos abrigo para passar a noite.

Os olhos grandes do homem se arregalaram ainda mais, mas ele não disse nada. Em vez disso, deu uma estocada mais perto com a lança, o que tirou uma lasca do cajado e quase acertou minha mão.

— A gente tamos com fome — gemeu Shim. — Com fome e sono.

Novamente o homem silencioso deu uma estocada com a lança na nossa direção. Somente então notei a placa inclinada atrás dele, pendurada em um dos postes do portão. Entalhada em um pedaço de madeira gasto pelo tempo, a placa dizia *Bem-vindos a Caer Neithan, Cidade dos Bardos.* Embaixo estavam inscritas as palavras *Aqui a canção nunca tem final*, mas as frases que se seguiam estavam danificadas de alguma forma. Eu não conseguia ter certeza, mas pareciam ter sido apagadas.

Pelos portões vi uma mulher, alta e sombria como o homem, atravessar a praça da cidade correndo. Antes de entrar em uma das casas, ela parou, fazendo um gesto para chamar duas crianças, de talvez 4 ou 5 anos, cujos cabelos negros caíam sobre os ombros. Elas correram até a mulher e fecharam a porta com um estrondo. Achei estranho que nós ouvíssemos os passos dos pés descalços, mas não as vozes. A mulher, assim como as crianças, estavam tão caladas quanto o homem com a lança.

Então me dei conta de que, naquele vilarejo inteiro, não se ouvia uma voz sequer. Nenhum bebê chorando. Nenhum grupo de amigos rindo. Nenhum vizinho discutindo o preço do trigo, a causa dos piolhos ou a possibilidade de chuva. Nenhum som de raiva, de alegria ou de tristeza.

Absolutamente nenhuma voz.

O homem estocou novamente com a lança e quase acertou as dobras da minha túnica. Eu me afastei devagar, ainda considerando o brilho estranho em seus olhos. Com uma expressão séria, disse a ele:

— O que quer que tenha acontecido com você e seu vilarejo, sinto muito.

A lança cortou o ar novamente perto do meu peito.

— Vamos, Shim. Não somos bem-vindos aqui.

O pequeno gigante choramingou, mas deu meia-volta para me seguir. Nós nos arrastamos pela tundra, tão mudos quanto a Cidade dos Bardos. Com o tempo deixamos as tochas bruxuleantes bem para trás, embora o silêncio melancólico do vilarejo continuasse grudado em mim e em Shim.

Atrás de nós, o pôr do sol jogava uma cortina de um tom intenso de roxo sobre a floresta Druma. À nossa frente, a noite escurecia de modo rápido. Relutantemente, perdi as esperanças de encontrar qualquer abrigo naquela planície uniforme. No entanto, sabia que devia continuar procurando até o momento em que não conseguisse mais enxergar meu cajado. Caso contrário, assim como as criaturas que uivavam com fome ao longe, Shim e eu teríamos de passar a noite a céu aberto.

Naquele momento, vi uma espécie de silhueta à frente. Parecia ser uma rocha — e, em cima dela, havia uma pessoa.

Quando nos aproximamos, fiquei surpreso ao ver que era uma garota. Ela parecia ser alguns anos mais jovem do que Rhia. Sentada na rocha, a menina balançava os pés descalços e assistia enquanto os fachos roxos e azuis cortavam o céu que escurecia. Não parecia de maneira alguma assustada ao ver os viajantes que se aproximavam.

— Olá. — Ela jogou os cachos castanhos que quase batiam na cintura. Um sorriso maroto iluminava-lhe o rosto.

Com cuidado, cheguei mais perto.

— Olá.

— Você gostaria de ver o pôr do sol comigo?

— Obrigado, mas não. — Examinei os olhos brilhantes e exuberantes, tão diferentes dos olhos do homem que havíamos acabado de deixar para trás. — Você não deveria voltar para sua casa? É meio tarde.

— Ah, não — falou ela, com uma voz aguda. — Eu adoro assistir ao pôr do sol daqui.

Eu me aproximei.

— Onde é a sua casa?

A menina deu um risinho envergonhado.

— Eu conto se você me contar aonde está indo.

Talvez por causa do jeito amigável ou porque ela me lembrava um pouco Rhia, me senti atraído pela menina espirituosa. Queria conversar com ela, ao menos por um momento. Eu podia fingir, em algum canto remoto do coração, que estava novamente conversando com a própria Rhia. E se o vilarejo dela ficasse em algum lugar ali perto, ainda poderíamos encontrar abrigo para passar a noite.

— Aonde você está indo? — repetiu ela.

Eu sorri.

— Ah, aonde quer que minha sombra me leve.

Novamente a menina deu uma risadinha.

— Sua sombra vai desaparecer em breve.

— Assim como a sua. Você deveria ir para casa antes que escureça mais.

— Não se preocupe. Meu vilarejo fica logo depois daquela elevação ali.

Enquanto conversávamos, Shim se aproximou da rocha onde ela se sentava. Talvez o pequeno gigante também se sentisse atraído por ela, pelas mesmas razões que eu. Da parte da menina, ela não pareceu notar a aproximação de Shim. Então, fosse lá por que razão, ele parou e começou a recuar lentamente.

Sem achar nada demais nos movimentos de Shim, perguntei para a garota.

— Você acredita que seria possível que nós ficássemos em seu vilarejo na noite de hoje?

Ela jogou a cabeça para trás ao dar uma sonora gargalhada.

— É claro.

Fiquei animado. Achamos abrigo, afinal de contas.

Nesse exato momento, Shim cutucou a borda da minha túnica. Quando me abaixei, o pequeno gigante sussurrou.

— Não tô certo, mas tem algo estranho com as mãos dela.

— O quê?

— As mãos dela.

Sem esperar encontrar alguma coisa, dei uma olhadela ligeira para as mãos da menina. A princípio, não vi nada estranho. E, no entanto... as mãos realmente pareciam diferentes de alguma forma, de um jeito que eu não conseguia definir exatamente. De repente, percebi.

Os dedos. Os dedos são palmados.

O pássaro alleah! O aviso de Rhia de que os espectros mutantes têm sempre alguma espécie de defeito! Fiz menção de pegar a adaga que Honn me deu.

Tarde demais. A garota já havia começado a se metamorfosear em uma serpente. Os olhos castanhos ficaram vermelhos, a pele ganhou escamas, a boca virou uma mandíbula implacável. Ao mesmo tempo que o espectro pulou no meu rosto, uma fina camada de pele descascada estalou ao flutuar até o chão.

Mal saquei a faca para dar um golpe quando a serpente me derrubou. Shim gritou. Nós rolamos na tundra, um emaranhado de dentes e cauda, braços e pernas. Senti as garras do espectro se cravarem no meu braço direito.

Então, quase tão rápido quanto começou, a batalha cessou. Nossos corpos enroscados ficaram completamente imóveis no chão.

— Emrys? — perguntou Shim, timidamente. — Cê tá morto?

Lentamente, me mexi. Saí do abraço da serpente, cuja garganta fora aberta pela adaga. Sangue com cheiro repugnante fluía do corte e descia pela barriga escamosa. Debilitado, cambaleei até a pedra e me apoiei nela, ao mesmo tempo que agarrava meu braço ferido.

Shim me olhou com admiração.

— Cê salvou a gente.

Balancei a cabeça.

— O que nos salvou foi pura sorte. Isso... e um pequeno gigante observador.

XXVII

CAIRPRÉ

A pouca luz que restava rapidamente foi embora. Nós nos acomodamos para passar a noite ao lado de um córrego que mal fluía, a algumas centenas de passos dos restos mortais do espectro mutante. Cada um de nós estava voltado para os próprios pensamentos, nenhum dos dois falava. Enquanto Shim olhava fixamente para as margens erodidas para ter certeza de que nenhuma criatura mortal se escondia ali, eu preparava um cataplasma da bolsa de ervas.

As ervas tinham um leve cheiro de tomilho. E raiz de faia. E de Branwen. Cautelosamente, passei o cataplasma nas marcas de dentes no braço, mas sabia muito bem que ela teria feito muito melhor. Tentei cantarolar um dos cânticos calmantes de Branwen, mas não consegui me lembrar de mais do que algumas notas.

Eu sabia, conforme a escuridão nos envolvia, que a segunda visão em breve não serviria para nada. Pousei o cajado e me recostei em um toco de árvore podre, com a adaga firme na mão. Ergui a lâmina estreita que matou o espectro. Será que Honn a usava no trabalho? Ou levava apenas como proteção? De qualquer forma, eu agora estava duplamente em dívida com ele.

Algumas tênues estrelas começaram a aparecer no céu. Tentei procurar por algumas das constelações de Rhia, compostas não de estrelas, mas sim do espaço entre elas. Pensei na árvore shomorra, carregada de frutas. No texto nas paredes de Arbassa. Na caverna de cristal, toda brilhante. No entanto, tudo aquilo parecia distante no tempo e no espaço.

Para minha decepção, as estrelas eram tão poucas e estavam tão espalhadas que não fui capaz de encontrar padrão algum. Então percebi que até mesmo aquelas estrelas não brilhavam mais à medida que o céu escurecia. Elas pareciam ocultas de alguma forma, e não por nuvens, pelo menos não por nuvens comuns. Algo detinha as estrelas, algo impedia que iluminassem aquela região.

Naquele momento, senti um cheiro fraco de fumaça no ar, como se uma fogueira queimasse por perto. Eu me sentei ereto e forcei a segunda visão, mas não vi chama em lugar algum.

Mais estranho ainda, notei que um vago círculo de luz iluminava a área onde estávamos deitados no chão. A luz não vinha das tênues estrelas, mas de outro lugar. O que mais poderia estar nos iluminando? Intrigado, examinei mais de perto.

De repente, compreendi. A iluminação suave não vinha de cima, mas de baixo. Vinha, na verdade, do toco de árvore podre!

Rolei para o lado. Com cuidado, examinei mais de perto. Notei um círculo brilhante no topo do toco, como se uma porta tivesse sido entalhada na madeira e permitisse que um anel de luz se irradiasse através dela.

— Olhe aqui, Shim.

Meu companheiro se aproximou. Ao ver o toco brilhante, prendeu a respiração.

— Agora tô certo que a gente acampamos no lugar errado.

— Eu sei, mas essa luz parece agradável de alguma forma.

Shim franziu a testa.

— A garota serpejante também parecia agradável a princípio.

Então, sem aviso prévio, a porta se abriu. Do interior saiu uma cabeça desgrenhada com uma testa alta e olhos escuros e observadores. A cabeça de um homem.

Os olhos muito escuros me encararam, depois se voltaram para Shim, durante um bom tempo.

— Tudo bem — falou o estranho, em uma voz baixa e ressonante. — Vocês podem entrar, mas não tenho tempo para histórias.

A cabeça sumiu no interior do tronco. Shim e eu trocamos olhares perplexos. Histórias? O que ele quis dizer?

Finalmente, avisei:

— Vou descer. Venha comigo ou fique aqui, como quiser.

— Eu fico! — respondeu Shim, decidido. — E cê devia esquecer essa tolice e ficar também.

— Vale correr o risco se isso significar que não teremos de acampar a céu aberto.

Como para enfatizar meu argumento, os uivos ao longe voltaram.

— E se esse homem se transformar em outra serpente serpejante? E se ocê ficar preso no buraco?

Não respondi. Dei uma espiadela pela porta para o interior de um túnel estreito. Embora ele estivesse bem iluminado, o que restaurou minha segunda visão, tudo o que eu conseguia ver daquele ângulo era uma escada tosca que levava para baixo. Hesitei, pensando no alerta de Shim.

O volume dos uivos aumentou.

Com a adaga firme em uma das mãos, coloquei o pé na entrada e comecei a descer. Conforme eu descia, notava que os degraus de madeira estavam muito gastos, como se várias centenas de mãos e pés tivessem feito uso deles. Torci para que as centenas de mãos e pés também tivessem saído por eles.

Fui descendo, degrau por degrau. Em pouco tempo, um cheiro de couro e mofo subiu pelo túnel. Era um cheiro que me deixava empolgado, pois eu o havia sentido apenas uma vez antes, na igreja de São Pedro em Caer Myrddin. Quanto mais eu descia, mais intenso ele ficava.

Era o cheiro de livros.

Quando finalmente cheguei ao fundo, olhei espantado, porque eu estava cercado por centenas e centenas de volumes. Eles cobriam as paredes e o chão da sala subterrânea de ponta a ponta, de cima a baixo.

Livros por toda parte! Livros de todas as espessuras, cores, tamanhos e também idiomas — a julgar pelos textos e símbolos variados nas capas. Alguns tinham capas de couro. Outros eram tão surrados que não tinham capa alguma. Alguns eram feitos de papiros do Nilo. Outros, feitos de pergaminhos da terra chamada pelos gregos de Anatólia e de Ásia Menor pelos romanos, pareciam pele de carneiro.

Os livros estavam dispostos em fileiras sobre prateleiras que cediam ao peso nas paredes. Havia tantas pilhas no chão, que só restava uma passagem estreita de um lado ao outro da sala. Estavam reunidos em um monte debaixo da mesa de madeira maciça, apinhada de papéis e materiais para escrita. Os livros até mesmo cobriam grande parte da cama de pele de cordeiro, no canto.

Do outro lado da cama, uma copa pequena, porém satisfatória, tinha prateleiras com frutas e grãos, pães e queijos. Havia dois banquinhos de um lado e uma lareira do outro, que estalava com uma chama intensa o suficiente para iluminar a sala de estar e o túnel que levava ao toco lá em cima. Próximo à lareira ficava um caldeirão de ferro. Tigelas sujas com restos de comida estavam empilhadas ao lado do caldeirão, talvez na esperança de que, com o tempo, acabassem se lavando sozinhas.

O homem de cabelo comprido estava sentado em uma cadeira de espaldar alto na parede do outro lado. As sobrancelhas desgrenhadas e com fios grisalhos se projetavam como um matagal sobre os olhos. Ele usava uma túnica branca esvoaçante com uma gola alta que quase tocava no queixo. Por alguns instantes, o homem não pareceu notar que eu havia me juntado a ele.

Coloquei a adaga de volta na bolsa. O homem não se mexeu. Eu não me senti à vontade e pigarreei.

O homem continuou sem tirar os olhos do livro.

— Obrigado pelo convite.

Ao ouvir isso, o homem se remexeu.

— De nada. Agora, poderia fechar o alçapão da porta da frente? Correntes de ar, você sabe. Sem falar nas feras, que não merecem ser citadas e que gostam de espreitar durante a noite. Você vai encontrar a tranca.

Ele fez uma pausa ao notar alguma coisa.

— E diga ao seu amigo minúsculo que ele não tem obrigação alguma de se juntar a nós. Ele não precisa ficar sem jeito. Claro que é uma pena, pois ele irá perder meu mel de trevo fresquinho.

De repente, ouvi um baque no túnel. Segundos depois, Shim estava ao meu lado.

— Mudei de ideia — falou ele, timidamente.

O homem fechou o livro e o recolocou na prateleira atrás da cadeira.

— Nada como uma boa leitura para terminar um dia de boas leituras.

Não consegui evitar o sorriso.

— Nunca vi tantos livros.

O homem concordou com a cabeça.

— As histórias me ajudam a viver, a trabalhar, a encontrar o significado oculto em cada sonho, cada folha, cada gota de orvalho.

Fiquei lívido. Branwen não tinha me dito quase a mesma coisa certa vez?

— Eu apenas gostaria — continuou o homem — de ter mais tempo para aproveitá-los. Nos dias de hoje, como tenho certeza de que você sabe, nós temos outras distrações.

— Você quer dizer goblins e coisas do gêneros.

— Sim, mas são *as coisas do gênero* que eu menos gosto. — Ele balançou a cabeça com uma expressão séria e puxou outro livro. — É por isso que tenho tão pouco tempo para minhas histórias favoritas agora. Estou tentando achar algum tipo de resposta nos livros, para que a própria história de Fincayra não precise acabar antes que chegue a sua hora.

Assenti.

— A Ruína está se espalhando.

Sem erguer os olhos do livro, ele respondeu:

— Pois é! Você conhece os dramaturgos gregos? Sófocles tinha uma frase fantástica em *Édipo Rei*, pelo que lembro.

A corrosão consome o que germina. E é realmente o que está acontecendo com a nossa terra. Uma corrosão que consome o que germina, que consome tudo.

O homem tirou outro livro e colocou em cima do primeiro, ainda no colo.

— No entanto, não podemos perder as esperanças. A resposta pode estar escondida em algum volume esquecido. *Vale a olhadela em cada novela.* — Ele ergueu a cabeça e pareceu um pouco envergonhado. — Perdão pela rima. Elas escapam, ao que parece. Mesmo que eu tente parar de fazê-las, não consigo. Como eu dizia, *há saber no ato de ler.*

Ele pigarreou.

— Mas chega disso agora. — O homem gesticulou para a copa. — Vocês estão com fome? Sirvam-se. O mel fica à esquerda, ao lado das ameixas. Há pães de vários tipos ali, assados duas vezes à moda dos Slantos, ao norte.

— Não ouvi falar deles — confessei.

— O que não me surpreende. — O homem voltou a folhear as páginas. — A maior parte daqueles territórios ao norte não foi explorada, nem mapeada. E pense nas Terras Perdidas! Pode ser que existam povos ali, povos muito extraordinários, que jamais foram visitados por ninguém.

Ele se debruçou sobre o livro, refletindo sobre uma página em especial.

— E posso saber seus nomes?

— Sou chamado de Emrys.

O homem ergueu a cabeça e me olhou de uma forma estranha.

— É chamado? Você diz como se não tivesse certeza se é seu nome de verdade.

Mordi o lábio.

— E quanto ao seu companheiro?

Dei uma olhadela para a pequena figura que já estava na copa devorando um pão com uma quantidade generosa de mel de trevo fresquinho.

— Aquele é Shim.

— E eu sou Cairpré, um humilde poeta. Perdoe-me por estar tão preocupado em ser um bom anfitrião, mas fico sempre contente em receber uma visita.

Ele fechou o livro e continuou me observando.

— Especialmente uma visita que me lembra tanto uma querida amiga.

Senti uma estranha pontada de medo ao perguntar:

— Que amiga seria essa?

— Eu era um amigo íntimo... de sua mãe.

As palavras caíram sobre mim com o peso de bigornas.

— Minha... minha mãe?

Cairpré pousou na cadeira os livros que estavam no colo. Ele veio até mim e colocou uma mão em meu ombro.

— Venha. Temos muito o que conversar.

XXVIII

Uma Pergunta Simples

Cairpré me levou até os banquinhos gêmeos da copa. Após retirar alguns livros com capa de couro dos assentos, nós nos sentamos. Shim, por sua vez, já tinha subido na primeira prateleira da despensa e parecia muito à vontade, cercado por generosas provisões para o jantar.

O poeta me observou em silêncio por vários segundos.

— Você mudou desde a última vez que o vi. Mudou muito! Tanto que a princípio nem sequer o reconheci, embora você possa, creio eu, dizer o mesmo a meu respeito. Foram cinco ou seis anos, afinal de contas.

Não consegui conter a empolgação.

— Você já havia me encontrado antes? E a minha mãe também?

O olhar dele ficou sombrio.

— Você não se lembra?

— Eu não me lembro de nada da minha infância! Até o dia em que fui parar na praia, tudo é um mistério. — Agarrei a manga da túnica branca de Cairpré. — Mas você pode me ajudar! Pode responder às minhas perguntas! Conte-me tudo o que puder. Primeiro: sobre a minha mãe. Quem é ela? Onde ela está? Por que você disse que ela *era* uma amiga?

Cairpré se recostou no banquinho e agarrou o joelho com ambas as mãos.

— Parece que vou contar uma história, afinal de contas.

Após uma pausa, ele começou:

— Houve um dia em que uma mulher, uma mulher humana, chegou ao litoral desta ilha. Ela veio da terra dos celtas, de um lugar chamado Gwynedd.

Senti uma súbita pontada de dúvida. Será que estive errado o tempo todo a respeito de Branwen? Hesitante, perguntei:

— Qual era o nome dela?

— Elen.

Soltei um suspiro de alívio.

— Pois então, Elen era bem diferente de nós, fincayranos. A pele era mais branca do que a maioria, mais leitosa do que rosada. As orelhas também tinham um formato diferente, eram mais redondas do que triangulares. Na verdade, ela era linda, porém o traço mais chamativo eram os olhos. Eles brilhavam com uma cor diferente de todas que já foram vistas nesta ilha. Puro azul, sem traços de cinza ou marrom. Azul como uma safira. Assim, ela era chamada de Elen dos Olhos de Safira.

Eu estremeci.

— Ela veio aqui — continuou o homem — por causa de seu amor por um homem de sangue fincayrano. Um homem deste mundo, não do mundo de Elen. E logo que chegou, ela descobriu outro amor também. — Ele olhou ao redor da sala. — Livros! Elen amava livros, de todas as terras e todas as línguas. Na verdade, nós nos conhecemos por causa de um livro, quando ela veio aqui para buscar um que eu peguei emprestado e estava ligeiramente atrasado... há uma década ou mais. Depois disso, Elen vinha aqui frequentemente para ler e conversar. Ela se sentava no mesmo banco em que você está agora! Elen se interessava especialmente pela arte da cura, como era praticada ao longo das eras. Ela mesma possuía um dom para curar os outros.

Estremeci novamente.

Cairpré deu um sorriso para si mesmo ao se lembrar de alguma coisa.

— Mas seus livros favoritos dentre todos, creio eu, eram as histórias dos gregos.

— Isso é verdade? — exigi. — Você jura que é verdade?

— É sim.

— Ela me contou tão pouca coisa. Nem mesmo seu nome! Ela apenas se chamava Branwen.

Cairpré se voltou para uma prateleira alta de livros.

— Como é típico de ela escolher um nome saído das lendas. No entanto, me entristece ouvir que ela tenha escolhido um nome tão trágico.

— *Ó dia triste! Assim nunca eu nascesse* — citei.

O poeta olhou para mim.

— Então você conhece a lenda?

— Conheço. — Meu lábio inferior tremeu. — Mas eu não *a* conhecia. De maneira alguma. Ela falava tão pouco sobre si que eu me recusava...

Minha garganta deu um nó, e comecei a soluçar baixinho. O poeta me observava com a mesma compaixão de alguém que sentia a mesma pontada de dor. No entanto, ele não tentou me confortar. Simplesmente me deixou derramar as lágrimas de que precisava.

Finalmente, com um sussurro rouco, concluí a frase.

— Eu me recusava... a chamá-la de mãe.

Cairpré não disse nada por um tempo. Quando finalmente falou, fez uma pergunta simples.

— Ela amava você?

Erguendo a cabeça, concordei lentamente.

— Sim.

— Ela cuidou de você quando precisou de ajuda?

— Sim.

— Então você a conheceu de fato. Você conheceu a alma de Elen.

Sequei o rosto com a túnica.

— Talvez, mas essa não é a sensação que tenho. Você pode me contar alguma coisa... sobre o meu pai?

O olhar de Cairpré ficou estranho e distante.

— Seu pai era um jovem impressionante. Forte, obstinado, empolgado. *Toda entusiamada, sua intensa jornada*. Não, o ritmo está todo errado. Deixe-me tentar de novo. *Vigilante! Vigoroso! Um empenho estrondoso!* Pronto, assim está melhor. Em nossa língua mais antiga, o nome dele significava Escalador de Árvores, porque ele adorava subir em árvores quando menino. Às vezes, ele até mesmo escalava ao topo de uma árvore e ficava lá apenas pela experiência de encarar uma terrível tempestade.

Eu ri alto por compreender mais do que o poeta era capaz.

— No entanto, a infância do Escalador de Árvores, creio eu, esteve longe de ser feliz. A mãe dele, Olwen, era uma filha do mar, um daqueles seres que as pessoas da Terra chamam de *povo marinho*, embora os fincayranos prefiram *povo do mar*. Então ele, como você, nasceu com as estranhas profundezas do mar nos ossos. No entanto, a Longa Jornada de Olwen ocorreu cedo demais.

— Eu ouvi falar da Longa Jornada.

Cairpré suspirou.

— E ela é longa mesmo. Difícil também, de acordo com *As Glórias de Dagda*. A não ser, é claro, que por acaso você seja um dos poucos que são levados para o Outromundo bem na hora da morte, mas isso é raro, extremamente raro.

— Você falava do meu pai.

— Ah, sim, seu pai. Uma vez que Olwen morreu quando ele era apenas um bebê, seu pai foi criado pelo próprio pai, um fincayrano conhecido como Tuatha, filho de Finvarra. Bem, Tuatha era um feiticeiro magistral e um homem poderoso. Diziam que até mesmo o grande espírito Dagda às vezes ia à casa dele para discutir assuntos importantes. Porém, infelizmente, esse feiticeiro tinha pouco tempo para as necessidades do próprio filho. E Tuatha teve menos tempo ainda quando descobriu que o menino não tinha o dom da magia, na ocasião em que seu pai era mais ou menos da sua idade agora. *Os poderes*, como Tuatha os chamava.

Eu engoli em seco, pois sabia que tais poderes não eram um dom, mas sim uma maldição. Eu me lembrei da profecia do meu avô, como foi contada a mim por Branwen, Elen, minha mãe. Que um dia ela teria um filho que possuiria poderes maiores do que os dele. *Cuja magia brotaria das fontes mais profundas*. Que besteira! Ele podia ter sido um grande feiticeiro, mas não poderia estar mais errado.

— A vida do seu pai mudou, porém, quando ele conheceu Elen, durante uma de suas viagens à Terra. Os dois se apaixonaram profundamente. Embora isso raramente aconteça, e ainda mais raramente ocorra de maneira bem-sucedida, esse homem e essa mulher de mundos diferentes se casaram. Elen veio morar em Fincayra. E por causa do amor dos dois, uma nova força surgiu no coração dele, uma nova tranquilidade no olhar. *O laço do sentimento supera o distanciamento.* A felicidade do casal foi grande por um tempo, embora infelizmente esse tempo tenha sido breve demais.

Agarrando a borda do banquinho onde minha mãe se sentara havia muito tempo, me inclinei para a frente.

— O que aconteceu?

O rosto de Cairpré, que já estava sério, ficou ainda mais.

— Seu pai — começou o poeta, que depois fez uma pausa para pigarrear. — Seu pai fazia parte do círculo real de Stangmar. Quando o espírito maligno Rhita Gawr, que há muito tempo tinha planos para Fincayra, começou a cortejar o rei, seu pai estava presente. E seu pai, como o restante do círculo, aos poucos foi entrando em uma enrascada. A mesma enrascada que acabou por corromper o rei, assim como toda Fincayra.

— Meu pai não tentou resistir a Rhita Gawr? Não tentou evitar que o rei desse ouvidos a ele?

— Se seu pai tentou, ele fracassou. — O poeta suspirou. — Você tem de entender. Muitas pessoas boas foram enganadas pela traição de Rhita Gawr. Seu pai foi apenas uma delas.

Eu me senti mais pesado do que uma pedra.

— Então meu pai ajudou a trazer a Ruína para Fincayra.

— Isso é verdade, mas todos nós temos uma parcela de culpa.

— O que quer dizer?

Cairpré fez uma careta, de tão dolorosa que era a lembrança.

— Tudo aconteceu aos poucos, veja bem. Tão gradualmente que ninguém entendeu exatamente o que estava ocorrendo, até ser tarde demais. Ninguém, além do próprio Stangmar, compreende exatamente como a situação começou. Tudo o que qualquer outra pessoa sabe é que, de alguma forma, Rhita Gawr se ofereceu para proteger o rei na hora de um aperto. Recusar essa ajuda teria colocado o rei, e portanto Fincayra, em alguma espécie de perigo. Rhita Gawr deve ter planejado muito cuidadosamente porque tornou praticamente impossível para o rei recusar a ajuda. E Stangmar simplesmente a aceitou.

Ele fez uma pausa para tirar uma pequena mariposa marrom da gola branca e a colocou com delicadeza em cima de uma pilha de livros ao lado do banquinho.

— Aquela simples decisão levou a uma cascata de tragédias, uma atrás da outra. Quando Rhita Gawr convenceu Stangmar de que seus inimigos tramavam para derrubá-lo, o rei fez uma aliança questionável com os guerreiros goblins e os espectros mutantes.

Eles saíram de seus buracos escuros! Aí vieram os rumores de que os gigantes, o povo mais antigo de Fincayra, de repente se tornaram perigosos, não apenas para o rei, mas também para o restante de nós. Então poucos discordaram quando Stangmar ordenou que os gigantes fossem caçados. Os gigantes sempre pareceram tão... *diferentes* para a maioria das pessoas. Aqueles entre nós que discordaram foram ridicularizados ou apanharam até se calar. A seguir, Stangmar deu ouvidos aos alertas de Rhita Gawr e começou uma campanha para livrar a terra de todos os inimigos do rei e para confiscar os Tesouros de Fincayra, porque de alguma forma eles poderiam cair nas mãos dos inimigos.

— Ninguém tentou impedir isso?

— Algumas bravas almas tentaram, mas eram poucas e foi tarde demais. Stangmar esmagou qualquer oposição, queimou vilarejos inteiros diante da menor suspeita de traição. No entanto, até mesmo isso era preferível ao que ele fez com o vilarejo de Caer Neithan.

Tive um sobressalto.

— Você quer dizer... a Cidade dos Bardos?

— Você sabe disso? Ah, que perda para o nosso mundo e todos os demais! Por eras incontáveis, aquela cidade foi uma fonte de música e canções, lar dos nossos mais inspirados contadores de histórias, berço de gerações de bardos. Laon, o Manco, nasceu lá! Pwyll escreveu seu primeiro poema na aldeia! *A Nave da Ilusão* foi composta ali! Eu poderia continuar sem parar. *Aqui a canção nunca tem final, enquanto as histórias sobem a escada espiral.*

Concordei com um gesto de cabeça e observei:

— As palavras na placa.

— Exatamente. Elas eram verdadeiras quando foram escritas, mas agora não passam de uma zombaria. Bem sei, afinal fui eu que as escrevi. — Ele suspirou. — Também nasci em Caer Neithan.

— O que aconteceu lá?

Cairpré me examinou com um olhar triste por um tempo.

— De todos os famosos Tesouros roubados por Stangmar, como a espada Cortefundo, que consegue cortar até a alma; a Harpa Florescente, que é capaz de invocar a primavera; o Caldeirão da Morte, que pode acabar com qualquer vida, o Tesouro mais celebrado pelos bardos através dos tempos era o Evocador de Sonhos. Era uma trompa com o poder de tornar realidade sonhos fantásticos, e por séculos era usado apenas moderadamente e com prudência. Porém, com a ajuda de Rhita Gawr, Stangmar usou o Evocador de Sonhos para punir Caer Neithan por acolher aqueles que ousaram se opor às suas políticas. Ele deu vida ao sonho mais horrível de qualquer bardo e o infligiu à cidade inteira.

Ao me lembrar do olhar transtornado do homem com a lança, quase tive medo de perguntar.

— Que sonho era esse?

Os olhos do poeta ficaram embaçados.

— Que todo homem, mulher e criança naquele vilarejo jamais falaria, cantaria ou escreveria novamente. Que os instrumentos de suas almas, as próprias vozes, seriam silenciados para sempre.

A voz de Cairpré era um mero sussurro quando ele continuou.

— A essa altura, não sobrou ninguém para protestar quando Rhita Gawr insistiu que Stangmar destruísse o próprio castelo, o maior e no entanto mais acolhedor lar que qualquer rei ou rainha poderia pedir na vida, incluindo a biblioteca, que era mil vezes maior do que a minha. E por quê? Sob a alegação de que o castelo não era seguro o suficiente contra ataques! Então Rhita Gawr construiu um novo castelo para Stangmar, um castelo onde seu próprio poder maligno está entranhado, e com certeza chamou isso de um gesto de amizade. Assim surgiu o Castelo Oculto, que sempre gira sobre a própria fundação, de onde ele espalha uma nuvem impenetrável, que agora escurece nosso céu, e a terrível Ruína que sufoca nosso solo.

O poeta coçou o queixo.

— O castelo é guardado pelos próprios guerreiros mortos-vivos de Rhita Gawr, os necrontes. Suas vidas, se é que se pode chamar assim, pois na verdade eles eram homens cujos corpos foram ressuscitados por Rhita Gawr, jamais chegarão ao fim, pelo menos não por golpes mortais, porque a própria rotação do Castelo Oculto os mantém vivos! Desde que o castelo continue a girar, eles permanecerão lá, realizando atos mais sombrios do que a própria Mortalha!

Lamentei por Rhia. Se ainda estivesse viva, ela provavelmente estaria nas entranhas daquele mesmo castelo! Estaria à mercê dos necrontes e do próprio Stangmar. O que aconteceria com Rhia quando o rei chegasse à conclusão de que ela não poderia, nem iria ajudá-lo a obter o Galator, o último Tesouro? Estremeci ao pensar nisso. E fiquei desesperado diante da convicção da Grande Elusa de que a única maneira de derrubar Stangmar seria destruindo o Castelo Oculto. Era praticamente o mesmo que desejar ter asas!

— Agora você entende — acrescentou Cairpré — que Stangmar é na verdade o prisioneiro de Rhita Gawr. E assim como Stangmar está aprisionado, todos nós também estamos.

— Por que Dagda não interveio para deter toda essa situação? Ele está lutando contra Rhita Gawr em outras frentes, não é?

— Está sim. No Outromundo assim como nesse mundo. Porém, ao contrário de Rhita Gawr, Dadga acredita que, para vencer, ele essencialmente precisa respeitar o livre-arbítrio das pessoas. Dagda deixa que façamos nossas próprias escolhas, para o bem ou para o mal. Então, se Fincayra for salva, ela tem de ser salva pelos fincayranos.

XXIX

Asas Perdidas

Cairpré esticou o braço em volta de Shim, que deu um jeito de se esparramar (e também ao mel de trevo) pela prateleira da despensa. O cabeludo arrancou um pedaço do pão preto de grãos e dividiu ao meio. Ele me entregou um pedaço e ficou com o outro.

— Aqui. Antes que seu amiguinho coma tudo.

Shim não pareceu notar e continuou a se empanturrar.

Dei um sorrisinho e mordi o pão coberto de crosta. Ele parecia duro, quase como pedra, até que uma mastigação vigorosa o deixou um pouco mais macio. Então, para minha surpresa, o pão rapidamente se dissolveu em líquido e preencheu minha boca com um sabor penetrante de menta. Assim que engoli, fui tomado pela sensação de estar bem alimentado. Ajeitei as costas. Até mesmo a dor de sempre entre as omoplatas melhorou um pouco. Dei outra mordida.

— Notei que você gostou do pão de ambrósia — disse Cairpré, com a boca cheia. — Um dos melhores feitos dos Slantos, sem dúvida. Ainda assim, dizem que ninguém de outros lugares de Fincayra jamais provou qualquer um dos pães mais especiais dos Slantos, e que eles guardam essas receitas preciosas com a vida.

Examinei cuidadosamente as paredes e o chão da sala, tão atulhados de volumes. Estar ali dava a sensação de estar no porão de um navio cuja carga consistia apenas em livros. Eu me lembrei do olhar melancólico de Branwen quando ela falou sobre estar em uma sala cheio de livros — aquela ali mesma, sem dúvida. Mesmo com a Ruína que se espalhava, deve ter sido difícil para ela abandonar aquela sala, aquela região, para sempre.

Eu me voltei para Cairpré.

— Bran... quero dizer, minha mãe deve ter amado estar aqui com todos os seus livros.

— Com certeza. Ela queria ler os ensinamentos dos fincayranos, dos druidas, dos celtas, dos judeus, dos cristãos, dos gregos. Sua mãe se dizia minha discípula, mas na verdade a situação era mais o inverso. Aprendi muito com ela.

O poeta olhou para a pilha de livros ao pé da escada. Na capa de couro do livro do topo, havia um retrato folheado a ouro que reluzia à luz da lareira e mostrava uma figura conduzindo uma carruagem de chamas.

— Eu me lembro uma vez — falou ele, com uma voz distante — quando varamos a noite falando sobre esses lugares incríveis onde seres mortais de carne e osso e seres de espíritos imortais viviam lado a lado. Onde o tempo flui tanto linearmente quanto em círculo. Onde o tempo sagrado e o tempo histórico coexistem. *Lugares intermediários*, ela os chamava.

— Como o monte Olimpo.

O poeta concordou com a cabeça.

— Ou como Fincayra.

— Foram os problemas cada vez maiores que fizeram minha mãe querer ir embora de Fincayra? Ou foi algo mais?

Ele me olhou de modo esquisito.

— Sua suspeita está correta. Houve algo mais.

— O quê?

— Você, meu garoto.

Eu franzi a testa.

— Não entendi.

— Deixe-me explicar. Você conhece a ilha grega de Delos?

— É onde Apolo nasceu, mas o que isso tem a ver comigo?

— A ilha era outro lugar *intermediário*, ao mesmo tempo sagrado e histórico. É por isso que os gregos jamais permitiram que alguém desse à luz em Delos. Eles não queriam que nenhum mero mortal fosse capaz de dizer que nasceu em um solo que pertenceu primeiro aos deuses. E os gregos matavam ou baniam quem fosse tolo o suficiente para desobedecer.

— Ainda não entendo o que isso tem a ver comigo.

Nesse momento, Shim soltou um arrotão, bem maior do que alguém esperaria de uma pessoa tão pequena. No entanto, o pequeno gigante não pareceu perceber, assim como dava a impressão de ter se esquecido de Cairpré e de mim. Ele simplesmente bateu na barriga e voltou à importante questão do mel de trevo fresquinho.

Cairpré ergueu as sobrancelhas desgrenhadas e achou graça, depois ficou sério.

— Assim como em Delos, na ilha de Fincayra é estritamente proibido nascer alguém com sangue humano. Esse território não é da Terra, nem do Outromundo, embora seja uma ponte entre ambos. Visitantes de cada um dos mundos chegam aqui e às vezes permanecem por anos, mas, no entanto, não podem considerar este lugar seu lar.

Eu me inclinei mais para a frente.

— Ando procurando meu lar, então me ajude a entender uma coisa: se minha mãe teve de sair de Fincayra para dar à luz a mim, para onde ela foi? Você sabe onde eu nasci?

— Eu sei — respondeu o poeta, em tom grave. — Não foi onde você deveria ter nascido.

Prendi o fôlego.

— Você está afirmando que nasci em Fincayra, embora tenha sangue humano?

O rosto de Cairpré disse tudo.

— Isso quer dizer que estou em perigo?

— Mais do que você pensa.

— Como isso aconteceu? Você disse que era proibido.

— Posso explicar o que aconteceu, mas não o motivo. — Cairpré coçou o cocoruto. — Aconteceu desta maneira: seus pais, cientes da antiga lei de Fincayra, sabiam que Elen deveria ir de barco para outra terra para dar à luz, mas também sabiam que ninguém poderia ter certeza se, ao zarpar de Fincayra, ele ou ela um dia voltariam. A passagem aqui é estranha, como você sabe muito bem. Às vezes a porta está aberta; às vezes não. Muitos dos que saíram da ilha, e esperaram desesperadamente voltar, encontraram apenas um fiapo de bruma sobre as águas. Outros morreram nos mares tempestuosos. *Tudo ignoramos, mas sozinhos navegamos.*

Ele balançou a cabeça.

— Seu pai e sua mãe se amavam profundamente e não queriam se separar. Se Tuatha não tivesse mandado que seu pai ficasse, creio que ele teria zarpado com ela. Além disso, suspeito que Elen conseguia sentir os problemas surgindo e não queria deixá-lo. Então os dois ficaram protelando por muito tempo antes de se separarem. Tempo demais. Sua mãe já estava no nono mês quando finalmente zarpou.

Senti algo quente contra o peito e olhei para a túnica. Entre as dobras, o Galator emitia um brilho fraco, fazendo um círculo de luz verde sobre o coração. Rapidamente, cobri o lugar com a mão e torci que Cairpré não notasse e interrompesse a história.

— Logo depois que o barco zarpou, uma tempestade terrível surgiu nas ondas. Foi o tipo de tempestade à qual poucos marinheiros desde Odisseu sobreviveram. O barco virou, quase afundou e foi forçado a voltar à praia. Naquela mesma noite, encolhida nos destroços do barco, sua mãe deu à luz. — Ele fez uma pausa e pensou. — E Elen batizou o menino de Emrys, o nome celta de sua terra natal.

— Então esse é o meu verdadeiro nome?

— Não necessariamente! Seu verdadeiro nome pode não ser seu nome de batismo.

Fiz um meneio demonstrando compreensão.

— Emrys nunca caiu bem para mim. Mas como eu encontro meu verdadeiro nome?

Os olhos fundos me examinaram, pensativos.

— A vida vai encontrar para você.

— Não sei o que você quer dizer.

— Com sorte, você saberá no devido tempo.

— Bem, meu verdadeiro nome é um mistério, mas pelo menos agora sei que sou de Fincayra.

Cairpré balançou a cabeça grisalha.

— Você é e não é.

— Mas você disse que eu nasci aqui!

— Seu lugar de nascimento pode não ser o lugar ao qual pertence.

Senti uma pontada de frustração e tirei o Galator para fora da túnica. O centro cravejado, que ainda emitia um brilho fraco, reluziu à luz do fogo.

— Ela me deu isto! Isto não prova que sou daqui?

Um novo ar de tristeza tomou conta dos olhos fundos de Cairpré.

— O Galator é daqui, sim. Se você é ou não é daqui, não sei.

Exasperado, reclamei:

— Será que preciso destruir o castelo, o rei e todo o exército dele antes de você dizer que sou daqui?

— Posso dizer isso um dia — respondeu o poeta, calmamente — se você disser o mesmo.

A atitude dele, ou até mesmo suas palavras, me acalmou de certa forma. Recoloquei o pingente dentro da túnica. Ao sentir novamente a dor entre as omoplatas, alonguei bem os braços.

Cairpré me observou com uma expressão compreensiva.

— Então você também sente a dor. Nesse sentido você certamente é um filho de Fincayra.

— A dor nos meus ombros? Como isso deveria fazer alguma diferença?

— Isso fez toda a diferença no mundo. — Ao notar a confusão no meu rosto, ele novamente se recostou no banquinho, segurou o joelho e começou a contar uma história.

— Há muito, muito tempo, os fincayranos andavam sobre a terra, como fazem agora, porém também eram capazes de outra coisa. Eles também sabiam voar.

Arregalei os olhos.

— O dom de voar era deles. Os fincayranos tinham lindas asas brancas, dizem as velhas lendas, que nasciam entre as omoplatas, de forma que podiam planar com as águias e pairar nas nuvens. *A asa branca o voo sem fim alcança.* Eles se arriscavam bem acima das terras de Fincayra e até mesmo em terras mais distantes.

Por um instante, quase senti o bater das asas do falcão irascível que cruzava o céu antes de pousar no meu ombro. Transtorno gostava tanto de voar! Eu sentia falta dele, quase tanto quanto sentia de Rhia.

Dei um sorriso triste para Cairpré.

— Então os fincayranos tinham as orelhas dos demônios e as asas dos anjos.

Ele achou graça.

— Essa é uma forma poética de dizer.

— O que aconteceu com as asas?

— Eles perderam, ainda que não seja claro como aconteceu. Essa é uma história que não sobreviveu, embora eu fosse capaz de dar metade dos meus livros de bom grado apenas para escutá-la. Os fincayranos nunca sequer ouviram que seus ancestrais sabiam voar. Ou, se ouviram, simplesmente desconsideram como se fosse mentira.

Observei o poeta.

— Mas você acredita que é verdade.

— Acredito.

— Conheço outra pessoa que acreditaria. Minha amiga Rhia. Ela adoraria ser capaz de voar. — Mordi o lábio. — Primeiro, porém, tenho de salvá-la! Se Rhia ainda estiver viva.

— O que aconteceu com ela?

— Rhia foi levada por goblins! Ela lhes aplicou um golpe para que fosse levada em meu lugar, embora o que os goblins realmente quisessem fosse o Galator. Rhia provavelmente está no Castelo Oculto a essa hora.

Cairpré inclinou a cabeça e franziu a testa. Daquele ângulo, o rosto parecia uma estátua carrancuda, feito de pedra em vez de carne. Finalmente ele falou, a voz ressonante tomou conta da sala tão cheia de livros.

— Você conhece a profecia da dança dos gigantes?

Eu tentei recordar.

— *Somente quando os gigantes dançarem no salão, todas...*

— As barreiras.

— *Todas as barreiras cairão.* Mas não tenho esperança alguma de destruir o castelo! A única coisa que espero é salvar minha amiga.

— E se isso exigir a destruição do Castelo Oculto?

— Então tudo está perdido.

— Você está correto, sem dúvida. Destruir o castelo destruiria a presença de Rhita Gawr em Fincayra. E nem ele, nem Stangmar vão deixar que isso aconteça! Um guerreiro tão grande como Hércules acharia impossível, mesmo que carregasse alguma arma de enorme poder.

De repente, uma ideia me ocorreu.

— Talvez o Galator seja a chave! Ele é, afinal de contas, o último Tesouro, aquele que Stangmar anda à procura.

A cabeleira desgrenhada de Cairpré balançou de um lado para outro.

— Nós sabemos muito pouco do Galator.

— Você pode ao menos me dizer quais são seus poderes?

— Não, mas eles são descritos nos textos antigos como *vastos além da compreensão.*

— Você não ajudou em nada.

— Verdade. — O rosto triste de Cairpré se animou apenas um pouco. — Eu posso, porém, revelar minha teoria a respeito do Galator.

— Conte!

— Acredito que seus poderes, sejam quais forem, respondem ao amor.

— Amor?

— Sim. — O olhar do poeta vagou pelas prateleiras de livros. — Você não devia ficar tão surpreso! Histórias sobre o poder do amor existem aos montes. — Ele coçou o queixo. — Para começar, acredito que o Galator brilhe na presença de amor. Você se lembra sobre o que estávamos falando quando ele começou a reluzir debaixo da túnica?

Hesitei.

— Sobre a... minha mãe?

— Sim. Elen dos Olhos de Safira. A mulher que amava você o bastante para abrir mão de tudo na própria vida para poder salvar a sua! Isso, se você realmente quiser saber a verdade, é o motivo porque ela deixou Fincayra.

Por um longo tempo, não encontrei palavras para me expressar. Finalmente, falei arrependido:

— Que burro que eu fui! Nunca a chamei de mãe, nunca coloquei o sofrimento dela à frente do meu. Queria poder dizer a ela o quanto lamento.

Cairpré abaixou o olhar.

— Enquanto você permanecer em Fincayra, nunca terá essa chance. Quando Elen foi embora, jurou jamais voltar.

— Ela nunca devia ter me dado o Galator. Não sei absolutamente nada sobre seu funcionamento ou o que ele é capaz de fazer.

— Acabei de lhe contar minha teoria.

— Sua teoria é maluca! Você diz que ele reluz na presença de amor. Bem, você precisa saber que eu vi o Galator brilhar uma vez desde que voltei para Fincayra: na presença de uma aranha sanguinária!

Cairpré travou.

— Não... a Grande Elusa?

— Sim.

Ele quase sorriu.

— Isso reforça ainda mais minha teoria! Não se deixe enganar pela aparência assustadora da Grande Elusa. A verdade é que seu amor é tão grande quanto o apetite.

Estremeci.

— Mesmo que sua teoria seja correta, de que ela serve? Não me ajuda a salvar Rhia.

— Você está determinado a ir atrás dela?

— Estou.

Ele fez uma cara feia.

— Sabe que chances você tem?

— Tenho uma certa noção.

— Mas não tem mesmo!

Cairpré se levantou e começou a andar de um lado para o outro pelo caminho estreito entre as pilhas de livros. A coxa roçou em um grande volume com iluminuras que caiu no chão em uma explosão de poeira. Ao se abaixar para pegá-lo, o poeta enfiou as páginas soltas de volta dentro das capas e olhou para mim.

— Você me lembra Prometeu, que tinha tanta certeza de que conseguiria roubar o fogo dos deuses.

— Eu não tenho tanta certeza assim. Só sei que devo tentar. Além disso, Prometeu finalmente conseguiu, não foi?

— Sim! — exclamou o poeta. — Ao preço da tortura eterna, de ser acorrentado a uma rocha onde uma águia bicaria seu fígado eternamente.

— Até Hércules o resgatar

O rosto de Cairpré ficou vermelho.

— Noto que ensinei à sua mãe muito bem! Você está certo ao dizer que Prometeu encontrou a liberdade no final, mas está errado se pensa que terá a mesma sorte. Lá fora, nas terras controladas por Stangmar, as pessoas correm perigo apenas por se exporem. Você tem de me entender. Todos os sacrifícios de sua mãe terão sido em vão se você for ao Castelo Oculto.

Cruzei os braços. Embora certamente não me sentisse corajoso, me sentia decidido.

— Preciso tentar salvar Rhia.

Ele parou de andar de um lado para o outro.

— Você é tão teimoso quanto sua mãe!

— Isso me pareceu um elogio.

O poeta balançou a cabeça em derrota.

— Tudo bem então. Você ignora meus avisos. *Teu ímpeto desanima quando a Morte se aproxima.* Creio que pelo menos deva dar algum conselho que possa servir de ajuda.

Eu levantei do banquinho.

— Qual seria?

— Porém, é mais provável que o conselho apenas acelere sua morte.

— Por favor, diga.

— Existe uma pessoa em toda a Fincayra que talvez tenha o poder de auxiliar sua entrada no castelo, porém duvido que até mesmo ela possa ajudar depois daquele ponto. Os poderes dela são muito, muito antigos, brotam da mesma fonte que criou os primeiros gigantes. É por isso que Stangmar tem medo de subjugá-la. Até mesmo o próprio Rhita Gawr prefere deixá-la em paz.

Cairpré se aproximou, avançando com dificuldade pelo mar de livros.

— Eu não sei dizer se ela vai ou não ajudar você. Ninguém sabe, porque seus costumes são misteriosos e imprevisíveis. Ela não é boa ou má, amiga ou inimiga. Ela simplesmente *é*. Nas lendas, é chamada de Domnu, que quer dizer Destino Sombrio. O verdadeiro nome, se é que um dia se soube, se perdeu com o tempo.

O poeta deu uma olhadela para Shim, que agora dormia profundamente na prateleira da despensa, com a mão dentro do jarro vazio de mel.

— Você e seu amiguinho talvez não tenham o prazer de conhecê-la, entretanto. Entrar no covil de Domnu será muito perigoso. — Cairpré acrescentou, baixinho — Embora não tão perigoso quanto sair.

Estremeci um pouco.

— Para encontrá-la, você precisa começar antes do nascer do sol. Embora a luz da alvorada seja agora um brilho pálido na escuridão que se espalha, ela será seu melhor guia. Logo ao norte do nascer do sol, você verá uma fenda bem no cume da cadeia mais alta de coloinas.

— Devo ir para a fenda?

Cairpré concordou com a cabeça.

— Se você não entrar na fenda será por sua conta e risco. Se cruzar o cume ao norte da fenda, vai se ver no meio do maior acampamento de goblins de Stangmar.

Prendi a respiração.

— Esse risco não corro.

— E se cruzar o cume ao sul da fenda, vai ser pior porque entrará no Brejo Assombrado.

— Esse risco também não corro.

Naquele momento, Shim soltou um ronco alto e prolongado. Os livros na prateleira pareceram dar um pulo de surpresa, assim como Cairpré e eu.

O poeta franziu a testa, mas continuou.

— Atravessar a fenda em si não será fácil. Ela é guardada por guerreiros goblins. Eu não sei quantos, mas até mesmo um pode ser problema suficiente. Sua grande esperança é que eles não estão acostumados com viajantes hoje em dia, por razões que você compreende muito bem. É simplesmente possível que os goblins não prestem muita atenção. Existe pelo menos a chance de que você possa passar por eles.

— E depois?

— Você tem de descer o cume em linha reta, com cuidado para não ir para um lado nem para o outro, até chegar a uma garganta íngreme. Antigamente as águias voavam por esses despenhadeiros, mas agora pararam porque a garganta é sempre mais escura do que a noite. Vire para o sul e siga a garganta até o limite da fronteira do Brejo Assombrado. Se conseguir chegar até lá, você encontrará o covil de Domnu, mas não sem antes esbarrar com outras criaturas tão estranhas quanto ela.

Senti uma fraqueza e me apoiei no banquinho

— Como é o covil de Domnu?

— Não faço ideia. Veja bem, ninguém que se arriscou a ir até lá jamais voltou para descrever o lugar. Tudo o que posso dizer é que, de acordo com a lenda, Domnu adora jogos de azar e apostas, e claramente detesta perder.

Cairpré se abaixou e empurrou uma pilha de livros para o lado. Jogou uma pele de carneiro naquele ponto do chão. Com imensa tristeza, ele falou:

— Se você quer levar adiante essa sua ideia, é melhor tentar descansar agora. O nascer do sol virá em breve.

O poeta refletiu ao encarar meu rosto.

— Eu noto pelas cicatrizes em seu rosto e no estranho distanciamento no olhar que essa não é a primeira vez que você demonstra bravura. Talvez o tenha subestimado. Talvez você possua todos os poderes ocultos de seus antepassados e até mais.

Desprezei o comentário com um gesto.

— Se me conhecesse melhor, saberia que não sou motivo de orgulho para os meus antepassados! Não tenho poderes especiais, pelo menos nenhum que possa usar. Tudo o que tenho é uma cabeça dura e o Galator no pescoço.

Cairpré coçou o queixo, pensativo.

— O tempo dirá, mas afirmo: quando você entrou na minha casa, eu procurava por uma resposta em algum volume esquecido. Agora penso se deveria procurar por aquela resposta em uma pessoa esquecida.

Cansado, me deitei na pele de carneiro. Fiquei acordado por algum tempo, observando a luz da lareira dançar nas paredes de livros, nos rolos de pergaminhos, nas pilhas de manuscritos. Cairpré voltou para a cadeira de espaldar alto, absorto pela leitura.

Então foi aqui que minha mãe aprendeu suas histórias. Senti um desejo crescente de ficar muitos dias naquela sala cheia de livros, para viajar aonde suas páginas me levassem. Talvez um dia fizesse exatamente isso, mas sabia que primeiro deveria viajar para outro lugar. E que deveria partir antes da alvorada.

XXX

T'EILEAN E GARLATHA

Shim amassou o nariz em formato de pera, confuso.

— Por que ela se chama Dorme Nu? Que estranheza estranha.

— Domnu — respondi ao me levantar da pele de carneiro. — Eu contei a você tudo o que sei, o que não é muita coisa. — Olhei para Cairpré, que dormia profundamente na cadeira com três livros abertos no colo. O longo cabelo grisalho caía sobre o rosto como uma cascata. — Agora é hora de ir.

O olhar de Shim foi para a despensa, cuja primeira prateleira reluzia por causa do mel derrubado.

— Não tô contente de sair deste lugar.

— Sabe que não precisa vir. Eu compreendo se quiser ficar.

Os olhos rosados brilharam.

— Verdade verdadeira?

— Sim. Tenho certeza de que Cairpré será um bom anfitrião, embora ele provavelmente não tenha muita comida sobrando.

O pequeno gigante estalou os lábios. Depois, ao olhar para a escada de madeira que subia pelo túnel, fez uma expressão séria.

— Mas cê tá indo?

— Estou indo. Agora. — Por alguns segundos, examinei o rostinho perto do meu joelho. Shim mostrou que não era má companhia, afinal de contas. Peguei uma de suas mãozinhas minúsculas. — Aonde quer que você vá, que encontre muito mel.

Shim franziu o rosto.

— Não tô contente em ir.

— Eu sei. Adeus.

Fui até a escada e agarrei o degrau gasto.

Shim correu e puxou minha túnica.

— Mas não tô contente em ficar também.

— Você deveria ficar.

— Cê não me quer?

— Vai ser muito perigoso para você.

Shim rosnou, ressentido.

— Cê não diria isso se eu fosse um gigante de verdade, grande e forte. Então cê ia implorar preu ir.

Dei um sorriso triste.

— Talvez sim, mas ainda assim eu gosto de você como é.

O pequenino fez uma careta.

— Eu não! Ainda quero ser grande. Grande como a árvore mais maior de alta.

— Sabe, quando Rhia ficou chateada comigo uma vez, ela me disse *apenas seja você mesmo*. Eu venho pensando nisso. É muito mais fácil dizer do que fazer, mas ela estava certa.

— Ora, não se cê não gosta de ser quem é.

— Ouça, Shim. Eu compreendo. Acredite, compreendo mesmo. Apenas tente se sentir bem do jeito que você é. — Eu fiz uma pausa, um pouco surpreso ao me ouvir dizer tal coisa. Então, com um último olhar ao redor das paredes apinhadas de livros de Cairpré, comecei a subir pelo túnel.

Enquanto me espremia para passar pela porta no toco de árvore, vasculhei o horizonte oriental. Um solo seco e avermelhado se estendia até onde eu conseguia enxergar, interrompido ocasionalmente por uma árvore raquítica ou uma moita de samambaias-de-metro. Embora não houvesse pássaros por perto para anunciar a alvorada, uma tênue linha de luz já surgia sobre os Morros Sombrios, que continuavam mais escuros do que carvão. Ao norte do brilho, detectei duas saliências pontudas separadas por uma passagem estreita. A fenda.

Parado ao lado do toco, me concentrei na formação rochosa e tentei memorizar a posição. Não queria errar a entrada da fenda, nem por uma pequena margem. E não tinha certeza se ela continuaria visível com o avançar do dia.

Ao ver meu cajado no chão, me abaixei para pegá-lo. O orvalho tinha congelado na ponta retorcida, deixando a madeira escorregadia e fria ao toque. De repente, notei vários cortes profundos ao longo do cabo. Marcas de dentes. Eu não tinha como dizer que tipo de animal havia feito tais marcas. Só sabia que elas não estavam ali quando desci pelo túnel de Cairpré na noite anterior.

Estiquei a mão para fechar a porta no momento em que o nariz bulboso de Shim surgiu. O corpo diminuto seguiu o nariz e saiu pela abertura.

— Tô indo.

— Tem certeza? — Mostrei o cajado. — O que quer que tenha mascado isso aqui na noite de ontem ainda pode estar por perto.

Shim engoliu em seco, mas não disse nada.

Gesticulei para o horizonte com um brilho tênue.

— E para encontrar Domnu, temos que atravessar aquela fenda nos Morros Sombrios. Não há margem de erro, porém. De um lado fica um exército de goblins, do outro está o Brejo Assombrado.

O pequeno gigante firmou os pés.

— Cê não vai me abandonar.

— Tudo bem então. Venha.

Saltei sobre o córrego ao lado do toco e tomei a direção da fenda. Shim correu para me acompanhar.

Pelo restante da manhã — se é que tais horas sinistras e sem luz podiam ser chamadas de manhã —, cruzamos a tundra a céu aberto. O solo rachava sob o peso dos nossos pés. A caminho da fenda no cume, não seguimos estradas ou trilhas, embora tenhamos passado por várias. No entanto, as estradas estavam tão vazias quanto o vilarejo que tinha sido completamente incendiado.

A conversa foi tão escassa quanto a vegetação ao redor e quase tão frágil, porque ambos sabíamos como seríamos facilmente vistos por qualquer um que fosse leal a Stangmar. Mesmo quando Shim meteu a mão no bolso da camisa e ofereceu um pedaço de pão de ambrósia da despensa de Cairpré para dividir, ele o fez em silêncio. Simplesmente agradeci com a cabeça, e continuamos em frente.

Conforme o terreno subia gradualmente na direção dos Morros Sombrios, eu fazia o melhor possível para nos guiar. Embora a fenda não estivesse mais aparente em contraste com o céu, como aconteceu durante a rápida claridade que foi um arremedo de nascer do sol, ela permanecia muito pouco visível. No entanto, a fenda parecia mais um sinal de mau presságio do que o sinal de uma rota. Imagine se passássemos de alguma forma pela fenda, e até mesmo chegássemos ao castelo de Stangmar, apenas para descobrir que Rhia não estava lá? Ou pior, que estava lá, porém morta?

De vez em quando encontrávamos raros sinais de habitação. Uma velha casa aqui, um curral em más condições ali. No entanto, tais estruturas pareciam tão sem vida quanto a paisagem. Elas ficavam ali apodrecendo como ossos na praia. Se alguém ainda vivia ali, vivia escondido, e de alguma forma existia sem árvores, jardins ou vegetação de qualquer espécie.

Então, para minha surpresa, percebi uma discreta mancha verde adiante. Pensei que pudesse simplesmente ser um erro da visão fraca e me concentrei no ponto. Porém, a cor parecia bem real e contrastava aos tons de marrom enferrujados e acinzentados ao redor. Conforme me aproximava, o verde ficava mais escuro. Ao mesmo tempo, detectei silhuetas de árvores, dispostas em fileiras regulares, com uma espécie de fruto pendurado dos galhos.

— Um pomar! Dá para acreditar?

Shim esfregou o nariz.

— Parece perigoso.

— E viu só? — Apontei para uma silhueta que lembrava uma caixa atrás das árvores. — Tem uma espécie de cabana na fenda do morro.

— Acho que a gente temos que ficar longe. Tenho certeza completa, total e absoluta.

Senti uma curiosidade de descobrir mais, fosse porque as árvores verdejantes me lembravam da Druma ou porque a cabana me fazia recordar os dias com a mulher que agora eu sabia ser minha mãe. Olhei para baixo.

— Você pode esperar por mim aqui, se quiser. Vou me aproximar.

Shim me observou ir embora e praguejou baixinho. Alguns segundos depois, ele veio correndo para me alcançar.

Quando Shim se aproximou, parei e me virei para ele.

— Sentiu cheiro de mel, não foi?

O pequeno gigante rosnou.

— Goblins, mais provavelmente. — Nervoso, Shim olhou para trás. — Mas mesmo que não tenha goblins lá, eles não estão longe.

— Pode ter certeza disso. Não vamos parar por muito tempo, prometo. Apenas o suficiente para ver quem mora aqui.

À medida que nos aproximávamos do pomar, eu distinguia um muro de pedra rústica que delimitava as árvores. Ele era feito da mesma pedra cinzenta da cabana, manchada por líquen cor de ferrugem. A julgar pelos buracos e pedaços em ruínas de ambos, nem a cabana nem o muro eram consertados havia bastante tempo. Assim como o muro envolvia as árvores, elas abraçavam a cabana e fluíam sobre o telhado e laterais com galhos frondosos. Debaixo dos galhos, vários canteiros verdejantes, salpicados com cores brilhantes, cobriam o solo.

Eu me abaixei, assim como Shim. Com cuidado, nos aproximamos de mansinho. Um aroma fresco passou por nós, o cheiro de folhas molhadas e de flores recém-desabrochadas. Eu me dei conta de que fazia muito tempo desde que senti o cheiro de plantas vivas em crescimento, e aí me bateu a ideia de que aquilo não era apenas um pomar. Era um jardim.

Nesse momento, um par de silhuetas, tão cinzentas quanto as pedras do muro, saíram da cabana. Com passos vacilantes, o par avançou lentamente para o canteiro de plantas mais próximo. Eles andavam em um ritmo esquisito, desconjuntado, um endireitava as costas, enquanto o outro dobrava, um erguia a cabeça, enquanto o outro abaixava. Por mais diferentes que fossem os movimentos, no entanto, eles pareciam invariavelmente interligados.

À medida que o par se aproximou, notei que eram duas pessoas velhas. Muito velhas. Cabelos brancos com mechas grisalhas caíam sobre os ombros, enquanto os robes marrons sem mangas estavam surrados e desbotados. Se as costas não estivessem tão encurvadas, seriam um tanto altos. Apenas os braços, musculosos e bronzeados, pareciam mais jovens do que a idade dos dois.

O par chegou ao primeiro canteiro de plantas e aí se separou. Uma das pessoas, uma mulher que me lembrou minha mãe por causa das maçãs do rosto salientes, parou para pegar um saco de sementes e começou a plantá-las no solo do outro lado da cabana. Ao mesmo tempo, a outra pessoa, um homem com um longo cavanhaque que balançava no queixo, pegou uma cesta e mancou na direção de uma árvore repleta da mesma fruta em espiral que provei na árvore shomorra. Abruptamente, o velho parou. Ele se virou lentamente para o ponto onde nós estávamos abaixados atrás do muro.

Sem tirar os olhos de nós, o homem falou em uma voz baixa e rouca.

— Garlatha, temos visitas.

A velha ergueu o olhar. Embora o rosto tivesse se franzido com preocupação, ela respondeu calmamente, em uma voz que rangia com a idade.

— Então deixe que se revelem porque eles não têm o que temer.

— Eu sou T'eilean — anunciou o homem. — Se vieram em paz, são bem-vindos aqui.

Devagar, erguemos a cabeça. Fiquei de pé e enfiei o cajado no solo. Quando rocei a mão pelo lugar que foi marcado por dentes há apenas algumas horas, um arrepio passou por mim. Enquanto isso, Shim se levantou ao meu lado e ajeitou os ombros, embora apenas os olhos e o cabelo revolto aparecessem sobre o topo do muro.

— Nós viemos em paz.

— E quais são seus nomes?

Cauteloso, hesitei.

— Nossos nomes é segredo — declarou Shim. — Ninguém sabe. — Para garantir, ele acrescentou — Nem a gente.

T'eilean deu um sorriso enviesado.

— Você tem razão em ser cauteloso, pequeno viajante. Mas como disse minha esposa, vocês não têm nada a temer. Somos simples jardineiros, apenas isso.

Passei por cima do muro, tentando não esmagar os vegetais finos e delicados que cresciam em uma vinha do outro lado. Ofereci a mão para Shim, que a afastou e escalou o amontoado de pedras sem ajuda.

A expressão de T'eilean ficou séria novamente.

— Essa é uma época perigosa para viajar por Fincayra. Vocês devem ser muito bravos ou muito tolos.

Assenti.

— O tempo dirá o que nós somos. Posso perguntar sobre vocês? Se é perigoso viajar por aqui, viver deve ser ainda mais.

— É bem verdade. — T'eilean chamou Garlatha para se juntar a ele. — Mas aonde poderíamos ir? Minha esposa e eu vivemos juntos aqui há 68 anos. Nossas raízes são profundas, tão profundas quanto essas árvores. — Com um gesto para a casa simplória, ele acrescentou — Além disso, não temos tesouro.

— Não que possa ser roubado, quero dizer. — Garlatha pegou o braço do marido e sorriu para ele. — Nosso tesouro é grande demais para qualquer baú e mais precioso do que qualquer joia.

T'eilean concordou com a cabeça.

— Você está certa, minha senhora. — Ele se inclinou na minha direção e deu um sorriso maroto. — Ela está sempre certa, mesmo quando está errada.

Garlatha deu um chute forte na canela dele.

— *Auuu!* — T'eilean uivou e esfregou o local. — Depois de 68 anos, você deveria ter aprendido bons modos!

— Depois de 68 anos, aprendi a não me deixar enganar por você. — Garlatha olhou seriamente para o marido. Lentamente, sorriu. — No entanto, de alguma forma, ainda gosto do que vejo em você.

Os olhos escuros do velho reluziram.

— Ora, vamos, e quanto aos nossos convidados? Querem se sentar? Algo para comer?

Balancei a cabeça.

— Não temos tempo para sentar, infelizmente. — Apontei para as frutas em forma de espiral penduradas no galho. — Eu levaria uma dessas, porém. Comi uma em outra ocasião e é maravilhosa.

T'eilean esticou o braço para o alto e, com uma destreza impressionante, pegou uma das frutas com a mão grande e enrugada. Ao entregá-la para mim, falou:

— Você certamente pode levar uma fruta, mas não comeu uma dessas, o larkon, antes.

Intrigado, balancei a cabeça.

— Essas frutas não crescem em nenhum outro lugar de Fincayra — explicou o jardineiro, em tom solene. — Anos atrás, muito antes de você nascer, os morros a leste do rio Incessante eram cheios de árvores dessa fruta, mas elas sucumbiram à Ruína, que afligiu o restante da nossa terra. Todas, menos esta.

Dei uma mordida na fruta. O sabor parecido com uma felicidade púrpura explodiu na boca.

— Existe outro lugar onde essa fruta ainda cresce, e foi lá que a comi antes.

Em uníssono, T'eilean e Garlatha perguntaram:

— Onde?

— Na floresta Druma, na árvore shomorra.

— A shomorra? — Garlatha falou, nervosa. — Você realmente esteve lá, na mais rara das árvores?

— Uma amiga que conhece bem a shomorra me levou até ela.

T'eilean acariciou a barba rala.

— Se isso for verdade, você tem uma amiga extraordinária.

Meu rosto ficou tenso.

— Tenho sim.

Uma leve brisa mexeu no galho acima de mim, e as folhas farfalharam. Prestei atenção por um momento. Eu me senti como um homem sem beber água há dias que finalmente ouvia um córrego borbulhar. De repente, Shim ergueu o braço e arrancou a fruta em espiral da minha mão. Antes que eu pudesse reclamar, ele deu duas grandes mordidas.

Olhei feio para ele.

— Você não sabe pedir?

— *Mmmppff* — disse o pequeno gigante, com a boca cheia de fruta.

Os olhos de Garlatha brilharam ao achar graça. Ela se voltou para o marido e disse:

— Parece que não sou a única sem modos.

— Você está certa — respondeu T'eilean. Ele se afastou mancando e completou, também achando graça. — Como sempre.

Garlatha riu. Ela esticou o braço forte para o galho, pegou outra fruta em espiral e entregou para mim.

— Aqui, pode começar de novo.

— Você é muito generosa, especialmente se essa for a última árvore da espécie a leste da Druma. — Senti a fragrância agradável do larkon e depois dei uma mordida. Novamente, a língua explodiu com um gosto alegre. Enquanto o saboreava, perguntei: — Como o jardim de vocês sobreviveu tão bem em meio à Ruína? É um milagre.

O casal se entreolhou.

O rosto de T'eilean ficou sério.

— Não chega a ser um milagre como todas essas terras um dia foram. Porém, nosso rei perverso mudou tudo isso.

— Nossos corações se partiram ao ver — disse Garlatha, com a voz falhando.

— A Mortalha de Stangmar encobre o sol — continuou o velho. — Encobre mais a cada mês que passa. Porque à medida que cresce o poder do Castelo Oculto, o céu fica cada vez mais escuro. Enquanto isso, os exércitos de Stangmar semeavam a morte sobre a terra. Vilarejos inteiros foram destruídos. As pessoas fugiram para as montanhas distantes a oeste ou foram embora de Fincayra. Uma vasta floresta, tão extraordinária quanto a floresta Druma, crescia antigamente naqueles morros a leste. Não mais! As árvores que não foram mortas ou queimadas entraram em torpor, nunca mais falaram. Aqui nas planícies, o solo que não foi encharcado de sangue ganhou a cor dele. E a Harpa Florescente, que talvez pudesse devolver a vida à terra, foi roubada de nós.

Ele olhou para as mãos envelhecidas.

— Segurei a Harpa somente uma vez quando era apenas um menino. Porém, depois de todos esses anos, ainda não consigo esquecer a sensação das cordas, nem a emoção da melodia.

T'eilean fez uma careta.

— Tudo isso e muito mais foi perdido. — Ele apontou para a fenda no morro atrás da cabana. — Veja nossa outrora gloriosa nascente! Mal sai uma gota. Assim como a terra definhou, a água que a sustentava também secou. Gasto metade do dia trazendo água de longe.

Garlatha segurou a mão do marido.

— Assim como gasto metade do meu procurando na pradaria seca por sementes que ainda possam ser ressuscitadas.

Sem jeito, Shim ofereceu os restos da fruta para ela.

— Tô triste por você.

Garlatha deu uns tapinhas na cabeça desgrenhada do pequeno gigante.

— Fique com a fruta. E não fique triste por nós. Temos muito mais sorte do que a maioria.

— Temos mesmo — concordou o marido. — Nós ganhamos uma longa vida juntos e a chance de cultivar algumas árvores. É tudo o que alguém poderia pedir. — Ele olhou para a esposa. — Isso e o desejo que nos resta de que um dia possamos morrer juntos.

— Como Báucis e Filêmon — comentei.

— Quem?

— Báucis e Filêmon. Eles são personagens de uma história dos gregos, uma história que aprendi com... minha mãe, há muito tempo. Os dois tinham apenas um desejo: morrer juntos. E no fim os deuses os transformaram em um par de árvores cujos galhos frondosos se entrelaçavam pela eternidade.

— Que lindo — suspirou Garlatha, olhando para o marido.

T'eilean não falou nada, embora me observasse com atenção.

— Mas você não me contou — continuei — como seu jardim sobreviveu nessa época terrível.

T'eilean soltou a mão de Garlatha e abriu os braços musculosos para as plantas, as raízes, as flores que os cercavam.

— Nós amamos nosso jardim, apenas isso.

Concordei com a cabeça e imaginei como aquela região devia ter sido maravilhosa antes da Ruína. Se o jardim onde Shim e eu estávamos agora fosse apenas uma pequena amostra de suas riquezas, a paisagem devia ter sido tão linda — embora não tão selvagem e misteriosa — quanto a própria Druma. O tipo de lugar onde eu teria me sentido vivo. E livre. E até possivelmente em casa.

Garlatha nos observou com preocupação.

— Vocês têm certeza de que não podem descansar aqui por um tempo?

— Não. Não podemos.

— Então têm de tomar muito cuidado — alertou T'eilean. — Os goblins estão por toda parte hoje em dia. Ontem mesmo, ao pôr do sol, vi um par de goblins quando voltava com água. Eles arrastavam uma garota indefesa.

Meu coração parou.

— Uma garota? Como ela era?

O homem de barba branca pareceu aflito.

— Eu não pude me aproximar muito ou eles teriam me visto. No entanto, enquanto observava, parte de mim queria atacá-los com toda a minha força.

— Ainda bem que você não atacou! — Se manifestou a esposa.

T'eilean apontou para mim.

— A garota tem mais ou menos a sua idade. Cabelo castanho, comprido e cacheado. E usava uma roupa que parecia feita de vinhas entrelaçadas.

Shim e eu arfamos.

— Rhia — sussurrei, com a voz rouca. — Para onde eles estavam indo?

— Não há dúvida: eles viajavam para o leste — respondeu o velho, com tristeza. — E como a garota estava viva, ela deve ser alguém com quem Stangmar quer tratar pessoalmente.

Garlatha gemeu.

— Eu não consigo pensar em uma jovem menina naquele castelo terrível.

Apalpei a adaga na bolsa

— Precisamos ir agora.

T'eilean estendeu a mão para mim e pegou a minha com uma firmeza inesperada.

— Não sei quem você é, meu jovem, nem aonde vai, mas suspeito que, assim como uma de nossas sementes, você tenha mais coisas no interior do que demonstra no exterior.

Garlatha tocou a cabeça de Shim novamente.

— O mesmo, creio eu, pode ser dito sobre esse pequenino.

Não respondi, embora me perguntasse se eles teriam falado conosco com tanta gentileza caso nos conhecessem melhor. Mesmo assim, ao passar por cima do muro em ruínas, me vi torcendo que um dia pudesse vê-los novamente. Eu me virei para acenar para o casal de idosos. Eles retribuíram o gesto e depois voltaram ao trabalho.

Notei que o Galator estava quente contra o peito. Dei uma espiada para dentro da túnica e vi que o centro cravejado brilhava um pouquinho. E então soube que a teoria de Cairpré sobre o Galator era verdadeira.

XXXI

AÍ VEIO UM GRITO

Por várias horas, caminhamos na direção da fenda no cume, meu cajado batia de forma ritmada no solo seco e na grama morta. Um vento frio soprava em cima de nós, vindo dos Morros Sombrios. As rajadas penetrantes batiam nos nossos rostos. Apesar do vento, Shim fez o possível para ficar ao meu lado. Mesmo assim, tive de parar diversas vezes para ajudá-lo a passar por samambaias-de-metro espinhosas ou subir elevações íngremes.

Conforme o terreno subia cada vez mais, o vento soprava com intensidade ainda maior. Em pouco tempo, ele batia com um frio tão penetrante que a mão que segurava o cajado parou de latejar de dor e começou a ficar dormente. Parecia tão rígida quanto o próprio cajado. Pedacinhos de gelo começaram a voar e bater em nós. Ergui o braço livre para proteger o rosto e os olhos cegos.

Os pedacinhos de gelo viraram agulhas, depois lascas, depois adagas. Conforme as lâminas de gelo choviam sobre nós, Shim, que evitou reclamar desde que saiu do jardim, choramingava de um jeito lastimável. No entanto, só ouvia o pequeno gigante na calmaria entre as rajadas, porque o uivo do vento ficava mais intenso.

Embora houvesse claridade suficiente para a segunda visão ajudar, o redemoinho de gelo e as rajadas de terra confundiam meu senso de direção. De repente, tropecei em uma massa rochosa baixa e plana de alguma espécie. Com um grito, desmoronei no chão e soltei o cajado.

Rastejei até a massa rochosa, tremendo, na esperança de usá-la como um pequeno abrigo contra a tempestade. Shim se aninhou nas dobras da minha túnica. Nós ficamos sentados ali, com os dentes batendo de frio, durante minutos que pareceram semanas.

Com o tempo, a tempestade de gelo diminuiu. O vento uivante se atirou contra nós pelas últimas vezes e depois finalmente foi embora. Embora o ar não parecesse menos frio, nossos corpos aos poucos reviveram. Abri e fechei as mãos, o que provocou uma dor nas palmas e pontas dos dedos. Com hesitação, Shim tirou a cabeça da minha túnica, o cabelo desgrenhado estava cheio de pontas de gelo.

Subitamente, percebi que a massa rochosa não era nada mais do que um imenso toco de árvore. Por toda parte ao redor, milhares de tocos semelhantes enchiam os morros, separados por uma enorme teia de canais erodidos. Embora cobertos por camadas de gelo, os tocos não brilhavam ou reluziam. Simplesmente estavam ali, tão sem vida quanto sepulturas.

Em um estalo, compreendi. Aquilo era tudo o que restou da imensa floresta que T'eilean descrevera. *Os exércitos de Stangmar semearam a morte sobre a terra.* As palavras do velho saíram como fantasmas dos tocos apodrecidos, do solo da cor de sangue, dos morros partidos.

Shim e eu nos entreolhamos. Sem uma palavra, ficamos de pé no solo congelado. Peguei o cajado e derrubei um pedaço de gelo da ponta. Depois novamente localizei a fenda no morro, pisei sobre os restos quebradiços de um galho e comecei a subir pelo terreno escorregadio. Shim correu atrás de mim, praguejando baixinho.

Conforme o dia avançava, nós continuávamos a subir por morros desfigurados com inúmeros tocos de árvore e leitos secos de riachos. Enquanto isso, o céu ficava mais escuro. Em pouco tempo a fenda desapareceu, engolida pela escuridão cada vez mais profunda. Eu só podia confiar na lembrança de onde havia vislumbrado as duas saliências pontudas da fenda, embora a própria lembrança estivesse sumindo com a luz.

Aos poucos, chegamos mais alto. Apesar da pouca claridade, detectei algumas árvores delgadas que cresciam entre os tocos e os galhos mortos. As formas retorcidas lembravam pessoas que se contorciam de dor. Ao ver uma árvore com a casca de uma faia, me aproximei. Coloquei a mão no tronco e fiz o murmúrio sibilante que Rhia havia me ensinado na floresta Druma.

A árvore não respondeu.

Tentei novamente. Desta vez, ao murmurar, imaginei a presença viva de uma árvore saudável respirando diante de mim. As raízes poderosas fincadas no solo. Os galhos arqueados erguidos para o céu. O som grave que subia pelo tronco e agitava cada uma das folhas.

Talvez fosse só minha imaginação, mas pensei ter sentido o tênue início de uma agitação nos galhos superiores. No entanto, se eles realmente se mexeram, rapidamente ficaram quietos outra vez.

Desisti e fui em frente com dificuldade. Shim bufava atrás de mim. Conforme subíamos a encosta, o solo ficava mais pedregoso. A cada minuto que passava, a claridade diminuía mais. O céu escurecia enquanto os tocos e as rochas ao redor se juntavam às sombras.

Embora a segunda visão estivesse rapidamente sumindo, eu lutava para enxergar o que ainda era capaz e me concentrava totalmente em escutar. Sabia que qualquer movimento, não importasse o quão pequeno, poderia ser nosso único alerta de ataque. À medida que evitava tropeçar nas rochas e estalar galhos mortos, os passos ficavam menos seguros.

À frente, discerni apenas uma brecha muito pouco visível, onde duas saliências de rocha negra apontavam para o céu ainda mais escuro. Será que era a fenda? Eu me aproximei de mansinho, tão silenciosamente quanto possível.

Parei abruptamente. Fiquei tão imóvel quanto uma das árvores retorcidas e prestei atenção.

Shim parou de mansinho ao meu lado.

— Cê ouve alguma coisa?

— Não tenho certeza — sussurrei. — Pensei ter ouvido, em algum ponto à nossa frente.

Minutos se passaram. Eu não ouvi som algum, a não ser nossa respiração e as batidas do meu coração.

Finalmente, toquei no braço do pequeno gigante e sussurrei.

— Vamos, mas fique quieto. Os goblins estão por perto.

— *Óóó* — gemeu Shim. — Tô com medo. Tenho certeza completa, total e ab...

— Quieto!

Das sombras adiante veio um grito rouco e uma súbita batida de pés. Tochas brilharam e cortaram a escuridão.

— Goblins!

Nós fugimos pelo cume rochoso. Galhos mortos estalavam sob nossos pés. Espinhos nos arranhavam as canelas. Eu conseguia escutar, logo atrás, o peito arfante dos goblins, o ranger das armaduras, o crepitar das tochas.

Shim e eu disparamos pelas pedras, tentando não tropeçar. A escuridão ficava mais densa. Não sabíamos aonde estávamos indo, nem nos importávamos. Só sabíamos que os goblins se aproximavam.

Em uma tentativa desesperada de despistá-los, fiz uma curva fechada para o lado. Shim me seguiu de perto, e cruzamos o cume. A vista diante de nós não podia ser mais assustadora. Contra o céu escuro, mais morros assomavam, ainda mais escuros. Pior ainda, o vale abaixo de nós parecia completamente negro, a não ser pelo brilho de centenas de luzinhas. Apesar dos goblins em nosso encalço, hesitamos por um instante.

Uma lança passou assobiando entre minha cabeça e o topo do cajado. Na hora em que a arma bateu no chão, acompanhada por um coral de vozes roucas, disparamos declive abaixo. Meu pé bateu em uma pedra, e caí esparramado. Shim esperou até eu rolar e ficar de pé, pegar o cajado e voltar a correr. Partimos para o interior do vale negro.

Uma escuridão total nos acolheu como uma onda. O solo ficou úmido e fofo sob os pés. O ar se tornou fedorento. Pouco tempo depois, chapinhamos em uma coisa parecida com uma poça enorme que cobria um leito de trevas.

Parei subitamente, o que fez Shim dar uma topada nas minhas costas.

— Por que cê parou? — ele exigiu saber, com raiva.

— Ouça.

— Eu não ouço nada, a não ser meu nariz latejando.

— É exatamente isso. Os goblins pararam em algum ponto lá atrás.

— Cê tá certo. — O pequeno gigante se remexeu na escuridão. — Cê acha que eles tão com medo de vir aqui?

Senti alguma coisa fria escorrendo para dentro das botas de couro.

— Talvez estejamos... no Brejo Assombrado.

Como se fosse uma resposta, uma luz trêmula apareceu a uma certa distância. Ela pairou na escuridão e parecia nos examinar. Depois surgiu outra, e mais uma. Logo, mais de vinte luzinhas sinistras dançavam ao redor e se aproximavam devagar.

Shim apertou minha mão.

Um cheiro fétido, como carne podre, veio até nós. Tive ânsia de vômito, meus pulmões se rebelaram. Conforme as luzes se aproximavam, o cheiro ficava mais forte.

Então surgiu um lamento agudo e hesitante. Um antigo canto fúnebre, que pulsava com agonia, com sofrimento sem fim. Eu me encolhi diante do lamento que saía do solo, das luzes, do ar podre. Veio de um lado. Veio do outro. Veio de todas as direções ao mesmo tempo.

Shim soltou um grito de horror, soltou minha mão e fugiu da aglomeração de luzinhas flutuantes.

— Espere!

Disparei atrás do pequeno gigante. Só cheguei a dar alguns passos, porém, até que alguma coisa agarrou meu pé. Caí abruptamente em uma poça de líquido lodoso. Dando um jeito de me libertar, sacudi os braços para livrá-los das trevas. Eles cheiravam a mofo e decomposição.

As luzes sinistras nos rodearam, se reunindo outra vez. O lamento aumentou. O cheiro de morte tomou conta de mim.

— Shim!

Nenhuma resposta.

— Shim!

Aí veio um grito.

As luzes se aproximaram e me encararam como vários olhos. Então era assim que minha jornada acabaria! Eu preferia ter me afogado no mar da costa de Gwynedd a morrer daquele jeito, miserável e sozinho.

No entanto, a perda da minha jornada particular me doía menos do que a perda de Rhia. Ela, como o bravo esmerilhão, dera sua vida por mim. Eu não merecia tal amizade. E, no entanto, Rhia não merecia morrer. Era tão cheia de vida, tão cheia de sabedoria, que eu nem começava a compreender. A dor de perder Rhia fazia meu coração doer como se estivesse em chamas.

De repente, notei que o Galator estava ardendo contra o peito. Eu o arranquei da túnica e o segurei no alto. O centro cravejado irradiou a própria luz verde e afastou as trevas o suficiente para que eu conseguisse ver o braço e a mão.

As luzes sinistras titubearam e pararam de avançar. O lamento cessou. Um toque de frescor soprou no ar. Ao mesmo tempo, o brilho do Galator começou a se expandir. Em poucos segundos, o círculo verde iluminou meu corpo inteiro, assim como o cajado.

— Shim! Onde está você?

— Aqui! — Envolto pelas trevas, ele cambaleou até o meu lado. O peito, pernas, braços e um lado do rosto pingavam lodo negro.

Quando o círculo de luz se expandiu, as luzes flutuantes bruxulearam e depois recuaram devagar para a escuridão. O lamento voltou, mas se transformou em um murmúrio de raiva.

Encorajado pelo recuo das luzes, avancei. Encontraria alguma saída daquele pântano, de qualquer jeito.

Com o Galator acima da cabeça, em uma das mãos, e o cajado na outra, me certifiquei de que Shim se segurava firme na minha túnica. Então comecei a atravessar com dificuldade as poças do brejo. A lama era fofa e pegajosa, grudava nas botas. De repente, pisei em um buraco raso. Caí para a frente e provoquei um espirro de água, quase deixei cair o pingente. Instantaneamente, os olhos de luz se aproximaram, e o murmúrio aumentou.

Quando recuperei o equilíbrio, as luzes ameaçadoras recuaram um pouco. Levei um momento para arrancar o cajado da lama grudenta do buraco, mas ele finalmente se soltou com um barulho alto de sucção. Continuamos a avançar com dificuldade. Notei, porém, que Shim não conseguiria ir até muito longe naquele terreno. Embora ele lutasse para permanecer comigo, a água estava na altura de sua cintura, e Shim se cansava rapidamente de avançar.

Minhas próprias pernas, assim como o braço que segurava o Galator, começavam a parecer cada vez mais pesados.

Entretanto, ajudei Shim a subir no ombro do braço que segurava o cajado. Era o mesmo ombro que Transtorno uma vez reivindicava como poleiro, mas esta carga era bem maior do que o falcão.

Cada passo se tornou mais cansativo, cada fôlego mais difícil. Eu me sentia cada vez mais fraco, como se o próprio brejo sugasse minha força. O ombro doía. O lodo das pernas de Shim pingava no meu rosto enquanto o gosto repugnante ardia na língua.

Conforme minha energia ia embora, as luzes se aproximavam cada vez mais. O murmúrio crescia como uma alcateia que uivava nos ouvidos. O brejo parecia infinito, se estendia além dos limites da minha resistência debilitada.

Meus poderes! Será que deveria tentar usá-los? Eu precisava tanto dos poderes, mas tinha muito medo deles. As chamas surgiram na mente outra vez, bateram no rosto, queimaram a carne, chamuscaram os olhos.

De repente, tropecei. Caí de joelhos, por pouco não soltei o cajado e o Galator. Shim deu um grito e se agarrou no meu pescoço, soluçando. Novamente as luzes se aproximaram, esperando para ver se eu me levantaria outra vez.

Com toda a força que me restava, me levantei do lodo. Tentei erguer o Galator, mas não consegui levantá-lo mais alto do que meu peito. Dei outro passo, exausto — e tropecei novamente.

Ouvi o Galator bater em algo duro como pedra. Ouvi Shim gritar quando o murmúrio cresceu e se tornou quase ensurdecedor.

Então não ouvi mais nada.

XXXII

Destino Sombrio

— Cê tá vivo?

— Não tenho certeza. — Foi minha única resposta. Eu me sentei e sacudi a cabeça para recuperar a segunda visão. Shim estava sentado ao meu lado enquanto o cajado, sujo de lodo repugnante, estava no outro.

Shim, com o rosto franzido de preocupação, puxou minha túnica.

— Onde a gente estamos?

Vasculhei o ambiente e notei o recinto mais estranho que já vira. Paredes, chão e teto de pedra polida nos cercavam, sem sequer uma fenda como janela. No entanto, uma luz azul bruxuleava e preenchia o aposento, como a luz de uma vela logo antes de ela se apagar. Só que não havia vela visível.

Tremi, mas não foi de frio. Não tinha certeza do motivo, mas havia uma sensação de mau presságio no ar. Como se eu e Shim estivéssemos prestes a ser fatiados para o jantar de alguém.

O pequeno gigante se aproximou.

— Esse lugar é assustador como uma masmorra.

— Concordo.

De repente, ele apontou.

— Ossos!

Eu me assustei ao ver a pilha indistinta perto de nós. Realmente era uma massa de ossos completamente roídos. Na luz bruxuleante, identifiquei costelas, fêmures e mais do que alguns crânios. Crânios de pessoas. Engoli em seco e me perguntei se nossos próprios restos mortais em breve estariam ali.

Então notei que várias outras pilhas nos cercavam, embora não fossem de ossos. Uma possuía finas placas de pedra cinza, empilhadas quase da altura do meu cajado. Outra continha bolas de madeira encerada de vários tamanhos e entalhadas com sinais estranhos. Algumas menores que unhas e outras maiores do que cabeças, as bolas pareciam ter sido dispostas cuidadosamente por algum motivo. Outra pilha era feita de feixes de gravetos, arrumados por tamanho e número. No canto extremo oposto do recinto, notei estranhos cubos brancos marcados com pontinhos pretos nos lados. Carretéis de barbante preto e branco estavam empilhados aqui, bizarras conchas do mar acolá. Tigelas de ferro estavam repletas de pedrinhas e sementes de vários formatos.

No meio do chão havia um tapete grosso e quadrado, dividido em quadradinhos vermelhos e pretos menores. Em muitos desses quadradinhos estavam figuras entalhadas de madeira, cada uma da altura da minha cintura. Dragões em posição de ataque, cavalos galopantes, lobos uivando, goblins em combate, reis e rainhas, além de outras figuras que eu nem tinha por onde começar a reconhecer. Lá em Caer Vedwyd, ouvi falar de um jogo chamado *xadrez*, mas ele era disputado em um tabuleiro, não em um tapete. E, de qualquer maneira, as peças de xadrez não incluíam dragões. Ou goblins.

Na parede de pedra oposta, uma grande confusão de marcas azuis tremeluzia na claridade. Colunas de traços, pontos e rabiscos iam em várias direções e cobriam a maior parte da superfície. Havia milhares de quadrados, triângulos e tramas de linhas cruzadas, assim como círculos divididos em seções, como um pão redondo fatiado. Runas, letras, números e símbolos estavam misturados, por cima e por baixo, por dentro e por fora, do restante das marcações.

— Que pena — rosnou uma voz grossa atrás de nós.

Nós nos viramos e vimos uma cabeça branca e lisa que saía da fenda de uma porta. Devagar, a porta se abriu e revelou um corpo tão redondo quanto a cabeça, com um robe que lembrava um saco de pano cheio de bolsos, um colar de pedras rústicas, e pés descalços. Eu gelei, com medo de que fosse outro espectro mutante. Ou talvez algo pior.

A cabeça careca, com fileiras de rugas que se juntavam perto de duas orelhas triangulares, se inclinou em nossa direção. Uma verruga grande e murcha brotava como um chifre do meio da testa. Olhos mais escuros do que os meus nos observaram sem piscar por vários segundos. Então a boca cheia de dentes tortos se abriu novamente.

— Que pena mesmo.

Peguei o cajado e fiquei de pé, o que foi mais difícil por Shim estar pendurado na minha perna.

— Quem é você?

— Quase nenhuma chance de eles sobreviverem ao dia — murmurou a estranha figura ao entrar no recinto. — Que pena mesmo.

Mesmo com a voz trêmula, repeti a pergunta:

— Quem é você?

Os olhos negros, que pareciam ser incrivelmente velhos, me observaram por um momento.

— Essa é uma pergunta difícil, meu bichinho.

Algo nas palavras *meu bichinho* me fez encolher de medo.

— Quem sou eu? — continuou a criatura ao caminhar devagar ao nosso redor, como um urubu que observava a carniça. — Difícil dizer, até mesmo para mim. Hoje sou uma pessoa, amanhã outra. — O rosto enrugado veio na minha direção e mostrou mais dentes tortos. — E quem é você?

Eu suspirei.

— A verdade é que não tenho certeza, realmente.

— Pelo menos, meu bichinho, você é sincero. — Ela continuou a circular, os pés descalços batiam no chão de pedra. — Talvez eu possa lhe dizer um pouco sobre quem você é, embora deva avisar que é um pouco decepcionante. Para começo de conversa, você é magro demais para render mais do que um ou dois bocados, mesmo contando com seu amiguinho.

Shim apertou minha perna com mais força.

— Pior ainda, meu bichinho, você parece fraco demais para servir para a minha aposta. E detesto *tanto* perder.

Um arrepio desceu pela minha coluna.

— Eu sei quem você é. Você é Domnu.

— Muito esperto, meu bichinho. — A bruxa careca parou de circular e passou a mão pela cabeça, pensativa. — Porém, esperteza não será suficiente para ganhar minha aposta.

— De que aposta você está falando?

— Ah, nada de importante. Simplesmente fiz uma pequena aposta com alguém que espera que você não sobreviva até amanhã. — Ela deu de ombros. — Morrer hoje, morrer amanhã, que diferença faz? Eu não deveria ter apostado em você, mas não consegui resistir às probabilidades.

Eu estremeci e me lembrei do que Cairpré dissera sobre essa criatura cujo nome significava Destino Sombrio. *Ela não é boa ou má, amiga ou inimiga. Ela simplesmente é.*

— Com quem você apostou?

Os pés descalços de Domnu estalavam no chão de pedra enquanto ela caminhava até a parede coberta por estranhas marcações, que ainda tremeluziam na luz vacilante. Ela cuspiu no indicador da mão esquerda, que ficou imediatamente azul, depois usou o dedo como um pincel e se esticou o mais alto que conseguiu para rabiscar uma linha em um dos círculos.

— É hora de começar a usar uma nova parede — resmungou Domnu. Com uma olhadela em nossa direção, ela acrescentou: — Preciso anotar o placar, meus bichinhos. Não gosto mesmo de perder uma aposta, mas preciso deixar registrado. E certamente me parece que vou perder essa aqui.

— Cê quer dizer — Shim falou fino — que a gente vamos morrer?

Domnu deu de ombros outra vez.

— É o que parece.

Eu exigi saber:

— Com quem você apostou?

— Com ninguém que você conheça, embora ele pareça ter desenvolvido uma antipatia sincera por você.

— Quem?

Ela coçou a parte detrás da careca.

— Aquele tolo Rhita Gawr, é claro.

— Rhita Gawr? O espírito que luta contra Dagda?

Domnu resmungou, distraída.

— Creio que sim. Pelo menos era assim há alguns milhares de anos, na última vez que verifiquei. Mas em relação a quem está ganhando e perdendo, meu bichinho, não faço ideia. Eles têm de manter o próprio placar.

— Mas isso não é um jogo! É sério!

Domnu enrijeceu.

— Jogos *são* sérios, meu bichinho, tão sérios quanto a própria vida, porque ela também é um jogo.

— Você não compreende. — Eu me aproximei, com Shim ainda agarrado com firmeza à perna. — A batalha dos dois é por toda Fincayra, assim como pela Terra. E vai além disso.

— Sim, sim — disse a bruxa ao bocejar. — Eles têm uma aposta não concluída.

— Não! É mais do que isso.

Ela olhou estupefata para mim.

— Mais do que isso? Como alguma coisa pode ser mais do que isso? Uma aposta é a chance mais pura de todas! Escolha e aposte. O que acontecer, aconteceu. Bom ou ruim. Vida ou morte. Não importa, desde que você recolha o prêmio pela vitória no final.

Balancei a cabeça.

— Importa *sim*. Quem vencer entre Dadga e Rhita Gawr vai determinar...

— As chances da próxima aposta entre eles. Sim, eu sei.

Domnu pisou no tapete de quadradinhos vermelhos e pretos. A bruxa se abaixou para encarar uma das peças, a figura de um dragão vermelho. Ela fez cócegas casualmente debaixo do queixo escamoso. Na luz bruxuleante, eu não conseguia ter certeza, mas quase tive a impressão de que o dragão mexeu a cabeça levemente e que dois filetes de fumaça saíram das narinas.

— O joguinho deles não me interessa — concluiu Domnu, enquanto torcia a orelha do dragão. — Já tenho muito trabalho ao acompanhar os meus.

Shim me agarrou com mais força.

— Eu tô com medo. Muito, muito, muito medo.

— Não sei por que você está assim — respondeu Domnu, com um sorrisinho torto. — Morrer não é tão ruim após a primeira vez.

Ela plantou o pé nas costas da peça do dragão, esticou o braço para o rei negro e o pegou pelo pescoço com violência. Eu podia estar errado, mas quando a bruxa levantou o rei do tapete, pensei ter ouvido um guincho baixo de angústia. Ainda com a peça presa pelo pescoço, ela começou a lustrar a coroa do rei com seu robe de saco.

— Creio que deveríamos jogar um jogo qualquer antes de eu despachar vocês, meus bichinhos. Isso vai tirar de nossas mentes suas mortes iminentes e minha futura derrota. Vocês preferem dados ou pauzinhos?

— Nós precisamos da sua ajuda — implorei.

Domnu recolocou o rei negro no lugar, deixando-o cair com um baque seco. Depois, com passos lentos que estalavam no chão, ela foi até a pilha de gravetos, retirou um pequeno feixe e o contemplou.

— Acho que três pauzinhos serão melhor do que 13 hoje, não acham? Sinto nos ossos que esse é um dia de números baixos. Ossos! Talvez vocês prefiram jogar ossos?

— Por favor! Nós precisamos chegar ao Castelo Oculto.

— O Castelo Oculto? — Ela tirou um pauzinho do feixe e cuspiu nele. — Por que vocês querem ir até lá?

— Uma boa pergunta — murmurou Shim ao abraçar minha canela.

— Além disso — continuou Domnu, enquanto examinava o pauzinho —, se eu mandar vocês para lá, então *com certeza* morrerão, e eu perderei minha aposta.

— Você não vai nos ajudar, por favor?

— Infelizmente, não, meu bichinho. — Ela girou o pauzinho na palma da mão.

Fiz uma cara feia.

— Se você não vai nos ajudar, então por que não nos põe de volta no Brejo Assombrado e acaba logo com isso?

Shim olhou para mim, surpreso.

— Pode ser que eu faça isso, meu bichinho. Afinal de contas, de fato prometi a Rhita Gawr que não manteria vocês protegidos aqui o dia inteiro. Regras da aposta, vocês compreendem. E eu nunca desrespeito as regras. — Domnu abaixou a voz. — Além disso, ele notaria se eu desrespeitasse.

Ela enfiou o pauzinho novamente no feixe e o jogou na pilha de modo displicente.

— Mas por que a pressa? Nós ainda temos tempo para um jogo ou dois.

— Nós não temos tempo! — exclamei. — Existe algum jeito de convencer você?

— A única pergunta — continuou Domnu, enquanto vasculhava o recinto — é que jogo escolher. É claro! Xadrez! Embora não ache que você conheça as regras, jovem como é. Não importa. Venha aqui e eu ensino um pouco. E traga esse bravo guerreiro. Esse que está pendurado na sua perna.

Ela voltou ao tapete e deu uma olhadela nas peças.

— Altas demais, creio eu.

Com uma expressão de concentração, Domnu colocou a palma da mão na coroa da rainha vermelha. Ela murmurou baixinho uma frase, depois começou a pressionar devagar para baixo. Para minha surpresa, a rainha vermelha — assim como todas as outras peças de xadrez — foi diminuindo progressivamente até ficar da metade do tamanho original. Agora as peças mais altas eram praticamente da mesma altura de Shim.

Com orgulho, Domnu gesticulou para as peças de xadrez.

— Esse jogo é realmente uma das minhas melhores invenções. Um grande sucesso aonde quer que vá. Mesmo os humanos, com sua capacidade limitada de concentração, adotaram o jogo. Embora fique triste ao ver como eles tentam simplificar demais as regras. A única desvantagem é que é melhor jogá-lo com duas pessoas. E encontrar o parceiro certo pode ser realmente difícil.

Ela levantou as sobrancelhas finas, disparando ondas de rugas até o cocoruto.

— Especialmente se a pessoa recebe tão poucas visitas quanto eu. Por falar nisso, a maioria das minhas visitas entra pela porta da frente. O que deu em vocês para usarem a porta dos fundos? Eu poderia nunca ter encontrado vocês, se não tivessem batido à porta.

— Eu não bati!

— Claro que bateu! Embora quase não tenha escutado com aquela barulheira horrível lá fora.

— Mas eu não bati!

— Meu bichinho, você não se lembra! Você bateu com algo duro. Deve ter sido sua cabeça ou talvez esse seu pingente feio.

De repente, me lembrei do Galator e o segurei firmemente. Ele não brilhava mais. Rapidamente, recoloquei o pingente dentro da túnica.

— Eu poderia ter deixado vocês dois lá fora, mas há tempos não tenho companhia para jogar. Dois séculos, no mínimo! Aí, depois que trouxe vocês para dentro, me dei conta de que deviam ser aqueles que Rhita Gawr apostou que não sobreviveriam até o fim do dia, se alguma vez aparecessem por aqui. — Ela franziu os olhos vetustos. — Eu só queria ter visto vocês antes de aceitar a oposta.

Domnu começou a andar pelo tapete e a inspecionar cada uma das peças cuidadosamente. Embora a luz bruxuleante parecesse fazer o recinto inteiro vibrar, eu notava que cada uma das peças tremia um pouquinho conforme ela se aproximava. Então, quando Domnu passou por trás de um garanhão negro de aparência galante, o cavalo pareceu mexer ligeiramente a pata traseira esquerda. Instantaneamente, Domnu se virou.

— Você não ia me dar um coice, não é? — Os olhos negros brilharam quando ela passou o dedo lentamente pela crina do cavalo. — Não, você tem bons modos. Ótimos modos. Deve querer um pouco mais de peso no lombo. Sim, tenho que certeza de que é isso.

O garanhão pareceu soltar um gemido tímido. Os músculos esculpidos quase se retesaram.

Domnu se debruçou sobre o cavalo e soltou um sopro longo e suave. Do nada, uma pedra rústica negra, da metade do tamanho do próprio cavalo, apareceu no meio do lombo dele. Embora o cavalo parecesse ceder sob o peso, ele continuou a manter a cabeça erguida.

— Agora pronto — afirmou Domnu. — Assim é muito melhor.

Ela se virou para me encarar.

— Hora de uma partidinha de xadrez — disse, em um tom mais ameaçador do que convidativo. — Antes de eu devolver vocês para os seus, digamos, amigos à espera lá fora. Você começa.

XXXIII

A Aposta

Meu coração disparou. Não fui capaz de pisar no tapete com Domnu.

— Venha, meu bichinho, não tenho o dia todo. — Ela deu um risinho, exibindo os dentes tortos. — Nem você.

— Não chega perto dela — sussurrou Shim, agitado.

— Estou esperando — rosnou Domnu.

Minha testa ficou cheia de suor. O que eu deveria fazer? Talvez, se fizesse a vontade de Domnu, ainda pudesse descobrir um jeito qualquer de conquistar sua ajuda. No entanto, mal formulei o pensamento e soube que era impossível. Domnu jamais nos mandaria para o castelo porque acreditava que fazer isso garantiria que perderíamos a vida e que ela perderia sua aposta. E Domnu provavelmente estava certa, admiti, fazendo uma careta.

Mesmo assim, arrastei o lamuriento Shim comigo e segui para a beirada do tapete. Eu não tinha ideia do que fazer a seguir, fosse sobre o jogo de Domnu ou a respeito da minha missão para ajudar Rhia. Só sabia que viajamos para longe demais, que sobrevivemos a coisas demais para desistir antes de tentar todas as possibilidades.

Quando cheguei à beirada do tapete, Domnu apontou para o cavalo sobrecarregado pela pedra e ordenou:

— Faça sua jogada.

— Mas... mas — gaguejei — não conheço as regras.

— Isso nunca foi um empecilho para você antes, aposto.

Sem saber o que ela quis dizer, tentei novamente.

— Você pode me explicar as regras?

— Do jeito que eu jogo, você pode inventar as próprias regras, até que quebre uma das minhas, quero dizer.

Hesitei.

— Não sei como começar.

— No jogo de xadrez, ao contrário do jogo da vida, você escolhe como começar.

— Mas e se eu escolher mal?

— Ah — falou ela ao franzir o couro cabeludo. — Nesse aspecto os dois jogos são bem parecidos. De uma forma ou de outra, sua escolha fará toda a diferença.

Respirei fundo e pisei no quadriculado vermelho e preto. Com hesitação, pousei o cajado. Depois, com esforço, ergui o garanhão negro e levei a peça até o outro lado do tapete. Coloquei o cavalo em um quadrado diretamente na frente do rei vermelho.

— Hummm — comentou Domnu. — Você escolheu uma jogada arriscada, meu bichinho. — Ela me olhou com curiosidade. — Embora não seja mais arriscado do que atacar o Castelo Oculto sem um exército.

A bruxa empurrou o rei vermelho para um quadrado onde pudesse se esconder atrás de um par de guerreiros goblins.

— Você deve ter algum motivo.

— Eu tenho. É...

— Uma vergonha terrível que você esteja tão disposto a morrer, especialmente quando começou a disputar o jogo. Normalmente, eu teria o maior prazer em lhe ajudar a morrer logo, mas uma aposta é uma aposta.

— E se eu mesmo fizesse uma aposta com você?

Domnu coçou a careca.

— Que tipo de aposta?

— Bem — respondi, enquanto a cabeça dava voltas —, se você conseguir me levar ao castelo...

— A gente — corrigiu Shim. Embora o corpo inteiro tremesse, ele soltou minha perna e ficou de pé por conta própria ao meu lado. — A gente andamos juntos. Eu ainda tô sentindo a velha loucura.

Acenei com a cabeça para ele, depois me voltei para Domnu.

— Se você conseguir nos levar ao castelo, então aposto que... que *ainda* sobreviveremos ao fim do dia, mesmo com Stangmar e todos os seus goblins e necrontes lá para nos receber. Você pode apostar o contrário, que não conseguiremos.

Domnu puxou uma das orelhas, pensativa.

— Ah, você então está aumentando a aposta, não é?

— Isso mesmo.

— E o que acontece se vocês não sobreviverem ao fim do dia?

— Bem, aí você perderia uma aposta para Rhita Gawr, mas venceria outra, feita comigo. Então, no fim do dia, você ficaria na mesma. Porém, se *não* apostar comigo, você simplesmente terminará o dia perdendo.

Ela franziu a testa.

— Sem chance! Que tipo de apostadora novata você acha que sou, menino? Darei algo de valor ao mandar vocês dois para o castelo. Isso você ganha, caso vença ou não. E o que eu ganho? Nada.

Fiz uma expressão desanimada.

— Mas não tenho nada para lhe dar.

— Que pena. — A cabeça se enrugou. — Sua vez de jogar.

— Espere. — Saquei a adaga de Honn. — Você pode ficar com isso.

Domnu franziu a testa novamente e fez um gesto de desprezo.

— Uma arma? Por que eu iria querer isso?

— Então, que tal isso? — Peguei a bolsa de ervas que Branwen me deu. — Essas ervas são boas para curar.

Domnu sibilou.

— Que uso eu teria para uma coisa dessas?

Quando peguei o cajado, ela declarou:

— Também não preciso disso.

Sabia muito bem que minha única posse realmente valiosa era o Galator e suspeitava que Domnu também o sabia. No entanto... se abrisse mão dele, a missão estaria perdida.

— Aqui — falou Shim ao começar a tirar a camisa bufante feita de casca de árvore. — Cê pode ficar com isso. Foi feita pela minha própria mãe quando eu era um bebezinho. — Ele suspirou. — Uma pena que a camisa nunca ficou pequena em mim.

Domnu fez uma expressão de desprezo.

— Pode ficar com você. — Os olhos escuros me examinaram. — Se você não tem mais nada a oferecer, não temos nada mais a discutir, a não ser, é claro, o jogo de xadrez.

Minha cabeça dava voltas. Embora eu não soubesse quase nada a respeito dos poderes do Galator, eles obviamente eram extraordinários. *Vastos além da compreensão*, dissera Cairpré. Eu não poderia perdê-lo, o último Tesouro! Ele já havia salvado nossas vidas antes e poderia muito bem salvar novamente. Além disso, se Stangmar queria tanto o Galator, eu poderia usá-lo de alguma forma para negociar pela vida de Rhia. Apesar de não ter como saber se ela ainda estava viva, eu tinha certeza de que, sem o Galator, jamais poderia salvá-la. Além disso, o pingente cravejado havia sido usado pela minha própria mãe. Ela me deu o Galator para guardá-lo, para protegê-lo. Abrir mão dele também seria como abrir mão de um pouco do amor de minha mãe por mim.

E, no entanto... se eu não o oferecesse para Domnu, ela jamais me ajudaria. E não havia possibilidade de eu chegar ao castelo sem a ajuda da bruxa! Daí, portanto, eu não poderia ajudar Rhia. Por outro lado, de que adiantaria chegar ao castelo sem o Galator?

— Sua vez. — Ela insistiu, com impaciência. — Faça sua jogada.

— Certo, vou fazer. — Devagar, retirei o Galator do pescoço. — Você conhece esse pingente, não?

Domnu bocejou e mostrou os dentes tortos.

— Eu o vi algumas vezes no decorrer das eras, sim. O que é que tem ele?

— Então você também conhece seu valor.

A bruxa permaneceu indiferente.

— Ouvi rumores.

Shim puxou minha túnica com força.

— Não faz isso. É loucura!

Eu o ignorei e declarei:

— Eu aposto... o Galator. Se você nos levar ao castelo de Stangmar, eu... — engasguei com as palavras — eu darei o Galator a você.

Os olhos negros se arregalaram.

— Não! — berrou Shim. — A gente precisamos dele.

Dei um passo na direção de Domnu.

— Mas se eu ou Shim um dia voltarmos vivos para você, não importa quanto tempo tenha se passado, então você terá de devolver o Galator. — Ergui o pingente com a mão no cordão de couro. As joias emitiram um brilho escuro na luz bruxuleante. — Esses são os termos da minha aposta.

Domnu emitiu uma série de sons como se estivesse prestes a engolir algo saboroso.

— E se algum dia você voltar, o que duvido, meu bichinho, você confiaria que eu o devolveria?

— Não! — reclamou Shim.

Olhei sério para ela.

— Você disse que nunca desrespeita as regras.

— Isso é verdade. — Depois Domnu acrescentou, a propósito — Com pequenas exceções aqui e ali, é claro. — Subitamente, a mão da bruxa disparou e arrancou o pingente. — Aposta aceita.

Fiquei desolado. O Galator se fora.

Domnu olhou brevemente para o Galator, e os olhos da bruxa refletiram o tom verde. Ela enfiou o pingente em um dos bolsos largos do robe, depois sorriu como se tivesse acabado de ganhar uma grande aposta.

Da minha parte, eu tinha certeza de que havia acabado de abrir mão da minha última e melhor esperança.

— Você queria isso o tempo todo — falei, com amargura.

— Creio que seja verdade, meu bichinho.

— Por que você simplesmente não tirou o Galator de mim, então? Por que arrastou a situação dessa forma?

Domnu pareceu ofendida.

— Eu? Pegar algo que não me pertence? Jamais! — Ela deu uma batidinha no bolso com o Galator. — Além disso, o Galator precisa ser dado de livre vontade. Não pode ser roubado ou então seus poderes serão inúteis. Ninguém lhe disse isso?

Acenei que não.

— Que pena. — Ela soltou um longo bocejo. — Que pena, realmente.

— Vamos andar com a sua parte — falei, em tom sério. — Como você vai nos levar ao castelo?

— Você não se importaria com um pequeno atraso, não é? — perguntou ela. — Estou me sentindo bem cansada no momento.

— Atraso!

— Sim. — Domnu bocejou novamente. — Apenas até amanhã, em alguma hora.

— Não! Você prometeu!

— Isso é desonestidade!

Ela nos examinou por um momento.

— Bem, está bom. Acho que posso levar vocês até lá hoje, mas deveriam se envergonhar de impedir que uma pobre velhinha tenha seu merecido descanso. — A careca se enrugou enquanto Domnu pensava. — A única questão é como fazer isso.

Ela deu tapinhas no cocoruto e vasculhou o recinto com os olhos negros.

— Ah, é isso. Asas. Vocês precisam de asas, talvez até mesmo um par ao qual estejam acostumados.

Meu coração teve um sobressalto porque pensei que Domnu estivesse se referindo às lendárias asas sobre as quais Cairpré me contou. Será que ela era capaz de me devolver aquilo que todos os fincayranos haviam perdido fazia tanto tempo? Flexionei os ombros em expectativa.

Os pés de Domnu bateram no chão até a entrada. Ela abriu a porta pesada, meteu a mão na escuridão e tirou uma jaula compacta de ferro, que continha um pequeno falcão surrado. Um esmerilhão.

— Transtorno!

Corri para a jaula. O pássaro bateu as asas e piou animado, arranhando as barras de ferro com as garras.

— Solte-o — Pedi e fiz carinho com os dedos nas penas quentes através das barras.

— Cuidado — avisou Domnu. — Esse aí é arisco. Um guerreiro de verdade. Corpo pequeno, grande coragem. Ele pode retalhar você se quiser.

— A mim, não.

Ela deu de ombros.

— Se você insiste.

A bruxa tocou de leve na jaula, que instantaneamente desapareceu. Transtorno se viu caindo, mas se recuperou antes de atingir o chão. Com duas batidas de asa e um pio, pousou no topo do cajado antes de descer para o meu ombro esquerdo. Com o pescoço emplumado, o falcão fez carinho na minha orelha, depois se voltou para Domnu e golpeou o ar com as garras, raivosamente.

— Como você o encontrou? — perguntei.

Ela coçou a verruga na testa.

— O falcão me encontrou, embora eu não faça ideia como. Ele parecia, bem, bastante frágil quando chegou, como se alguém tivesse tentado transformá-lo em carne moída. Como o pobrezinho nem sequer conseguia voar é um milagre. Cuidei um pouco dele, na esperança de conseguir ensiná-lo a jogar dados, mas o selvagem ingrato se recusou a cooperar.

Ao ouvir isso, Transtorno piou com raiva e arranhou o ar novamente.

— Sim, sim, eu o joguei na jaula contra a sua vontade, mas foi para seu próprio bem.

Transtorno piou outra reclamação.

— E para a minha própria proteção! Quando falei que não tinha interesse em encontrar seu amigo, ele voou para cima de mim. Tentou me atacar! Eu podia tê-lo transformado em um verme ali mesmo, mas decidi mantê-lo caso seus modos melhorassem. De qualquer maneira, ele deve ser útil para nós agora.

Intrigados, eu e Transtorno inclinamos a cabeça ao mesmo tempo.

— Eu devo avisar que — continuou Domnu —, embora eu consiga levá-los ao castelo, não posso levá-los para *dentro* do castelo. Isso vocês terão de fazer por conta própria, isso sem mencionar a saída.

Ela deu uma olhadela para o bolso com o Galator.

— Como não irei ver vocês novamente, deixe-me agradecer por me dar isto.

Suspirei, mas o peso familiar no ombro amenizou a tristeza. Eu apontei o pássaro.

— E obrigado por me dar isto.

Domnu veio em nossa direção. Enquanto Transtorno encarava a bruxa com desconfiança, ela colocava as mãos na minha cabeça e na de Shim. Com a mesma expressão de concentração que a bruxa mostrou quando encolheu as peças de xadrez, ela começou a murmurar.

Imediatamente, me senti encolhendo. Além do grito de Shim, ouvi Domnu dar alguma espécie de instrução para Transtorno. Em um piscar de olhos, o falcão não estava mais no meu ombro. Em vez disso, era eu que estava no ombro emplumado de Transtorno, voando bem acima dos Morros Sombrios.

XXXIV
Voo

Ao voar na escuridão, abracei com firmeza o pescoço de Transtorno. Pelo ângulo das costas do pássaro, sabia que ganhávamos altitude progressivamente. Em uma das mãos estava o cajado, agora quase tão pequeno quanto eu. Imaginei onde Shim estaria naquele momento e torci que pelo menos estivesse a salvo.

O ar frio fluía sobre nós com tanta força que meus olhos cegos começaram a lacrimejar e a jogar filetes de lágrimas na face e sobre as orelhas. As penas do pescoço tremiam a cada rajada de ar e roçavam no meu rosto e mãos. Agora que eu era menor do que a própria cabeça de Transtorno, notei que as penas do falcão eram muito mais do que a plumagem macia e sedosa que pareciam ser. Cada pena combinava a flexibilidade de um galho à firmeza de um osso.

Aos poucos, os movimentos do corpo que me levava viraram os meus. Cada vez que as asas poderosas se erguiam, eu inalava. Cada vez que elas se abaixavam, eu exalava. Sentia os músculos do ombro e das costas de Transtorno se retesarem antes de cada batida, depois entrarem em ação com força impressionante.

Enquanto voávamos, me concentrava plenamente para escutar o que fosse possível na escuridão. Fiquei surpreso ao notar como as asas faziam pouco barulho ao bater. Cada descida delas gerava apenas um leve deslocamento de ar, enquanto cada subida era acompanhada somente por um sutil rangido dos ombros.

Pela primeira vez na vida, senti o gosto da liberdade de voar. A escuridão ao redor apenas ampliou a sensação de pairar sem limites, sem fronteiras. Com o vento no rosto, senti pelo menos um pouco da experiência sublime que o povo de Fincayra conhecera antigamente e depois perdera — uma experiência da qual não me lembrava com a mente, mas com o coração.

O vento mudou de direção, e ouvi um leve choramingo vindo de baixo das garras. Notei que Transtorno também carregava outro passageiro, assim como em um dia qualquer o falcão poderia carregar um rato campestre. E percebi que Shim, agora menor ainda, deveria estar tão atormentado quanto um rato prestes a ser comido.

Eu tentava forçar a segunda visão além do limite. Tentava afastar a escuridão que parecia ficar mais espessa conforme progredíamos. No entanto, eu sentia mais as limitações da visão do que suas dádivas. A Mortalha do castelo encobria os Morros Sombrios da mesma forma que nos envolvia, porque nós três voávamos para a terra *onde a noite nunca termina*, como Rhia dissera uma vez.

Com esforço, percebi alguns dos contornos dos morros que surgiam abaixo. Não havia árvores espalhadas pelo terreno, nem rios enrugavam as encostas. Em dado momento, senti que a terra caiu em uma garganta profunda, porém estreita, e ouvi o leve grito do que poderia ter sido uma águia. Ao norte, um grande grupo de tochas flamejantes se misturava aos gritos roucos de goblins. E ao sul, piscavam luzes sinistras que me arrepiaram mais do que o vento.

Nas encostas acima da garganta, detectei alguns conjuntos de construções que um dia haviam sido vilarejos. Uma saudade estranha e incerta surgiu em mim. Será que eu, quando criança, vivi em um daqueles vilarejos? Se de alguma forma eu pudesse ver aquela região com luz, será que isso traria de volta pelo menos um pouco da memória perdida? Porém, os vilarejos lá embaixo estavam tão escuros e silenciosos quanto minha infância. Nenhuma chama ardia nas lareiras; nenhuma voz se elevava nas praças.

Eu duvidava que qualquer trabalhador como Honn ainda trabalhasse duro nesse terreno, como seus ancestrais fizeram por séculos antes da ascensão de Stangmar e do advento da escuridão sem fim. Era ainda mais improvável que qualquer jardineiro pudesse ter sobrevivido em um lugar assim, até porque a terra de T'eilean e Garlatha pelo menos ainda se apegava ao crepúsculo, enquanto as terras abaixo existiam em um eclipse permanente.

A escuridão ficou mais intensa e nos envolveu como um cobertor pesado. Senti o coração disparado de Transtorno, que pulsava através das veias do pescoço do pássaro. Ao mesmo tempo, a batida das asas diminuiu apenas um pouco, como se a escuridão inibisse o voo da mesma forma que inibia a visão.

O esmerilhão estabilizou o voo. Cada vez mais as asas hesitavam, às vezes não completavam uma batida, outras deixavam de bater completamente. Conforme surgiam as rajadas de vento frio, Transtorno ziguezagueava, instável. Ele inclinava a cabeça para um lado, depois para o outro. Parecia confuso, tentava enxergar o que não era possível ver. Transtorno lutava para se manter no rumo.

Agarrei minha montaria de penas. Se Transtorno estava com tanta dificuldade para enxergar, como seria possível que nos guiasse em segurança para o castelo que girava eternamente? Talvez essa fosse a questão no último aviso de Domnu, que chegar perto do castelo seria menos difícil do que entrar nele.

Com uma pontada de medo, me dei conta de que agora nossa única esperança era a segunda visão. Eu, cujos olhos eram cegos, deveria de alguma forma enxergar pelo falcão! Embora a segunda visão sempre ficasse mais fraca conforme a luz sumisse ao redor, eu não poderia permitir que isso acontecesse desta vez. Talvez a segunda visão não precisasse sequer de luz. Talvez eu pudesse enxergar apesar da escuridão. Concentrei todas as energias. Precisava tentar penetrar a escuridão.

Minutos se passaram. Não consegui sentir nada de diferente. E por que deveria? Nunca antes consegui enxergar à noite, mesmo quando os olhos funcionavam. O que me fez achar que poderia mudar tal situação agora?

No entanto, continuei a tentar. Continuei a vasculhar com a mente. A enxergar além dos cinzentos, além das sombras. A preencher os trechos de escuridão, assim como Rhia me mostrou como preencher os espaços vazios entre as estrelas.

Enquanto isso, o voo de Transtorno se tornava mais irregular e desigual. As asas batiam com dificuldade conforme os ventos intensos nos golpeavam. O pássaro hesitou, mudou de direção, hesitou novamente.

Então, de maneira tão gradual que nem mesmo percebi a mudança de início, comecei a sentir imagens diáfanas através da escuridão cada vez mais densa. A curva em um cume. Uma depressão que um dia podia ter sido um lago. Uma estrada sinuosa. Uma linha irregular que só poderia ser um paredão de pedra.

Então, bem ao longe, detectei algo estranho. Um brilho pulsante e vago em um cume distante. Parecia ao mesmo tempo em movimento e parado, tanto luz quanto treva. Eu nem mesmo tinha certeza se o brilho realmente existia. Com firmeza, enfiei os braços no pescoço emplumado de Transtorno e virei a cabeça dele na direção do ponto. O pássaro resistiu a princípio, depois começou a alterar o ângulo das asas. Devagar, ele mudou de rumo.

Com o tempo detectei uma espécie de estrutura de tamanho mastodôntico. Ela surgia em um morro alto como um fantasma negro à noite. Pensei ter visto estranhos anéis de luz nas laterais e uns pináculos no topo. Por mais sinistro que fosse o covil de Domnu, aquela estrutura parecia cem vezes pior. Mesmo assim, empurrei com firmeza o pescoço de Transtorno e guiei nossa aproximação. A essa altura, o esmerilhão não só aceitava minha pilotagem, como também parecia encorajado por ela. As asas batiam com energia renovada.

O alcance da segunda visão aumentou cada vez mais. Agora eu conseguia enxergar um cume plano com pedras espalhadas, onde ficava a estranha estrutura. Porém, conforme o terreno ao redor ficava mais nítido, a estrutura em si permanecia difusa. Um som baixo e retumbante ficou mais alto à medida que nos aproximamos, um som como pedra contra pedra.

Imediatamente entendi: a estrutura estava lentamente girando na própria fundação. Nós havíamos encontrado o Castelo Oculto.

Mordendo o lábio para me concentrar, guiei o falcão para voar em um círculo ao redor do castelo giratório. A silhueta difusa imediatamente ficou nítida. Os pináculos revelaram ser torres, os anéis de luz eram tochas vistas através das janelas e arcadas que giravam. De vez em quando, dentro dos recintos iluminados, eu vislumbrava soldados que usavam os mesmos elmos pontudos dos guerreiros goblins.

Focalizei a visão em uma janela mais baixa onde não parecia haver soldados presentes, depois guiei Transtorno para um mergulho. Nós miramos bem na janela. As ameias, as torres, as arcadas se aproximaram. De repente, notei que voávamos devagar demais, que caíamos muito. Nós íamos bater na parede! Passou pela mente o sonho aterrorizante que tive no mar.

Puxei com toda a força, obriguei o falcão a fazer uma curva fechada para cima. Shim, preso nas garras, gritou. Nós disparamos pelas ameias, pouco acima das pedras. Mais uma fração de segundo e teríamos batido.

Focalizei novamente e fiz Transtorno dar outra volta. Dessa vez, ao circularmos o castelo, tentei calcular nossas velocidades relativas com mais precisão; porém, hesitei. A verdade era que eu não tinha olhos, não possuía visão real. Será que deveria tentar de novo, guiado apenas pela segunda visão?

Respirei fundo e depois fiz o falcão dar outro mergulho. Nós disparamos para a mesma janela aberta de antes. O vento bateu em mim e gritou nos meus ouvidos.

Conforme a janela se aproximava, meu estômago dava um nó apertado. Até mesmo o menor erro nos levaria a bater na parede. Ganhamos velocidade. Não podíamos voltar agora.

Irrompemos pela janela. No mesmo instante, vi uma coluna de pedra bem adiante. Inclinei bem o corpo e fiz Transtorno virar para a esquerda. Passamos raspando pela coluna, deslizamos sobre o chão e batemos em uma parede em algum ponto das profundezas do Castelo Oculto.

XXXV

O Castelo Oculto

Quando recuperei a consciência, a primeira coisa que notei foi como Transtorno ficou pequeno. O pássaro valente estava sentado no meu peito, me cutucando com uma asa, depois com a outra. Imediatamente me dei conta da verdade. Fui eu, e não o falcão, que mudou de tamanho. Eu havia crescido novamente.

Ao ver que acordei, o esmerilhão pulou para o chão de pedra e soltou um pio baixinho, como se fosse um suspiro de alívio.

Um som parecido veio do outro canto do cômodo vazio e sombrio, abaixo de uma tocha que crepitava presa à parede por um suporte de ferro negro. Shim se sentou, olhou para Transtorno, deu tapinhas pelo corpo, da cabeça cabeluda aos pés peludos, piscou e deu tapinhas novamente.

O pequeno gigante se voltou para mim com um sorriso radiante debaixo do nariz.

— Tô contente por ser grande e alto novamente.

Ergui uma sobrancelha, mas contive o riso.

— Sim, estamos ambos grandes novamente. Domnu deve ter feito a magia de forma que acabasse assim que entrássemos no castelo.

Shim fez uma cara feia.

— Que gentileza gentil da parte dela.

— Devo isso a ela. — Toquei as asas listradas do falcão. — E mais.

Transtorno deu um pio determinado. As bordas amarelas dos olhos brilhavam à luz da tocha. Ele arranhou as garras no chão para me dizer que estava pronto para a batalha novamente.

No entanto, a agressividade do falcão me animou apenas por um instante. Avaliei as pedras rústicas e imponentes ao redor. As paredes, o chão e o teto do cômodo não tinham qualquer adorno, nenhuma arte. O Castelo Oculto não havia sido construído com base no amor, mas no medo. Se houve qualquer amor durante a construção, foi meramente o amor pela pedra fria e por defesas resistentes. Como resultado, a não ser que aquele aposento fosse uma exceção, o castelo não tinha qualquer beleza, nenhuma maravilha, mas provavelmente duraria mais do que os próprios Morros Sombrios. Eu tinha certeza de que duraria mais do que eu.

Somente então notei o estrondo contínuo ao redor. O barulho aumentou, sumiu e se repetiu de maneira tão incessante quanto as ondas do oceano. Era o som do castelo girando na própria fundação! Ao ficar de pé, me senti desequilibrado, tanto pelo constante balanço do chão quanto pela atração gradual na direção da parede externa do cômodo. Eu me abaixei para pegar o cajado. Mesmo com o apoio, precisei de um momento para me equilibrar.

Eu me voltei para Shim.

— Eu me sentiria muito melhor se ainda tivesse o Galator.

— Veja — respondeu ele na ponta dos pés, perto da janela aberta. — Tá tão escuro lá fora! E parece que o chão tá andando e balançando o tempo todo. Não gostei desse lugar.

— Nem eu.

— Tô com medo. Muito, muito, muito medo.

— Eu também. — Acenei com a cabeça na direção de Shim. — Mas eu ganho coragem por estar aqui com amigos.

Um novo brilho surgiu nos minúsculos olhos de Shim.

— Coragem — falou ele baixinho para si. — Eu dou coragem para ele.

— Venha. — Com cuidado, fui de mansinho até a porta. Ela dava para um corredor escuro, iluminado apenas por uma tocha que sibilava no fim. — Temos de tentar encontrar Rhia! Se ela estiver viva, provavelmente estará na masmorra.

Shim estufou o pequeno peito.

— Que lugar terrivelmente terrível! Vou lutar com qualquer um que machuque ela.

— Não vai, não! — Eu me opus. — O castelo é guardado por guerreiros goblins e necrontes.

— Aaah. — O peito de Shim rapidamente murchou. — A gente não devemos lutar contra eles.

— Certo. Precisamos ser mais espertos do que eles, se pudermos, e não lutar contra eles.

Transtorno voou até meu ombro, e nós partimos. Percorremos o corredor mal iluminado de mansinho, tentando fazer o máximo de silêncio possível. Felizmente, o estrondo constante do castelo giratório encobria a maior parte dos nossos sons, a não ser a leve batida do cajado sobre as pedras. Considerei que, desde que evitássemos ser descobertos, os guardas do castelo provavelmente não estariam alertas para intrusos. Por outro lado, tive a nítida lembrança de ter esperado a mesma coisa dos goblins que patrulhavam a fenda perto do Brejo Assombrado.

Quando chegamos à tocha sibilante, enfiada de maneira tosca em um nicho entre as pedras, vimos que o corredor fazia uma curva fechada à direita. Passagens arqueadas se enfileiravam por ambos os lados do trecho seguinte, enquanto apenas uma única janela estreita dava para o exterior. Ao nos aproximarmos da janela, fiquei tenso ao ver fachos de escuridão que entravam por ela, da mesma forma que fachos de luz entrariam por uma janela em qualquer terra que não fosse sufocada pela Mortalha.

Com cuidado, coloquei a mão no caminho de um dos fachos. O frio beliscou os dedos. A pele pareceu murcha, moribunda.

Senti um arrepio, recolhi a mão e avancei. Os pés descalços de Shim pisavam suavemente ao meu lado, enquanto as garras de Transtorno seguravam o ombro com firmeza. Um corredor levou a outro, uma tocha crepitante à seguinte. Todos os cômodos que encontramos estavam vazios, exceto pelas sombras ondulantes da luz das tochas. Eu só podia imaginar quantos cômodos vazios existiam naquele imenso castelo. No entanto, apesar de tanta andança, não descobrimos escada alguma.

Com cuidado, percorremos à espreita o labirinto de corredores, viramos à esquerda e à direita, depois à direita e à esquerda. Comecei a me perguntar se estávamos andando em círculos, se algum dia encontraríamos escadas para os níveis inferiores. Então, quando nos aproximamos de uma porta, Transtorno bateu asas no meu pescoço. De repente, ouvi várias vozes roucas que trocavam comentários grosseiros.

Goblins. Vários deles, pelo barulho.

Esperamos do lado de fora da porta arqueada, sem saber como passar sem sermos vistos. Transtorno andava de um lado para o outro no meu ombro, nervoso. Então me ocorreu uma ideia. Eu toquei no bico do esmerilhão enquanto apontava para o interior da porta.

O falcão pareceu entender instantaneamente. Sem fazer barulho, ele flutuou para o chão, seguiu pelas sombras da parede e entrou no cômodo. Bem do lado de fora da porta, Shim e eu trocamos olhares nervosos.

Alguns segundos depois, um dos goblins gritou de dor.

— Você me esfaqueou, seu idiota!

— Não esfaqueei — respondeu outro, mais alto do que o baque de algo metálico.

— Mentiroso!

Alguma coisa pesada caiu no chão de pedra. Uma espada cortou o ar.

— Vou mostrar para você quem é mentiroso.

Uma briga começou. Espadas tiniram, punhos socaram, xingamentos voaram. Na comoção, Shim e eu passamos de mansinho pela porta. Paramos apenas o suficiente para Transtorno retornar ao poleiro no ombro e disparamos pelo corredor. Quando dobramos uma esquina, nos deparamos com uma escada.

Mal iluminados por uma tocha bruxuleante no patamar, os degraus de pedra desciam quase às escuras. Fui à frente, com Transtorno perto do meu rosto. Ambos tentávamos sentir o que pudesse estar à espreita nas sombras. Shim, que sussurrava nervoso consigo, seguia de perto.

A escada em espiral descia até outro patamar sinistro sob a luz da tocha. Sombras agitadas subiam pelas paredes. Conforme descíamos, o estrondo e o gemido da fundação giratória aumentavam, assim como o mau cheiro no ar. Descemos as escadas até outro andar mais escuro do que o anterior. E até outro andar, ainda mais escuro. A escada terminou ali, onde dava para uma arcada alta de pedra. Atrás dela havia um porão escuro de cheiro fétido.

— A masmorra — sussurrei mais alto do que o estrondo constante.

Shim não respondeu, mas arregalou os olhos ao máximo.

Da entrada da masmorra veio um gemido longo e doloroso. A voz soava quase humana, embora não tanto. Quando o gemido surgiu novamente, mais alto do que antes, Shim ficou paralisado como pedra. Com cuidado, segui adiante sem ele, tateando as sombras mais escuras com o cajado.

Ao passar debaixo da arcada, dei uma espiada no interior do cômodo. À esquerda, abaixo de uma das poucas tochas no ambiente cavernoso, vi um homem. Estava deitado em um banco de pedra. Pela respiração lenta e regular, parecia estar dormindo. Embora tivesse uma espada e adaga penduradas no cinto, não usava armadura, a não ser pelo estreito peitoral vermelho sobre a camisa de couro e um elmo pontudo na cabeça.

Porém, a coisa mais estranha a respeito daquele homem era o rosto. Parecia papel de tão branco. Ou com uma máscara sem expressão. Seja lá a razão, o rosto parecia vivo — e ao mesmo tempo morto.

O homem de repente começou a gemer e a se lamentar. Conforme o som ecoava na masmorra, me dava conta de que ele devia estar sonhando, se lembrando de algum momento de dor ao dormir. Embora tivesse ficado tentado a acordá-lo, para poupá-lo de tamanho sofrimento, não podia me arriscar. Ao dar meia-volta para falar com Shim, arfei. O pequeno gigante tinha sumido.

Rapidamente, disparei de volta para a escadaria. Chamei o nome dele, alto o suficiente para ser ouvido acima do estrondo do castelo, mas não tanto a ponto de acordar o soldado adormecido. Procurei desesperadamente, mas não vi sinal de Shim. Chamei outra vez. Sem resposta.

Como Shim poderia ter desaparecido? Aonde teria ido? Talvez tivesse, finalmente, perdido a coragem por completo. Devia estar escondido em algum lugar, tremendo. De qualquer maneira, eu não tinha tempo para procurá-lo agora.

Com Transtorno tenso no ombro, dei meia-volta e passei de mansinho pelo soldado adormecido embaixo da tocha crepitante. Avancei para o interior da masmorra. As pedras abaixo do lugar onde havia correntes penduradas nas paredes estavam escurecidas por sangue seco. Passei por cela após cela, algumas com pesadas portas escancaradas, outras ainda bem trancadas. Ao vasculhar as janelinhas de cada uma das portas trancadas, descobri ossos e carne apodrecendo no chão. Eu não era capaz de imaginar Rhia, com toda sua alegria de viver, aprisionada em um lugar tão horrível.

No entanto, dada a alternativa, torci desesperadamente que ela estivesse presa.

Desde o dia que o mar me devolveu para Fincayra, eu tinha descoberto um pouco, porém apenas um pouco, do meu passado. E descobri ainda menos sobre meu verdadeiro nome. No entanto, tais missões não resolvidas me motivavam bem menos agora do que o desejo de encontrar Rhia. Eu estava disposto a deixar de lado minhas perguntas sem respostas, talvez para sempre, se ao menos pudesse chegar até ela a tempo.

Descobri uma cela com um crânio esmagado debaixo de uma pedra pesada, depois outra com dois esqueletos, um do tamanho de um adulto e outro do tamanho de um bebê, abraçados pela eternidade. E a seguir uma cela que estava completamente vazia, a não ser por uma pilha de folhas em um canto.

Mais desesperado a cada passo, prossegui. Será que eu tinha chegado até ali para encontrar nada além de ossos espalhados e uma pilha de folhas?

Parei. *Uma pilha de folhas.*

Voltei correndo para a cela. Com o coração disparado, espiei novamente pela janelinha estreita. Emiti o som que Rhia me mostrou ao fazer a faia ganhar vida, apenas alto o suficiente para ser ouvido acima do estrondo.

A pilha de folhas se mexeu.

— Rhia — sussurrei, animado.

— Emrys?

Ela ficou de pé em um pulo e correu para a porta. A roupa de vinhas estava surrada e suja, mas Rhia estava viva.

— Ó Emrys — falou, sem acreditar. — É você ou seu fantasma?

Em resposta, enfiei o dedo pela fenda. Com hesitação, Rhia enroscou o dela ao meu, como fizera tantas vezes antes.

— É você.

— Sim.

— Solte-me.

— Primeiro preciso encontrar a chave.

Rhia fez uma expressão desolada.

— O guarda. Perto da entrada. Ele tem a chave. — Ela apertou meu dedo com medo. — Mas ele é...

— Um cara com sono peso pesado — terminou outra voz.

Eu dei meia-volta e vi Shim olhando para mim com uma expressão inconfundível de orgulho no rostinho. O pequeno gigante estendeu a mão. Nela havia uma grande chave de ferro.

Eu o encarei com espanto.

— Você roubou isto do guarda?

Shim enrubesceu, o nariz bulboso ficou quase tão rosado quanto os olhos.

— Ele tem sono peso pesado, então não foi difícil.

Transtorno, sentado no meu ombro, deu um pio de admiração.

Eu sorri. Ocorreu-me a ideia de que Shim talvez não fosse tão pequeno quanto parecia, afinal de contas.

Com um chacoalhar da chave, destranquei a porta. Rhia surgiu com o rosto cansado, mas aliviado. Ela deu um abraço em mim, em Transtorno e finalmente em Shim, cujo nariz ficou ainda mais corado do que antes.

Rhia se voltou para mim e perguntou:

— Como sairemos daqui?

– Ainda não resolvi essa parte.

— Bem, então vamos começar.

— Só queria que eu ainda tivesse o Galator.

O queixo de Rhia caiu.

— Você o perdeu?

— Eu... abri mão dele para chegar aqui.

Mesmo na masmorra, os olhos de Rhia brilharam. Ela enroscou o dedo ao meu novamente.

— Você ainda tem a nós.

Juntos, começamos a caminhar em direção à entrada. Transtorno bateu asas no meu pescoço. Mesmo sem o Galator contra o peito, meu coração estava um pouco mais aquecido.

Porém, apenas um pouco. Ao passarmos pela cela com o crânio esmagado, falei para Rhia:

— Chegar aqui foi difícil, mas sair será ainda mais. Quero dizer... sair daqui com vida.

— Eu sei. — Ela ficou tão ereta quanto uma jovem faia. — Nesse caso, só podemos torcer para que Arbassa esteja certa.

Transtorno, que tinha começado a andar de um lado para o outro no ombro, parou. Ele inclinou a cabeça como se estivesse prestando atenção.

— Sobre nos encontrarmos novamente no Outromundo?

Rhia concordou com um aceno de cabeça duvidoso.

— Após a Longa Jornada.

Só pude franzir a testa. Eu tinha certeza de que, se morrêssemos hoje, não haveria mais jornadas para nós — longas ou curtas.

Shim cutucou minha túnica.

— Vamos indo! Antes que aquele guarda roncador acorde...

De repente, o soldado saiu das sombras. O rosto pálido como a morte debaixo do elmo não demonstrava expressão alguma. Devagar, ele sacou a espada da bainha, depois avançou contra mim.

XXXVI

O Último Tesouro

— Cuidado! — gritou Rhia.

Ergui o cajado e amorteci o golpe com a ponta retorcida. Enquanto lascas de madeira voavam, saquei a adaga. Ao mesmo tempo, o soldado recuou a espada e se preparou para outra investida.

Transtorno voou diretamente para a cara dele, guinchou e arranhou com as garras. Uma delas cortou a face do soldado. Sem emitir sequer um grito de dor, ele espantou o pássaro agressor com a mão. Aproveitei a chance para enterrar a adaga fundo no peito do soldado, logo abaixo do peitoral.

Dei um passo para trás, na expectativa de vê-lo cair. Transtorno voou novamente para o poleiro costumeiro no meu ombro.

Surpreendentemente, o soldado simplesmente ficou parado ali, com o olhar sem emoção fixo no cabo da adaga. Ele soltou a espada, que caiu com um estrondo no chão de pedra, e agarrou a adaga com ambas as mãos. Com uma puxada forte, o soldado arrancou a arma do corpo e a jogou para o lado. Nem uma única gota de sangue sequer saiu da ferida.

Antes que ele pudesse recuperar a espada, Rhia me agarrou pelo braço.

— Fuja! — gritou. — Ele é um necronte! Não pode morrer!

Disparamos pela entrada da masmorra e subimos correndo as escadas. Não muito atrás, o soldado morto-vivo nos perseguia. Rhia seguiu na frente, arrastando vinhas rasgadas das calças, seguida de perto por mim e Shim.

Subimos correndo a escada em espiral e, na pressa, quase tropeçamos nos degraus de pedra. Passamos para o patamar seguinte, com a tocha crepitante. E pelo seguinte. E pelo seguinte. A escadaria ficava mais estreita à medida que subíamos. Rhia, com as pernas fortes de sempre, se distanciou mais de mim, enquanto Shim ficou mais atrás. Ofegante, olhei para trás. O necronte estava a poucos passos do pequeno gigante.

Ao ver Shim em perigo, Transtorno decolou, as asas bateram na lateral do meu pescoço. O guincho raivoso ecoou na escadaria quando ele voou novamente no rosto do nosso perseguidor.

O necronte caiu alguns degraus, tentando espantar o pássaro. Seus corpos e respectivas sombras refletidas nas paredes mal iluminadas guerreavam. Hesitei. Eu deveria seguir Rhia ou voltar para ajudar Transtorno?

Ouvi um grito de cima da escadaria.

— Rhia!

Eu praticamente voei sobre os degraus, subindo dois de cada vez. A escada fazia uma espiral cada vez mais fechada, quase se afunilando em uma ponta. Ofegante, fiz uma curva e cheguei a um patamar muito mais amplo e bem iluminado do que os anteriores. Parei imediatamente.

Diante de mim havia um enorme salão, as paredes tinham tochas flamejantes e objetos reluzentes, o teto fazia uma abóbada no alto. Minha atenção, porém, se concentrou no meio do salão. Rhia fora capturada por um guerreiro goblin! Ele passava a língua pelos lábios verde-acinzentados e prendia os braços de Rhia às costas. A mão forte cobria a boca de Rhia para que ela não pudesse gritar novamente.

— Bem-vindo ao nosso castelo — trovejou uma voz poderosa.

Virei e vi um homem grande, com um rosto tão inflexível quanto pedra esculpida, sentado em um trono vermelho que tremeluzia de maneira sinistra. A boca parecia entalhada em uma carranca permanente. Apesar da aparência severa, ele também tinha uma beleza misteriosa. Debaixo do aro de ouro que usava na testa, olhos negros encaravam com intensidade. Sobre o rosto e o corpo passavam algumas sombras estranhas, embora eu não fosse capaz de dizer o que as causava.

Em volta do trono de Stangmar havia cinco ou seis necrontes, com rostos tão inexpressivos quanto cadáveres. Dois fincayranos estavam entre eles, os cabelos negros como carvão roçavam nos ombros dos robes vermelhos. Um deles era alto e magro, como um grande inseto, enquanto o outro tinha a compleição de um maciço tronco de uma árvore.

Lembrei do que Cairpré dissera quando observei atentamente os rostos dos dois homens e me perguntei qual deles seria na verdade o meu pai. No entanto, por mais que um dia eu tivesse desejado encontrá-lo, agora temia tal perspectiva, porque só poderia desprezar um homem que servia a um rei tão perverso quanto Stangmar.

Eu só quero conhecê-lo, falei para Branwen em nossa última conversa. *É melhor que não conheça,* respondeu ela. Infelizmente, se ele decaiu ao estado do grupo diante de mim, agora entendia o motivo.

Ao me ver, Rhia lutou furiosamente para se libertar. O guerreiro goblin simplesmente gargalhou e a segurou com mais força.

— Suspeitamos que você viria aqui, no fim das contas — declarou Stangmar, com a eterna cara fechada. — Especialmente com sua amiga aqui como isca para a armadilha.

Tive um sobressalto ao me perguntar por que ele se importaria com minha localização. Então me dei conta de que Stangmar ainda acreditava que eu possuía o Galator, o último Tesouro que ele procurava havia tanto tempo. Não tinha certeza de como poderia tirar vantagem daquele erro, mas resolvi tentar.

Rhia novamente lutou para se soltar, mas foi em vão. Conforme ela se contorcia na roupa frondosa, eu sentia um leve cheiro de frescor da floresta que havíamos deixado para trás.

Cheguei mais perto e plantei o cajado nas pedras para me ajudar a manter o equilíbrio no chão que girava lentamente.

— Solte-a. Ela não fez nada para prejudicar você.

Os olhos do rei arderam conforme as sombras dançavam sobre suas feições.

— Ela teria feito se pudesse, assim como você.

Dito isso, os dois fincayranos assentiram enquanto os necrontes colocaram as mãos nos cabos das espadas ao mesmo tempo. O homem mais alto deu uma olhadela para mim, com o rosto tenso de preocupação. Ele se inclinou na direção do rei e começou a dizer algo, mas Stangmar fez um gesto para calá-lo.

Somente então o necronte da masmorra subiu os degraus atrás de mim. Embora o rosto estivesse violentamente arranhado, ele não demonstrava sinal algum de sangramento. Em uma das mãos, o soldado segurava Transtorno pelas garras, de forma que o pássaro, de cabeça para baixo, só conseguia bater as asas e piar com raiva.

— Outro amigo, é? — O rosto sombrio de Stangmar se voltou para o par de necrontes. — Vejam se há mais.

Instantaneamente, os soldados dispararam por mim e desceram a escadaria. Então me lembrei que havia perdido Shim de vista. Eu só podia torcer para que meu pequeno companheiro tivesse encontrado um local seguro para se esconder.

Nervoso, parei de olhar para Rhia, sufocada nos braços do guerreiro goblin, e me voltei para Transtorno, pendurado e indefeso na mão do necronte.

— Liberte-os! — gritei para o rei. — Liberte-os ou irá se arrepender.

Stangmar fechou mais a cara.

— Não estamos acostumados a receber ordens de um mero menino! Especialmente quando o menino também ameaça nossa figura real.

Apesar do constante sacolejo do castelo giratório, fiquei o mais ereto e equilibrado que consegui.

A seguir, Stangmar chegou para a frente no trono. Por um momento, as sombras saíram do rosto. Com o maxilar quadrado e olhar intenso, ele parecia ainda mais bonito, mas não menos severo, do que antes.

— No entanto, sua coragem nos impressiona. Por essa razão, seremos misericordiosos.

De repente as sombras reapareceram, passando freneticamente pelo rosto, peito e aro de ouro na testa de Stangmar.

— Sabemos o que fazemos! — rosnou ele, embora não fosse claro para quem. Com uma pose majestosa, Stangmar gesticulou para o guerreiro que segurava Rhia. — Liberte-a, nós ordenamos, mas fique de olho nela.

O guerreiro goblin fez uma careta, mas obedeceu. Com violência, jogou Rhia no chão de pedra em frente ao trono. Transtorno, ainda pendurado de cabeça para baixo, guinchava com raiva para o goblin, mas não podia fazer mais nada.

— E quanto ao falcão? — exigi.

Stangmar se recostou no trono.

— O falcão permanece onde está. Confiamos tão pouco nele quanto confiamos em você! Além disso, mantê-lo assim vai lhe encorajar a cooperar.

Senti um arrepio na coluna.

— Eu nunca vou cooperar com você.

— Nem eu — declarou Rhia, sacudindo os cachos castanhos.

Transtorno guinchou de novo para deixar clara sua posição.

Pela primeira vez, Stangmar relaxou um pouquinho a testa franzida.

— Ah, você vai cooperar. Na verdade, já cooperou! Você nos trouxe algo que há muito desejávamos. Você nos trouxe *o último Tesouro.*

Estremeci, mas não falei nada.

Com as sombras passando pelo rosto, Stangmar abriu os braços para indicar os objetos à mostra nas paredes.

— Aqui neste salão reunimos muitos itens de poder lendário. Pendurada na parede de nosso trono real está Cortefundo, a espada de dois gumes: o negro, que corta até a alma, e o branco, que cura qualquer ferimento. Lá está a famosa Harpa Florescente. Aquela corneta de prata é o Evocador dos Sonhos. Ao lado dela, você vê o arado que cultiva o próprio campo. Nunca mais esses Tesouros ou os demais serão um risco para a nossa soberania.

O rosto de Stangmar ficou sério quando ele apontou para um caldeirão de ferro colocado na parede oposta.

— Nós temos até mesmo o Caldeirão da Morte.

À menção desse objeto, os dois homens em robes vermelhos se entreolharam como se soubessem de algo. O mais alto balançou a cabeça em um gesto sinistro.

— No entanto, o Tesouro que nós mais desejamos é aquele que não está pendurado nas paredes. — A voz de Stangmar trovejou no salão e abafou até mesmo o estrondo constante do castelo giratório. — É aquele que você nos trouxe.

Sabia que ele descobriria em breve que eu não estava com o Galator. Encorajado pela certeza da morte, endireitei os ombros.

— Eu jamais traria algo que pudesse ajudar você.

O rei sinistro me observou por um momento.

— Você acha que não?

— Sei que não! Já estive com o Galator, mas não está mais comigo. Ele está fora do seu alcance.

Stangmar, com o rosto encoberto pelas sombras, me olhou friamente.

— Não é o Galator que buscamos.

Eu pisquei.

— Você disse que procuravam pelo último Tesouro.

— Procuramos mesmo, mas o último Tesouro não é uma mera joia. — O rei segurou os braços do trono. — O último Tesouro é o meu filho.

Fui tomado por uma onda de terror.

— Seu... filho?

Stangmar assentiu com a cabeça, embora o rosto não demonstrasse alegria alguma.

— É você que eu procuro, porque você é meu filho.

XXXVII

CORTEFUNDO

Sombras negras dançavam pelas feições do rei enquanto suas mãos grandes apertavam o trono.

— E agora nós precisamos cumprir a promessa que fizemos antes de você fugir com sua mãe.

— Promessa? — perguntei, ainda abalado pela revelação de Stangmar. — Que promessa?

— Não se lembra?

Lancei um olhar melancólico para o homem que era meu pai.

— Não me lembro de nada.

— Que auspicioso. — Stangmar franziu mais a testa do que antes. As sombras se agitaram sobre o rosto e desceram lentamente pelos braços. O rei cerrou os punhos, depois apontou para mim e deu uma ordem — Joguem-no no Caldeirão.

Em conjunto, os necrontes se voltaram para mim.

Transtorno, ainda preso por um dos necrontes, batia as asas e lutava para se soltar. Os guinchos furiosos ecoavam no salão cavernoso, mais altos do que o estrondo do castelo giratório.

— Não! — gritou Rhia ao ficar de pé em um pulo. Rápida como uma víbora, ela pulou em cima de Stangmar e agarrou o pescoço do rei. Antes que os guardas pudessem vir ajudá-lo, ele se soltou e jogou Rhia de volta ao chão de pedra. Ela caiu em uma pilha de folhas diante das botas do guerreiro goblin.

O rei furioso esfregou os arranhões no pescoço e ficou de pé. O corpo inteiro se contorcia em sombras. Ele vociferou para o goblin:

— Mate-a primeiro! Depois cuidaremos do menino.

— Com prazer — falou o goblin, com a voz rouca e um brilho nos olhos estreitos. Ele esticou a mão para o cabo da espada.

Meu coração disparou. O rosto ardia. A fúria crescia dentro de mim, a mesma fúria violenta que senti contra Dinatius. Eu tinha de evitar que aquilo acontecesse! Precisava usar meus poderes!

Então a mente foi envolvida por chamas intensas. O cheiro de carne queimada. Minha própria carne. Meus próprios gritos. Eu temia tais poderes, não menos do que temia o Caldeirão da Morte.

Com um sorriso cruel, o guerreiro goblin levantou a espada lentamente. A lâmina reluziu sob a luz das tochas. No mesmo instante, Rhia se voltou para mim e me encarou com olhos tristes.

Um novo sentimento, mais poderoso do que a raiva e o medo, preencheu meu coração. Eu amava Rhia. Amava o espírito, a vitalidade dela. *Você é tudo o que você é*, ela me dissera uma vez. Então as palavras da Grande Elusa, ditas dentro da caverna brilhante de cristal, vieram à memória. *O último Tesouro contém grandes poderes, maiores do que você conhece.* Meus poderes eram meus, para serem temidos, talvez, mas também para serem usados.

Os ombros poderosos do goblin se retesaram para o golpe. Transtorno guinchou de novo e lutou para se soltar da mão do necronte.

Mas e quanto à minha promessa? Novamente ouvi a voz de Rhia: *se alguém lhe deu poderes especiais, eles são seus para serem usados*. Minha mãe, com os olhos de safira que penetravam fundo na alma, se juntou a ela. *Tudo que Deus pede é que você use bem os poderes, com sabedoria e amor.*

Amor. Não fúria. Essa era a chave. O mesmo amor que fazia o Galator brilhar. O mesmo amor por Rhia que me preenchia agora.

Sua vez de jogar!, mandava a voz de Domnu. *No xadrez, assim como na vida, sua escolha fará toda a diferença.*

Assim que o guerreiro goblin começou a descer a espada na cabeça de Rhia, me concentrei plenamente na grandiosa espada Cortefundo, suspensa na parede logo atrás do trono. As chamas surgiram na mente outra vez, mas persisti e as afastei. Não ouvi nada além do riso debochado do goblin. Não vi nada além da espada e do gancho de ferro que a segurava.

Voe, Cortefundo. Voe!

O gancho de ferro se rompeu. A espada se soltou da parede e voou na direção do goblin. Ele se virou ao ouvi-la cortar o ar. Meio segundo depois, a cabeça decepada rolou sobre o chão de pedra.

Rhia gritou quando o corpo pesado caiu sobre ela. Stangmar rugiu de raiva, o rosto era uma massa de sombras. Os dois homens de robe vermelho gritaram e recuaram com medo. Apenas os necrontes, com os rostos completamente inexpressivos, observaram em silêncio.

Na comoção, soltei o cajado e ergui as mãos. Cortefundo girou no ar na minha direção. Com ambas as mãos, agarrei o cabo de prata.

Os necrontes, ao verem aquilo, sacaram as próprias espadas e correram para cima de mim, como se fossem um único corpo. De repente, a voz do rei retumbou.

— Parem! — A boca franzida de Stangmar soltou um longo rosnado baixinho. — Esse duelo é nosso, não é de mais ninguém. — As sombras rolavam pelo corpo dele. Por um momento, ele hesitou. Depois, com uma tremedeira violenta, o rei declarou para alguém que só ele era capaz de enxergar: — Nós dissemos que esse duelo é nosso! Não precisamos de ajuda.

Stangmar desceu do trono e rapidamente recuperou a espada do guerreiro goblin morto. Olhou com raiva para mim e golpeou o ar com a arma. Somente então notei que as sombras novamente abandonaram o rosto dele. Mais estranho ainda, quando dei uma olhadela para o trono vermelho, as sombras negras continuavam ali, pairavam bem acima do assento. Tive a sensação de que, de alguma forma, aquelas sombras me observavam com atenção.

— Então — provocou o rei — você tem *os poderes*, não é? Assim como seu avô antes de você. — Ele deu um passo na minha direção. — Porém, mesmo com todos os poderes, seu avô não conseguiu escapar da morte. Nem você conseguirá.

Mal tive tempo de erguer Cortefundo para amortecer o primeiro golpe de Stangmar. As espadas retiniram e ecoaram entre os arcos de pedra do salão. A força do golpe do rei fez minha espada vibrar até o cabo. Minhas mãos se esforçavam para segurar Cortefundo. Notei que Stangmar tinha a tripla vantagem de maior força, mais habilidade e — mesmo com minha vista melhorada — uma visão superior.

Apesar de tudo isso, lutei o melhor que pude. Embora o chão giratório e sua constante vibração me deixassem desequilibrado, me lancei ao ataque. Aparei e desviei enquanto golpeava freneticamente. Fagulhas voavam quando nossas espadas colidiam.

Talvez minha ferocidade pura tivesse deixado Stangmar cauteloso. Talvez a própria Cortefundo tivesse me dado forças, de alguma forma. Ou talvez Stangmar estivesse apenas brincando com a presa. Qualquer que fosse a razão, parecia que eu estava me saindo bem conforme percorríamos de cima a baixo o salão cheio de objetos preciosos.

De repente, Stangmar veio para cima de mim. Com um golpe poderoso que ecoou pelo salão, ele arremeteu contra Cortefundo. A espada voou das minhas mãos e bateu no chão de pedra.

O rei colocou a lâmina na minha garganta.

— Agora manteremos nossa promessa. — Ele indicou o terrível Caldeirão na parede. — Ande.

Ainda ofegante, resisti.

— Quem fez você prometer que me mataria?

— Ande.

— E por que essa promessa significa tanto para você, que quebrou todas as promessas feitas ao seu próprio povo?

— Ande!

Cruzei os braços.

— Você prometeu a Rhita Gawr, não foi?

Stangmar franziu mais a testa enquanto as sombras dançavam sobre o trono.

— Sim. E seria prudente você falar de nosso bom amigo com respeito. Agora ande!

Lancei um olhar suplicante para o homem cujos olhos e cabelos eram reflexos dos meus.

— Não percebe o que Rhita Gawr fez com você? Com seu reino? Ele quer que você envenene suas terras, que escureça o céu, que aterrorize seu povo. E até mesmo... que mate seu próprio filho!

Enquanto eu falava, as sombras misteriosas se debatiam furiosamente no trono.

O rosto de Stangmar ficou vermelho.

— Você não entende essas coisas. Não entende nada! — Ele empurrou a ponta da espada contra meu pescoço.

Com dificuldade, engoli em seco.

— Rhita Gawr não é seu amigo. Ele é seu dono, e você é escravo dele.

Com os olhos inflamados, Stangmar me empurrou com a espada na direção do Caldeirão.

— Será que Elen, sua esposa, minha mãe, iria querer isso?

A fúria de Stangmar transbordou.

— Nós pouparemos o Caldeirão e vamos matar você com essa mera espada!

Dito isso, ele ergueu a arma para arrancar minha cabeça. Ao ver a brecha, me concentrei em Cortefundo, que estava no chão bem atrás de mim.

A mim, Cortefundo. A mim!

Porém, foi tarde demais. A espada mal começou a se mexer, se apoiando em um dos gumes, quando o rei sombrio firmou as pernas para dar o golpe.

Quando Stangmar pisou atrás com o pé, porém, ele roçou na lâmina erguida de Cortefundo. O gume negro, com o poder de cortar até a alma, varou a bota de couro e arranhou a base do calcanhar.

Stangmar gritou em agonia e desmoronou no chão. As sombras se debateram e deram a impressão de sacudir o próprio trono. Os necrontes, de espadas na mão, começaram a vir ajudar o rei, mas ele ergueu a mão. Abruptamente, os soldados pararam.

Lentamente, Stangmar ergueu a cabeça e olhou para mim, a expressão ficando mais suave a cada segundo. O maxilar ficou relaxado. Os olhos se arregalaram. Apenas a testa franzida não mudou.

— Você falou a verdade — declarou ele, com dificuldade. — Nós... quero dizer, eu... confundimos esse discurso real! Eu... não sou mais do que um escravo.

O trono se agitou violentamente de um lado para o outro.

Stangmar se virou para as sombras que se debatiam.

— Vocês sabem que é verdade! — gritou. — Eu não sou mais do que seu mísero marionete! Agora minha cabeça está tão cheia de suas ameaças e mentiras que ela gira tão incessantemente quanto esse maldito castelo!

Dito isso, um som sibilante e assustador saiu das sombras. Elas interromperam o movimento frenético e começaram a se encolher, se solidificaram em algo ainda mais escuro.

O rei fez um esforço para se levantar, mas o ferimento paralisou a parte inferior do corpo e ele caiu para trás. Com uma expressão grave, Stangmar me encarou novamente.

— Você precisa entender. Nunca foi nossa... quero dizer, minha intenção fazer Fincayra chegar a esse ponto! Quando fiz aquela primeira promessa, eu não tinha ideia de quanta tristeza ela causaria.

— Por quê? — exigi saber. — Por que você chegou a fazer uma promessa a Rhita Gawr?

Stangmar franziu a testa.

— Eu fiz... para salvar Elen.

— Elen? Minha mãe? — Imediatamente, me lembrei das últimas palavras dela sobre meu pai. *Se você um dia o encontrar, apenas se lembre de que ele não é o que parece.*

— Sim. Elen dos Olhos de Safira. — Ele respirou fundo e soltou o ar bem devagar, com os cotovelos apoiados no chão de pedra. — Quando Elen deu à luz na praia de Fincayra, ela desrespeitou uma de nossas leis mais antigas, uma lei expedida pelos próprios espíritos, que ninguém de sangue humano jamais poderia nascer aqui. Caso contrário, os humanos teriam direito a um mundo que não era deles! O castigo para esse grave crime sempre foi severo, porém claro. A criança meio humana deveria ser exilada para sempre de Fincayra. E, o que é pior, o pai humano deveria ser jogado no Caldeirão da Morte.

Stangmar tentou se levantar outra vez, mas não conseguiu. Os necrontes, que pareciam estar cada vez mais agitados, começaram a ir em direção a ele novamente. O necronte que segurava Transtorno se juntou aos demais, com a espada em uma das mãos e o falcão que se debatia na outra.

— Parem! — ordenou Stangmar. — Não preciso da ajuda desprezível de vocês.

Os necrontes obedeceram, embora continuassem a observar com desconfiança e a mexer nervosamente as espadas. Enquanto isso, as sombras no trono continuavam a se encolher. Ao se condensarem, ficaram mais espessas e escuras, como o centro de uma tempestade que se aproximava.

Stangmar balançou a cabeça.

— Eu não sabia o que fazer. Como eu poderia condenar à morte minha linda Elen? Ela me fez chegar mais alto do que as árvores em que subi quando criança! No entanto, eu era o rei, o responsável pela execução das leis! Então Rhita Gawr se aproximou de mim e me ofereceu ajuda em troca do meu auxílio com um problema pessoal.

— Que problema era esse?

Stangmar afastou o olhar.

— Rhita Gawr me contou que descobriu em um sonho que sua maior ameaça seria uma criança meio humana e meio fincayrana. Então, como sabia de sua existência, Rhita Gawr acreditava que você traria alguma espécie de perigo para ele enquanto vivesse.

Meu corpo inteiro estremeceu, independentemente de todo o balanço do chão.

— Então você concordou em me matar no lugar dela?

— Eu não tinha escolha, não entende? Rhita Gawr prometeu proteger Elen e toda Fincayra de qualquer castigo por parte dos espíritos por essa violação da lei.

— E você prometeu me jogar no Caldeirão?

— Prometi. Em algum momento antes do fim do seu sétimo ano de vida. Por todo esse tempo, mantive a promessa em segredo de Elen. Apenas contei que os espíritos concordaram que ela não precisava morrer e que você não precisava ser exilado. Elen ficou tão aliviada que não tive coragem de dizer a verdade. Ela confiava em mim completamente.

A voz assumiu um tom distante.

— Por coincidência, durante aqueles sete anos, a aliança com Rhita Gawr ficou cada vez mais forte. E necessária. Ele me avisou do plano dos gigantes para conquistar Fincayra. Ele me ajudou a livrar nossa terra de inimigos perigosos. Rhita Gawr me deu um castelo onde eu poderia ficar realmente a salvo. Ele...

As palavras foram morrendo, e os ombros do rei caíram.

— Ele me transformou em seu escravo.

Emocionado com a angústia dele, completei a história.

— E quando Elen, minha mãe, descobriu que foi poupada apenas para que eu morresse, ela fugiu de Fincayra e me levou junto.

Stangmar me encarou com desespero.

— Então, no fim, perdi vocês dois.

— E muito mais — acrescentou Rhia, ao lado do corpo do guerreiro goblin decapitado.

Concordei com a cabeça e depois me voltei para os necrontes. Por algum motivo, eles se aproximaram do trono e o cercaram com seus corpos. No entanto, apesar da proximidade dos outros soldados, Transtorno continuava a se contorcer e a bater as asas freneticamente. O necronte que o segurava não pareceu notar que uma das garras do falcão estava quase solta.

— É bem verdade — reconheceu Stangmar. — Rhita Gawr me garantiu que se eu conseguisse encontrar meu filho meio humano e condená-lo à morte, meu poder então ficaria completo. Porém, o que ele realmente quer dizer é que terei feito sua vontade: irei livrá-lo de qualquer ameaça que você represente. Então, pergunto eu, quem é o rei agora?

Naquele instante, os necrontes se afastaram em conjunto do trono vermelho. Eles se abriram como duas cortinas e revelaram um nó de escuridão, que se contorcia no assento. Mais escuro que a própria Mortalha, o nó agitado soltou um sibilo estridente e agudo. Com o som veio uma rajada gelada que me fez sentir frio até os ossos.

— Rhita Gawr! — berrou Stangmar, enquanto tentava desesperadamente se levantar do chão.

O nó de escuridão pulou do trono, passou voando por Rhia e pousou no chão ao lado da Cortefundo. Antes que eu mesmo conseguisse respirar, ele envolveu completamente o cabo de prata. Como uma mão negra do mal, o nó ergueu a espada e deu um golpe em Stangmar, cortando um lado do rosto da orelha ao queixo. Com sangue escorrendo pelo maxilar, o rei rugiu de dor e rolou para o lado.

De repente, Stangmar enrijeceu. A expressão começou a mudar de terror para fúria. O rei estreitou os olhos, franziu a testa e cerrou os punhos com tanta força que estes ficaram brancos. Então, para minha surpresa, ele agarrou a outra espada e ficou de pé com um pulo. Parou ao meu lado, altivo e forte apesar do rosto ensanguentado.

— Ajude-nos! — gritei.

Porém, em vez de voltar a espada para o nó negro que segurava Cortefundo, Stangmar apontou a arma para mim.

— Você é um tolo, menino! Nós não seremos derrotados tão facilmente assim.

Eu recuei.

— Mas você disse...

— Nada do que dissemos era relevante — declarou o rei, com um gesto na direção da massa ondulante de escuridão que era Rhita Gawr. — Nosso amigo aqui nos curou! Ao nos golpear com o gume que cura qualquer ferimento, curou nossa alma lamurienta e com isso nos fez recuperar o bom senso. Nós sabemos quem são nossos inimigos e agora vamos matá-los!

Rhia começou a arremeter contra o rei, mas dois necrontes se posicionaram diante dele. Rhia fez o possível para se desviar deles, mas os soldados bloquearam a passagem.

Assim que Stangmar puxou a espada para trás, pronto para me empalar, Rhita Gawr soltou outro sibilo estridente. O rei hesitou. Devagar, ele abaixou a arma.

Parecendo envergonhado de algum modo, Stangmar balançou a cabeça.

— Não decepcionaremos você novamente — reclamou. — Nós fomos enganados! Iludidos! Deixe-nos agora cumprir nossa promessa feita a você.

Um sibilo furioso e ensurdecedor foi a única resposta de Rhita Gawr. Enquanto Stangmar olhava obedientemente, o nó pulsante de escuridão erguia a própria arma novamente. Rhita Gawr girou a espada e se preparou para acabar com a minha vida.

Naquele momento, outro guinchou estridente preencheu o salão. Transtorno finalmente se soltou da mão do necronte. Quando o soldado tentou em vão estocar o falcão com a espada, Transtorno voou na direção do teto do grande salão.

O esmerilhão chegou ao ponto mais alto e soltou um guincho que ecoou por todas as paredes. Ele desceu velozmente e parou por uma fração de segundo acima de nós. Então, a pequena porém brava criatura, cuja vida desde nosso primeiro encontro consistiu em um feito corajoso atrás de outro, cometeu o mais corajoso de todos eles.

No mesmo instante em que a espada começou a descer na minha direção, Transtorno bateu as asas com força e mergulhou mais rápido do que uma flecha em pleno centro da massa negra. Surpreendido, Rhita Gawr soltou Cortefundo, que voou pelo salão e deslizou sobre as pedras. Conforme os braços frios de escuridão envolviam Transtorno, ele arranhava, bicava e batia as asas furiosamente. O nó negro e o esmerilhão sibilavam e guinchavam enquanto rolavam um sobre o outro no chão.

Busquei desesperadamente por algum modo de ajudar Transtorno. Mas como? Eu podia tentar empunhar Cortefundo, mas ele e Rhita Gawr estavam tão engalfinhados, que seria impossível acertar um sem golpear o outro. Podia tentar usar meus poderes para um tipo diferente de ataque, mas isso certamente daria errado pelo mesmo motivo. Meu coração disparou ao ver — no entanto, que aquilo era tudo o que eu podia fazer

Transtorno lutava com valentia. Ainda assim, o abraço gelado de Rhita Gawr e sua força superior provaram ser demais. Aos poucos, inexoravelmente, a massa de trevas engoliu o pássaro. Ela o consumiu pouco a pouco. Primeiro a garra. Depois a asa. A seguir, metade do rabo. E, em mais alguns segundos, a cabeça.

— Ó Transtorno! — lamentou Rhia, ainda flanqueada pelos necrontes.

Com um último pio estridente, o esmerilhão levantou a cabeça o mais alto possível, depois mergulhou o bico no ponto mais central da escuridão. De repente, uma fina borda de luz intensa cercou a dupla engalfinhada. Um som estranho de sucção cortou o ar, como se a parede que separava dois mundos tivesse sido rompida. Tanto a massa negra como o falcão consumido por ela ficaram rapidamente menores até sobrar apenas um pontinho escuro que pairava no ar. Um momento depois, aquilo também desapareceu.

Transtorno se foi. Embora tivesse levado Rhita Gawr junto de alguma forma, eu tinha tanta certeza de que o espírito maligno um dia retornaria quanto tinha de que meu amigo não voltaria. Com lágrimas nos olhos cegos, me curvei para pegar uma única pena que veio parar no chão aos meus pés.

Girei lentamente a pena listrada entre os dedos. Era de uma das asas de Transtorno, as mesmas asas que me fizeram voar há pouco tempo. Aquelas asas, como eu, jamais voariam de novo. Com cuidado, coloquei a pena dentro da bolsa.

De repente, a ponta de uma espada cutucou meu peito. Ergui o olhar e vi a expressão raivosa de Stangmar, com metade do rosto e do pescoço sujos de sangue.

— Agora cumpriremos nossa promessa — declarou ele. — E da maneira como era para ser feita. Assim, quando nosso amigo retornar, ele não terá dúvidas a respeito de nossa lealdade.

— Não — implorou Rhia. — Não faça isso! Esta é a sua chance de ser um rei de verdade, não percebe?

Stangmar bufou com desprezo.

— Não gaste saliva com tais mentiras. — Ele se voltou para os necrontes. — Guardas! Joguem-no no Caldeirão.

XXXVIII

MUNDOS ANTIGOS

Instantaneamente, os necrontes que não vigiavam Rhia marcharam pelo salão e se dirigiram para cima de mim. Com espadas na mão e rostos inexpressivos, eles começaram a me conduzir em direção ao Caldeirão da Morte.

Não tentei resistir. Não sei se pela perda de Transtorno ou por causa do balanço contínuo do chão, senti as pernas vacilantes e fracas. Além disso, mesmo que meus poderes pudessem ter me ajudado agora, eu não tinha mais ânimo para tentar. Os únicos pensamentos eram dirigidos para o vazio no ombro.

Rhia tentou correr atrás de mim, mas foi contida pelos soldados.

Stangmar observava com a cara fechada. Ele estava rígido como uma estátua, o olhar era de ódio, a mão apertava o cabo da espada. O sangue seco no rosto ficou da mesma cor que as Terras Arruinadas de seu reino.

Passo a passo, a procissão se aproximou do Caldeirão. Ele parecia me olhar com ódio conforme eu chegava perto, sombrio e silencioso como a própria morte. Por um momento, pensei me atirar dentro dele espontaneamente, na esperança de poder destruir o Caldeirão assim como a mim mesmo.

Porém, mesmo essa pequena satisfação não seria minha, porque os necrontes me flanqueavam tão perto que com certeza me matariam antes que eu escapasse.

Desolado, me voltei para Rhia. Estendi um indicador dobrado para ela na brecha entre dois soldados. Embora os olhos de Rhia estivessem embaçados, ela retribuiu o gesto e entrelaçou o dedo ao meu simbolicamente, pela última vez.

Os necrontes pararam perto do Caldeirão. Embora ele alcançasse apenas minha cintura, a boca de ferro se escancarava tanto que um homem ou mulher adultos caberiam facilmente no interior. E dentro da boca havia apenas escuridão — até mesmo mais espessa e intensa do que a Mortalha. Os necrontes me empurraram quase até a borda do Caldeirão, depois se voltaram para Stangmar e aguardaram ordens.

Rhia implorou ao rei.

— Não faça isso, por favor!

Stangmar não prestou atenção. Com uma voz mais alta do que o estrondo do castelo que girava eternamente, ele deu a ordem.

— Para o Caldeirão!

Naquele instante, uma figura minúscula disparou das sombras perto da escadaria. Com apenas uma rápida olhadela para mim e Rhia, Shim correu pelo salão, batendo com os pés pequenos nas pedras. Antes que os necrontes percebessem o que estava acontecendo, ele subiu até a borda do Caldeirão, hesitou por uma fração de segundo e depois se lançou dentro da boca.

Uma explosão trovejante sacudiu o salão e estremeceu o castelo giratório até a própria fundação. Embora o movimento nunca tivesse parado de fato, o poder da rajada deixou as rotações incertas e irregulares. Caí no chão, assim como Rhia e vários necrontes. Tochas tombaram dos suportes e estalaram sobre as pedras. A Harpa Florescente balançou precariamente na parede, segura por uma única cordinha.

Enquanto o som da explosão reverberava pelas paredes, bem como pelos Morros Sombrios afora, fiquei de pé. O que vi foi o Caldeirão da Morte dividido em duas grandes metades. E ali, no centro do Caldeirão destruído, estava caído o corpo do pequeno gigante.

— Shim! — Eu me ajoelhei com lágrimas nos olhos sobre meu companheiro e falei em um mero sussurro para o corpo. — Você sempre quis ser grande, um verdadeiro gigante. Bem, um gigante você é, meu amigo. Um gigante você é.

— Que traição é essa? — Stangmar golpeou o ar com a espada enquanto descontava a fúria nos necrontes. — Nós dissemos para vocês procurarem outros invasores!

Com raiva, ele pegou a espada de um dos necrontes e a enfiou bem na barriga do soldado. O necronte estremeceu, mas não proferiu som algum. A seguir, ele arrancou a espada devagar e encarou o rei como se nada tivesse acontecido.

Stangmar veio até mim, ainda ajoelhado na borda do Caldeirão quebrado. Com o rosto tenso, ergueu a espada bem acima de mim. Quando me virei na direção do rei, com o cabelo escuro e emaranhado tão parecido com o dele, Stangmar hesitou por um instante.

— Maldito seja, menino! Ver você e sofrer o corte daquela maldita espada despertaram sentimentos em nós. Sentimentos que pensamos ter esquecido e que apenas queremos esquecer novamente! E agora nossa tarefa é duplamente ignóbil porque, embora nós façamos o que precisa ser feito, o sofrimento será ainda maior.

De repente, Stangmar ficou boquiaberto. Ele hesitou e andou para trás, assustado.

Porque dentro dos restos do Caldeirão, uma coisa estranha acontecia. Como se uma brisa suave começasse a soprar pelo salão, os cabelos de Shim tremeram e se agitaram. Devagar a princípio, depois a uma velocidade cada vez maior, o nariz dele começou a crescer. Depois, as orelhas. A seguir, o restante da cabeça, pescoço e ombros. Os braços também começaram a inchar, seguidos pelo peito, cintura, pernas e pés. As roupas se expandiram com ele, ficando maiores a cada segundo.

Então veio o grande milagre. Shim abriu os olhos. Talvez mais surpreso do que qualquer outra pessoa, ele apalpou o corpo que crescia com as mãos inchadas.

— Tô ficando grande! Tô ficando grande!

Na hora em que a cabeça de Shim forçou o teto, Stangmar recuperou os sentidos.

— É um gigante! — gritou para os necrontes. — Ataquem antes que ele acabe com todos nós!

O necronte mais próximo correu e passou a espada na parte do corpo de Shim que estava mais perto, por acaso o joelho esquerdo.

— Ai! — gritou Shim ao colocar a mão no joelho. — Fui picado por uma abelha!

Por instinto, o ex-pequeno gigante se encolheu, porém isso apenas o tornou um alvo mais fácil. Os necrontes se juntaram e o estocaram com a fúria de um enxame furioso. Enquanto isso, o corpo de Shim continuava a se expandir, sem sinal de parar. Logo depois, a pressão dos ombros e do pescoço contra o teto fez com que a estrutura começasse a ceder. Choveram pedaços de pedra sobre nós. Um buraco se abriu no teto.

Um dos torreões das ameias caiu em cima do nariz ainda em crescimento de Shim, mas em vez de o golpe fazê-lo se encolher mais para evitar se machucar, ele provocou outra coisa: a ira dele.

— Tô furioso! — trovejou ele, enquanto enfiava o punho, agora quase tão grande quanto o trono do rei, em um trecho da parede.

Stangmar, visivelmente assustado, começou a se afastar. Os necrontes perceberam e também recuaram. Os dois fincayranos, que estavam encolhidos de medo perto do trono, correram enlouquecidamente para a escada e, na pressa, tropeçaram um no outro.

Eu corri para me juntar a Rhia e parei apenas para recuperar Cortefundo, que estava caída perto da escadaria. Juntos nós nos encolhemos em um canto do outro lado que parecia a salvo — pelo menos por hora — das pedras que caíam.

Então, pela primeira vez na vida, Shim teve uma experiência digna de um gigante. Shim viu seus agressores *fugirem* dele. E o brilho nos enormes olhos rosados deixou claro que aquela era uma experiência que ele poderia passar a apreciar.

— Eu tô mais grande que ocês — urrou Shim. — Muito mais grande!

Shim, cujos pés peludos cresceram mais do que rochas, se levantou. Ele esticou o corpo e ficou de pé plenamente, o que derrubou outro pedaço do teto. Com um sorriso vingativo no rosto colossal, ele começou a pisar nos necrontes. Cada uma das pisadas estremecia o castelo inteiro, e trechos do próprio chão começaram a ceder.

Porém, os soldados mortos-vivos sobreviveram até mesmo àqueles golpes devastadores. Após cada ataque, eles simplesmente se levantavam, se sacudiam e voltavam a atacar os pés de Shim com as espadas. Os olhos do gigante arderam com raiva. Ele pisoteou com mais força do que nunca. Quanto mais os necrontes corriam debaixo dele, mais peso Shim aplicava a cada pisada.

Enquanto eu permanecia sentado com Rhia em um canto e torcia fervorosamente para que Shim não se movesse ao fim do salão, via os pedaços soltos do teto desmoronarem ao redor dele. Shim estava claramente furioso — e claramente se divertindo.

Então, mais alto do que o barulho de pedras se partindo e de pés pisoteando, comecei a ouvir um som estranho e ritmado que vinha de algum lugar fora do castelo. Distante a princípio, depois mais próximo, o som crescia progressivamente. De repente, percebi que era o som de vozes, as vozes mais graves que ouvi na vida. Elas entoavam um cântico simples, que consistia em três notas muito graves. E havia algo mais a respeito do cântico, algo familiar, que me provocou um sentimento que eu não conseguia identificar ao certo.

A seguir um rosto enorme, marcado como um penhasco e com uma barba ruiva desgrenhada, apareceu no buraco do teto. Ele foi seguido por outro rosto com cabelo grisalho cacheado e lábios carnudos. E mais um, com a pele negra como uma sombra, uma longa trança e brincos feitos de rodas de carruagens. Cada um deles cumprimentou Shim com um meneio de cabeça, mas permaneceram fora das muralhas do castelo.

— Gigantes — disse Rhia, espantada. — Eles vieram.

Certamente, saídos de seus esconderijos secretos por toda Fincayra, os gigantes vieram. Em resposta a algum chamado há muito tempo esperado, talvez a explosão do Caldeirão da Morte, eles saíram a passos pesados das gargantas escuras, florestas distantes e cordilheiras desconhecidas daquela terra. Com imensas tochas incandescentes na mão, os gigantes chegaram de várias direções. Alguns vestiam pesadas redes com pedras, que permitiam que dormissem despercebidos em campos rochosos. Outros ainda levavam galhos, até mesmo árvores inteiras, nas longas cabeleiras. E outros, talvez porque fossem tolos ou orgulhosos demais para se esconderem, vestiam coletes, chapéus e capas tão exuberantes quanto as árvores frutíferas da floresta Druma.

Rapidamente, os gigantes formaram um círculo ao redor do castelo. Eles seguiram o exemplo de Shim e começaram a bater os pés no chão em conjunto, com a força combinada de um terremoto. Enquanto isso, elevaram as vozes em um cântico ritmado e cantaram em sua língua mais antiga, a língua do primeiro povo de Fincayra:

Hy gododin catann hue
Hud a lledrith mal wyddan
Guance ae bellawn wen cabri
Varigal don Fincayra
Dravia, dravia Fincayra.

Em um piscar de olhos, me lembrei de ouvir minha mãe entoar esse mesmo cântico. Mas será que a lembrança vinha de nosso tempo em Gwynedd ou de outra época anterior? Eu não era capaz de dizer exatamente.

De alguma forma, tive a impressão, talvez daquela recordação vaga e incerta, de que o significado do cântico tinha algo a ver com a ligação atemporal entre os gigantes e Fincayra, com a noção de que, enquanto um durasse, o outro também duraria. *Dravia, dravia Fincayra. Vida longa, vida longa Fincayra.*

Quanto mais os gigantes dançavam sob a luz das tochas imensas, mais o castelo desmoronava. Embora as pedras atrás de mim e de Rhia continuassem inabaláveis, outros trechos da parede estavam cedendo. E conforme as paredes do castelo se enfraqueciam, o mesmo acontecia com o encantamento. O giro começou a diminuir, o estrondo passou. Então, com o som áspero de pedra contra pedra, o castelo fez uma parada violenta. Pilares e arcos entraram em colapso, preenchendo o ar com poeira e destroços.

Naquele momento, os necrontes, cujo poder vinha do próprio castelo giratório, soltaram um grito em uníssono — mais de surpresa do que de agonia — e desmoronaram onde quer que estivessem. Foi inevitável pensar, ao ver os corpos espalhados entre as pedras, que os rostos finalmente mostraram um toque de emoção. E que a emoção foi parecida com gratidão.

Com a morte dos necrontes, Shim saiu por um trecho sem parede e se juntou aos demais gigantes lá fora. Conforme ouvia as batidas dos pés pesados ao redor do castelo, me lembrava de mais palavras antigas. Palavras que profetizaram aquela Dança dos Gigantes:

Onde um castelo gira na escuridão
O pequeno será grande, fins começarão
Somente quando os gigantes dançarem no salão
Todas as barreiras cairão

Shim, eu percebi, foi salvo por uma forma mais antiga de magia. Mais antiga do que o Castelo Oculto, mais antiga do que o Caldeirão da Morte, talvez mais antiga do que os próprios gigantes. Por que ao mesmo tempo que seu ato de coragem destruiu o Caldeirão, os próprios passos ao correr pelo chão de pedra começaram a dança que destruiria o castelo completamente. *O pequeno será grande, fins começarão.* A Grande Elusa falou para Shim que a grandeza significava mais do que o tamanho dos ossos. E agora, através da grandeza das próprias ações, ele era mais alto do que as ameias daquele castelo em desintegração.

XXXIX

LAR

A parede atrás de nós começou a gemer. Eu me voltei para Rhia, cuja roupa surrada de vinhas ainda cheirava a floresta.

— Temos de ir! Antes que o castelo inteiro desmorone!

Ela tirou algumas lascas de pedra do cabelo.

— A escada está bloqueada. Será que devemos tentar descer de outro jeito?

— Isso levaria tempo demais — respondi ao ficar de pé em um pulo. — Eu conheço uma alternativa melhor. — Coloquei as mãos em concha na boca e gritei mais alto do que a barulheira. — Shim!

Na mesma hora em que uma rachadura partiu a parede, um rosto apareceu por um buraco no teto. Ele seria familiar se ao menos fosse muitas e muitas vezes menor.

— Sou grande agora — trovejou Shim, com orgulho.

— Você realizou seu desejo! *Grande como a árvore mais maior de alta.* — Gesticulei para que ele se curvasse mais. — Agora, você pode enfiar a mão naquele buraco? Precisamos de uma carona para sair daqui.

Shim resmungou, depois enfiou a mão imensa pelo buraco no teto. Ela parou no chão ao nosso lado, mas tão perto de uma fenda que apenas um de nós podia se espremer por vez para subir na palma de Shim. Rhia escolheu ir primeiro.

Enquanto ela dava a volta na fenda com cuidado, eu erguia Cortefundo na mão. Embora o cabo de prata estivesse frio por causa do toque de Rhita Gawr, os dois gumes reluziam com um brilho que me fazia lembrar do luar sobre a superfície ondulante do mar.

De repente, me lembrei dos Tesouros de Fincayra. Eles também precisavam ser salvos! Não importava o tempo que restasse antes do colapso final do castelo, eu tinha de usá-lo para encontrar os Tesouros que ainda não haviam sido destruídos pela chuva de destroços.

— Vamos! — chamou Rhia, se segurando no polegar de Shim.

— Vá você na frente — respondi. — Mande Shim voltar para me pegar. — Enquanto ela me lançava um olhar preocupado, coloquei as mãos em concha na boca e gritei para o alto: — Tudo bem, Shim. Levante!

Enquanto Rhia subia e passava pelo teto, coloquei Cortefundo sobre a laje com aparência mais segura que consegui encontrar. Imediatamente, comecei a rondar os restos do salão outrora cavernoso. Passei por cima de colunas derrubadas e de corpos de necrontes, desviei de pedaços de pedra que caíam e cruzei fissuras que serpenteavam pelo chão com o máximo de rapidez e cuidado possíveis. Enquanto isso, além dos gemidos e estrondos do castelo, ouvia a batida contínua da Dança dos Gigantes.

Em pouco tempo, encontrei a Harpa Florescente, com quase todas as cordas intactas, e uma cintilante esfera alaranjada, que imaginei ser o Globo de Fogo. Levei os Tesouros rapidamente até Cortefundo e voltei para procurar mais. Perto do trono vermelho caído, descobri meu cajado, um tesouro pelo menos para mim. No fim do salão, encontrei o Evocador dos Sonhos meio enterrado, assim como a enxada que Honn disse ser capaz de capinar as próprias sementes.

Ao todo, encontrei apenas seis das Sete Ferramentas da Sabedoria. Depois da enxada, localizei o arado que cultiva o próprio campo, embora ele quase fosse pesado demais para eu levantá-lo. Depois descobri um martelo, uma pá e um balde, cujos poderes eu só podia imaginar. Por último, encontrei a serra que, segundo a descrição de Honn, cortava apenas a madeira necessária. Embora parte do cabo tivesse sido esmagada por um grande pedaço de pedra, a ferramenta permanecia usável.

Eu tinha acabado de colocá-la com os outros Tesouros quando o rosto de Shim reapareceu no buraco do teto.

— Cê tem que vir! — trovejou ele. — Esse castelo está pronto para desabar.

Concordei com a cabeça, embora ainda quisesse ter sido capaz de localizar a última das Sete Ferramentas da Sabedoria. Não conhecer sua aparência só tornou a tarefa de encontrá-la mais difícil. Mesmo assim, enquanto Shim abaixava a mão grande e eu começava a carregá-la com os Tesouros, eu parava ocasionalmente para vasculhar o salão por algum sinal da sétima Ferramenta da Sabedoria.

— Cê já terminou? — berrou Shim, com impaciência.

— Quase. — Joguei o último objeto, meu cajado, na palma da mão gigantesca. — Só mais um minuto enquanto eu subo.

— Rapidez rápida! — gritou Shim. — Cê pode não ter outro minuto.

Realmente, quando ele falou, senti as pedras do chão debaixo dos pés se deslocarem drasticamente. Comecei a subir na mão de Shim e dei uma última olhadela para o salão.

Naquele momento notei, nas sombras, embaixo de um pilar destruído, algo que deixou meu corpo inteiro tenso. Não era a Ferramenta da Sabedoria que faltava; era uma mão que tateava o chão, desamparada. A mão de Stangmar.

— Vamos! — implorou Shim. — Tô vendo que o teto tá prestes a cair.

Por um instante, hesitei. Depois, no mesmo momento em que um trecho do teto caiu ao meu lado, dei meia-volta e corri pelo chão do castelo em desintegração. O desmoronamento das paredes, chão e teto pareceu acelerar, assim como a cantoria e a batida dos pés dos gigantes lá fora.

Ao chegar perto de Stangmar, me curvei sobre ele. O rei estava caído de bruços no chão, com o aro de ouro ainda na testa. Uma grande laje tinha caído sobre a lombar e um dos braços. A mão, agora cerrada em um punho, havia parado de tatear o chão. Apenas os olhos semiabertos revelavam que ainda estava vivo.

— Você? — murmurou Stangmar, com a voz rouca. — Veio nos ver morrer? Ou planeja nos matar?

Peguei a laje como resposta. Com toda a força, tentei levantá-la. As pernas tremeram, os pulmões quase explodiram, e não senti sequer o menor movimento por parte da pedra.

Quando o rei notou o que eu estava fazendo, ele me encarou com desprezo.

— Então você prefere nos salvar agora para nos matar depois?

— Prefiro salvar você agora para que viva — declarei, embora o chão embaixo de nós tivesse começado a balançar.

— Ora, você espera que nós acreditemos nisso?

Eu me concentrei bastante, fiz força e evoquei os poderes dentro de mim. O suor desceu pela testa e irritou os olhos cegos. Finalmente, a laje cedeu um pouquinho, embora não o suficiente para soltar Stangmar.

Antes que eu pudesse tentar de novo, o chão se abriu. Nós dois caímos na escuridão lá embaixo, em meio ao estrondo cada vez mais alto do colapso final do castelo.

Imediatamente algo interrompeu nossa queda. Stangmar e eu rolamos juntos, embolados. A princípio, não tive ideia do que nos pegou, exceto que era bem mais macio do que pedra. Então, quando a luz das tochas dos gigantes voltou, vi as ruínas do castelo embaixo de nós, assim como um rosto familiar acima. E aí eu compreendi.

— Eu peguei ocês! — vibrou Shim. — É uma coisa bacana de boa eu ter duas mãos!

— Sim — respondi, sentado no centro da palma da mão. — Uma coisa bacana de boa.

O gigante franziu a boca enorme.

— O rei malvado está com ocê. — Ele rosnou de ódio. — Eu vou comer ele!

Uma expressão de terror tomou o rosto de Stangmar.

— Espere! — gritei. — Vamos aprisioná-lo, não matá-lo.

Stangmar olhou para mim com surpresa.

Shim rosnou de novo e franziu o nariz montanhesco com desgosto.

— Mas ele é mau! Totalmente, completamente, horrivelmente mau.

— Isso pode ser verdade, mas ele também é meu pai. — Eu me virei e encarei os olhos negros do homem ao lado. — E houve uma época, faz muito tempo, na qual ele gostava de subir em árvores, às vezes apenas para encarar uma tempestade.

O olhar de Stangmar pareceu suavizar um pouquinho, como se minhas palavras tivessem cortado quase tão profundamente quanto a lâmina de Cortefundo. Depois ele virou o rosto.

Shim nos pousou em um pequeno monte de grama seca, na beira do morro onde o Castelo Oculto outrora ficava tão magnífico. Depois o gigante se afastou, e o chão tremeu sob seu peso. Observei Shim se sentar e apoiar as costas na encosta do morro. Ele esticou os braços imensos e soltou um bocejo alto, embora não tão barulhento quanto o ronco que eu sabia que viria em breve.

Ao ver Rhia ali perto, abandonei a forma encolhida de Stangmar para me juntar a ela. Rhia olhava para o oeste, além das ruínas do castelo, na direção de uma tênue linha verde no horizonte distante.

Ao ouvir meus passos, ela deu meia-volta. Os olhos, arregalados como sempre, pareciam dançar.

— Você está a salvo.

Eu assenti.

— Assim como a maioria dos Tesouros.

Rhia sorriu, uma coisa que não a via fazer fazia algum tempo.

— Rhia! Estou enganado ou está ficando mais claro?

— Você não está enganado! A Mortalha está indo pelo mesmo caminho do castelo e dos necrontes.

Apontei para os gigantes, que pararam de cantar e bater os pés. Sozinhos, em duplas ou trios, eles começaram a se afastar das ruínas.

— Aonde eles vão?

— Para seus lares.

— Para seus lares — repeti.

Olhando a encosta, observamos o que sobrou do Castelo Oculto. Embora grande parte tivesse sido destruída na Dança dos Gigantes, um anel de pedras mastodônticas permanecia de pé em um círculo majestoso. Umas pedras estavam eretas, algumas se inclinavam para o lado, enquanto outras sustentavam pesados travessões. Se os gigantes colocaram as pedras naquela disposição ou simplesmente as deixaram assim, eu não sabia dizer.

Em silêncio, conforme os primeiros raios de sol começavam a romper o céu sobre os Morros Sombrios, eu contemplava o círculo imponente. Ele se erguia como uma grande barreira de pedra sobre a terra. Ocorreu-me que aquele anel de pedras poderia ser um monumento permanente ao fato de que nenhuma muralha, por mais sólida que fosse, poderia resistir para sempre ao poder do que é verdadeiro. Visão verdadeira. Amizade verdadeira. Fé verdadeira.

De repente, percebi que era capaz de me lembrar da minha infância naquele mesmo lugar! Naquele mesmo morro! *Somente quando os gigantes dançarem no salão, todas as barreiras cairão*. A profecia, agora entendia, não se aplicava apenas às muralhas de pedra. Minhas próprias muralhas internas, que me isolaram do passado desde o dia em que fui parar na praia em Gwynedd, começavam a desmoronar juntamente às muralhas do castelo.

Primeiro em suaves filetes, depois como ondas agitadas, recordações atrás de recordações voltaram flutuando para mim. Minha mãe, envolta em seu xale diante de uma lareira crepitante, me contando a história de Hércules. Meu pai, tão confiante e forte, saltando montado em um garanhão negro chamado Ionn. A primeira vez em que provei larkon, a fruta em espiral. O primeiro mergulho no rio Incessante. Os últimos minutos aflitos antes de fugirmos para salvar nossas vidas, minha mãe e eu, rezando para que o mar de algum modo pudesse nos levar a um lugar seguro.

E então, da minha infância distante, vieram as palavras de um cântico chamado Lledra. Era um cântico que minha mãe tinha cantado fazia muito tempo, assim como fora cantado pelos próprios gigantes hoje:

Árvores falantes e pedras ambulantes,
Os ossos da ilha são os gigantes.
Enquanto essa terra ainda souber nosso ritmo dançante,
Varigal coroa Fincayra.
Vida longa, vida longa Fincayra.

— Rhia — falei, baixinho. — Eu ainda não encontrei meu verdadeiro lar, nem tenho certeza de que um dia encontrarei, mas, pela primeiríssima vez, acho que sei onde procurar.

Ela ergueu uma sobrancelha.

— E onde fica?

Gesticulei para o círculo de pedras, radiante sob os raios de sol que aumentavam.

— Esse tempo todo procurei meu lar como se fosse possível encontrá-lo em um mapa. E agora me lembro de um lar que conheci antigamente. Aqui, neste mesmo lugar! No entanto, ao mesmo tempo, tenho a impressão de que, se meu verdadeiro lar existe em algum lugar, não está em um mapa. Muito provavelmente está em algum lugar dentro de mim.

Com um tom de voz melancólico, Rhia acrescentou:

— No mesmo lugar que nossas lembranças de Transtorno estão.

Enfiei a mão dentro da bolsa e retirei a pena. Fiz um carinho de leve com o dedo.

— Eu tenho uma ideia do que aconteceu com ele quando desapareceu. Não posso acreditar inteiramente, mas também não posso desconsiderá-la por completo.

Rhia examinou a pena.

— Eu tenho a mesma ideia. E acho que Arbassa concordaria.

— Se for verdade, e a bravura do falcão abriu a porta para o Outromundo, então ele e Rhita Gawr devem ter caído por aquela passagem juntos.

Ela sorriu.

— Não foi uma jornada que Rhita Gawr tenha planejado, mas vai dar a chance de que precisamos! Então, se for verdade, Transtorno está em algum lugar lá fora nesse momento, ainda voando.

— E Rhita Gawr está lá fora também, ainda espumando de raiva.

Ela concordou com a cabeça, depois fez uma expressão séria.

— Ainda assim, vou sentir falta daquele falcão.

Soltei a pena e observei enquanto caía girando lentamente na outra mão.

— Eu também.

Rhia chutou a grama quebradiça debaixo de nossos pés.

— E veja o que mais nós perdemos! Esse solo está tão seco, que me pergunto se algum dia voltará à vida.

Com um sorriso, anunciei:

— Já tenho um plano para isso.

— Tem?

— Acho que a Harpa Florescente, com seu poder de invocar a primavera, será capaz de ajudar.

— É claro! Eu devia ter me lembrado.

— Pretendo levá-la a cada encosta, campina e córrego que definhou. E também a um jardim em especial, lá nas planícies, onde dois amigos meus vivem.

Os olhos azul-acinzentados de Rhia brilharam.

— Eu até mesmo esperava...

— O quê?

— Que você quisesse vir junto. Você pode me ajudar a ressuscitar as árvores.

A risada parecida com um sino ecoou.

— Caso eu vá ou não, uma coisa ficou clara: você pode não ter encontrado seu verdadeiro lar, mas acho que encontrou alguns amigos.

— Eu diria que você está certa.

Rhia me observou por um instante.

— E mais uma coisa: você encontrou seu verdadeiro nome.

— Encontrei?

— Sim. Você me lembra aquele falcão que antigamente sentava no seu ombro. Você consegue ser feroz, bem como delicado. Agarra com toda a força e jamais solta. Enxerga claramente, embora não com os olhos. Sabe quando usar seus poderes. E... você sabe voar.

Ela olhou para o círculo de pedras, que reluzia como um grande colar na luz, depois se voltou para mim.

— Seu verdadeiro nome devia ser Merlin.

— Você não pode estar falando sério.

— Estou.

Merlin. Eu até que gostava do nome. Não o suficiente para mantê-lo, é claro, embora eu soubesse que nomes às vezes grudavam de uma forma estranha. *Merlin*. Um nome incomum, no mínimo. E ainda mais significativo por causa da tristeza e alegria que trazia à mente.

— Tudo bem. Vou adotá-lo, mas apenas por um tempo.

Este livro foi composto na tipologia Adobe Caslon Pro,
em corpo 11,5/15,8, e impresso em papel off-white
no Sistema Cameron da Divisão Gráfica
da Distribuidora Record.